ion

の婚礼」

# 花降る王子の婚礼

尾上与一

キャラ文庫

この作品はフィクションです。
実在の人物・団体・事件などにはいっさい関係ありません。

目次

口絵・本文イラスト／ｙｏｃｏ

白い、大理石の世界だ。

太い柱は天から水が注いでいるようで、天井近くにある、神話をモチーフにした透かし彫りは、どこまでも清らかに光を含んで半球を画《えが》いている。

「――ええ、喜んで！」

玉座の前に片膝をついたリディル王子は、明朗に答えて胸に手を当てた。

十七回目の春を迎えたリディルはまさに若芽のような王子で、薄紅を刷く頬も、花びらを挟んだような唇も、瑞々《みずみず》しい生命力に溢《あふ》れている。

襟足で結んだ豊かな金色の巻き毛。はっきりした瞳の虹彩《こうさい》は宝石のような緑色だ。

「しかし、リディル」

玉座に座る細身の王は、背もたれの高い金《きん》の椅子で身悶えしそうに頭を抱えている。励ますような明るい表情で、リディルは身を乗り出した。

「ご安心ください。必ず申し開きをして参ります」

「しかし。――しかし。……しかし！」

「父王はもとより、せめて国民だけでも助けてくださるよう精一杯の謝罪をして参ります。わたくしのことならお気になさらないで。私の一生に、大切な役目を与えてくださって本当に光栄に思っているのです」

「おお――……」

そう呻《うめ》いたきり、王は絶句し、両手に顔を埋《うず》めてしまった。

王は背を丸めて嗚咽《おえつ》している。側近たちが彼の腋《わき》を抱え、気付けの杯を差し出したり、脚をさすったりしている。

これ以上話せない様子の王を見上げながら心配していると、側近の一人が《しばらくは無理だ》と視線を寄越す。

リディルは、整った顔立ちにいたわしい表情を浮かべつつ、丁寧に礼をして玉座の前を去った。

《王の間《ま》》の入り口に控えていた、リディルの若い側近も手のひらで口を覆って泣いている。

「涙を拭いてくれ、イド。普段怒ってばかりいるお前が泣いていると、皆がびっくりする」

「怒ってばかりなどおりません。わたくしは常に、リディル様のためを思って――！」

「うん。わかっているよ。ずっと……ずっとそうだったな」

《王の間》を出て、リディルは石の回廊に向かった。

眩《まぶ》しく、白い陽《ひ》が冷たい石を温めている。その向こうは輝くばかりの緑だ。

世は、夏だ。エウェストルム王国は春と夏が長いのが特徴の国で、夏の今頃はどこもかしこも緑で溢れている。今年は特に花が美しい年で、山の斜面は虹を零《こぼ》したようになっているし、塀のそばを歩けば、頭上から花々が蔓《つる》を伸ばして囁《ささや》きかけてくる。常にどこからともなく甘い花の香りが漂っていた。

リディルは、回廊の途中で静かに立ち止まった。

小鳥が集まる噴水に陽が差して、キラキラと砕いた宝石が吹き上がっているようだ。《親睦の泉》――大地の魂《ラウフ》の力で湧き上がる泉で、ここだけではない、どれほど雨が降らなくても王城の泉が枯れることはない。

幼い頃はよく、イドや侍女たちと水浸しになって遊んだなと思いながら、足を踏み出すと今度は、石柱の傷が目に留まった。

これは小さな頃、老侯爵の大剣をそっと拝借して、思い切り振り回したときつけてしまった傷だ。跳ね返った剣で怪我《けが》をせずによかったとさんざん叱られ、この廊下を誰かと通るたび、『これはリディル様が七歳のときに、ロシス侯爵の剣を勝手に持ち出して』と言われ続けた。ロシス侯爵の剣はしつらえが見事で、勇者の剣のように見えたのだが、その昔話を聞くたびに、以降十年にわたって後悔する羽目になった。

歩を進めると、室内から回廊に出てきたマールという侍女に会った。ふくよかで元気そうなマールには子どもが三人いる。子どもの頃はよく城に来て、この庭を走り回っていたものだ。もうずいぶん大きくなっていると聞いている。

「これはリディル様。ご機嫌麗しゅう。もうすぐ木の実のおやつが焼けますわ。お楽しみになさってください」

「ありがとう。蜂蜜を多めにかけてくれる？」

「もちろんです。タンロプの花も咲いたのです。今年は花びらも厚くてとっても甘くて美味《お》しゅうございます。いっしょにお持ちしますね」

タンロプというのは食用の花だ。肉厚で鮮やかな桃色をしていて、シャキシャキした歯触りと、蜜が流れているような甘さがあり、食べるとしばらく身体《からだ》からいい匂いがするほど香り高い。これも蜂蜜をかけて食べると旨《うま》い。

愛想よくお辞儀をした彼女は、うしろを歩いているイドが、血を噴きそうに充血した目で泣いているのを見てぎょっとした顔をした。

慌てて顔を背けるイドがおかしくて、リディルは吹き出すのをようやく堪《こら》える。また静かに石の回廊に踏み出した。

ここにまで花が吹き込んできている。

オレンジ色の小さな花びら。薄桃色の花びらはミネンの木だ。花びらを糸に通して首飾りにしたものを、侍女たちからよく贈られた。

生まれ育った城だった。どこをとっても些細《ささい》な思い出で溢れかえっている。

覚悟はしたつもりだが、これらと永遠に別れなければならないのはつらいな。

庭に芽吹く柔らかい草や、枝で歌う小鳥の声、遠くから聞こえる女たちの洗濯の歌。今当たり前にあるそれらが急に眩しく見えて目を伏せたとき、背後から小さな嗚咽が漏れた。

　正直、イドがこんなに泣くとは思わなかった。

　六歳年上のイドとは乳兄弟として育ち、教育係を経て側近となった。その生真面目すぎる性格は王の覚えもめでたく、自分さえ城に残れば王族の側近として、たいそう出世もしただろう。イドはどこかのタイミングで城に帰すつもりだった。彼なら誰に仕えてもいい仕事をするはずだ。

「誰から伝えればいいのか、お前も考えてくれ、イド。皆がいちばん悲しまずにすむ順番に」

「そんなものはございません」

「甲斐《かい》のないことを言わないでくれ。例えばマール。マールに直接話すと泣いてしまいそうだから、ヤツ爺《じい》に話すのはどうだろう。そうしたらマールにも、マールの家族たちにもきっとやわらかく伝えてくれる。そしてそうだな。あの賑《にぎ》やかなお針たちには倉番から伝えてもらおう。布を出すついでに。そうだ布をたっぷり出すように言ってくれ。少しは気が紛れるだろう」

　新しい衣装ができあがったと嬉《うれ》しそうに見せに来る針子の三姉妹だ。見習いの頃からいつもいっしょで、歌も得意でかしましい。リディルが泣いていると「私が相手をやっつけてくる！」と箒《ほうき》を持って立ち上がるような優しい三姉妹だった。彼女たちに直接話したら、自分を連れて山に逃げようとするかもしれない。いつも喧嘩《けんか》ばかりしている気むずかしい倉番から話してもらったほうがいいだろう。

「アニカには、お前から話してくれ。なるべくやさしく」

「そんなことを言ったら、妹は卒倒します！」

「大丈夫だよ。アニカは強いから。お前ほどは泣かないと思う」

「あなたはアニカをご存じない」

「大丈夫。そしてアニカにはもう一つ《イドを頼む》と伝えてくれ。それからホロッツァー先生にはどうしよう。約束があることは知っているはずなんだけど……」

そう言いかけたところで足音がついてきていないのにリディルは気づいた。後ろを振り返った。

茶色のくせ毛を震わせ、仁王立ちになってイドが自分を睨《にら》んでいる。

「イド？」

「誰も穏やかになど聞けるはずがありません！　死にに行くのですよ⁉」

「……知ってる」

「あなたのせいではない、王のせいで！」

「声が大きい。それにそれは事実ではない。王はあのとき、たぐいまれなる叡智《えいち》と勇気をもって、国民のために猶予を稼がれた。それがなければ我が国はとっくに滅んでいた」

答えるとイドは絶句し、大きく肩を震わせながら両手に顔を埋めた。

わかっています、わかっていますと嗚咽の隙間に呟《つぶや》くイドにさすがに悲しい気持ちを誘われた。

「部屋に戻る。私も少し、落ち着く時間がほしい」

「当然です」

汗だとか鼻水だとか涙とか、顔中からあらゆる液体を滴らせるイドは、ぐしゃぐしゃの顔を上げ、リディルのあとをついてきた。

リディルはまた回廊につま先を踏み出した。

空からも部屋からも漏れ出てくる、慣れ親しんだ城の空気や雑音に、翡翠《ひすい》色の目を細める。

最期の瞬間は、この景色やにおいを思い出すのだろうとなんとなく思った。


リディルの部屋は城の二階にある。

王子が成人まで過ごす立派な部屋で、しかし王太子ではないから部屋は四つしかない。ただどの客人が来ても言うが、魔法と薬で成り立つこの国は裕福で、そして女たちが明るく、布が豊かだ。色とりどりのクッション。布張りの本。

収穫時期になると雪原に見えるほど、豊かな綿花も特産品で、よその国から来た人はだいたい、ベッドの柔らかさに驚く。

埋もれるほど柔らかいソファにリディルは身を投げていた。目の前には、王より少し年下の大臣、恰幅《かっぷく》のいいオライ・セヴが青い顔をして俯《うつむ》いている。彼も目が赤い。

「リディル様の尊く目映《まばゆ》いご決心に、王は心を乱され、伏せっております」

「優しい父なのだ。また暴走しないようによく慰めてやってくれ」

魔法王国エウェストルムの国民のほとんどが、魔力《エーテル》を持っているが、王族は特別だ。王ともなると、心が乱れると草木が枯れ、地が震え、夏だというのに雹《ひょう》が降り注いで災害になる。母が亡くなったときがそうだったと女官に聞いた。五日六夜、大雨が降り止《や》まず、川が溢れ、暴風に霙《みぞれ》が交じって国中の屋根に穴を開けた。先の王妃——亡くなったリディルの実母を父はとても愛していた。王は息子の自分から見ても、優しく繊細な人だ。

オライ大臣は深刻に頷《うなず》くと、恭しくリディルの目の前に膝をついた。

「お輿《こし》入れの準備は、わたくしめにおまかせください。ひとすじの落ち度もなく整えてみせます、リディル様」

「ありがとう。信用している」

オライはイドが尊敬する王の側近だ。几帳面《きちょうめん》で勤勉で、どんな国賓を迎えてもオライがいれば大丈夫だと言われるくらい、外交に精通した男だった。

硬い表情でさらに深く頭を下げたオライの声が急に震えた。

「——本当のお輿入れならどんなにか、喜んでご準備申し上げたでしょうに」

唇をわなわなと震わせてそう言い放ったと同時に、床に涙がいくつも落ちた。オライが人前で涙を見せるとは思わなかった。

軽い動揺を隠して、リディルは彼に語りかける。

「そうだね。でも偽物だからこそ、余計きちんとしなければならないよ。私は謝りに行くのだからね。婚礼よりも一大事だ」

自分はイル・ジャーナという国に輿入れをする。

彼《か》の国に王妃として迎え入れられる――男の身体を持ちながら――これがどういう成り行きか、城の外の人間にはまったく想像もつかないことだろう。

世界は魔法国と武強国で成り立っている。農業や商業で栄えている国は、だいたい武強国に吸収されているのが実情だ。

自分が生まれる前、父――若かりし頃の父王は、武強国イル・ジャーナという国に、第一王女を輿入れさせると約束していた。先々代からの約束だったということだ。

魔法国であるエウェストルムは、魔力の供給量だけは世界中のどこよりも突出しているが、魔力が大きなだけで、それを武力として持ち変える能力がない。

大地の魂《ラウフ》を呼んで地下水を永遠に湧き上がらせたり、一輪しか咲かないはずの木に魔力を分け与えて枝いっぱいの花を咲かせたり、水の魂《ラウフ》に働かせて泥水をきれいにし、風の魂《ラウフ》の力を借りて穀物の病気を撫《な》でて払い、病を癒やす。悪霊を退け、国内を清浄に保つ。

自然の魂《ラウフ》を集め、力にしたものを魔力《エーテル》、魔力を自在に精製して操れる人を魔法使《マギ》いと呼ぶ。

エウェストルムはマギの国だ。国民は魂の恩恵を受け、王族はそれを集めて操る。

周辺国から見れば奇跡の国なのだそうだ。エウェストルムほど豊かで平和な国はなく、疫病に襲われず、飢饉《ききん》も知らない。自然の国力に恵まれた国だが、その代償として武力がない。ともすればよってたかって食い尽くされそうな、豊かで弱い国なのだが、他国に魔力を供給することによって、その国々から保護されている。

具体的には結婚だ。

魔力を持った王女《マギ》が武強国に嫁いで、魔力を武力に換えて戦う王家に魔力を供給する。

王妃の力は二代限り。魔力を与えられた王とその子供で、孫に力は現れない。

自国で魔力を増やすことができない武強国は、王妃が死んだら二世代以内に、再びこの国から王妃を娶《めと》らなければ魔法武力が維持できない。

だから武強国は順番を待ってでも、エウェストルムから王妃を娶ろうとする。差し出さなければ国を潰すという脅迫をしながら――。

そして事件も一つ起こっていた。

本来ならばこの婚礼は、第一王女が受ける約束をしていた。だがさらに強大な北の武強国・アイデース帝国に攻め込まれ、王はほとんど命乞いのようにして第一王女を差し出してしまった。イル・ジャーナの王太子がまだ幼いことを言い訳に、第二王女を今度こそ必ず嫁がせるから侵略だけはやめてくれと乞うた。

しかし次に生まれた第二王女は、城どころか室内からも出られないほど身体が弱く、大きくなっても丈夫にならなかった。到底輿入れの道中に耐えられない。だが約束を破れば今度こそ攻め込んでくるだろう。

さらに悪いことに、アイデースに嫁いだ第一王女が大魔法使いの称号を得た。大魔法使いとはたぐいまれなる魔力をもって、世界の記録《アーカーシア》に触れたことを認められた魔法使いのことだ。賢者よりよく識《し》り、赤子よりよく覚えていると言われる存在になる。

その第一王女を得るはずだったイル・ジャーナにとっては腹立たしくてたまらない出来事のはずだ。

なのに侵略の危険に怯《おび》える自分たちを保護してくれるはずのアイデースは、何やら西の大国たちを巻き込んで騒乱状態にある。エウェストルムを保護するような余裕はないらしい。妃《きさき》である第一王女は長い守護の祈りに入ってもう何年も誰とも会っていない。誰の助けも期待できない――。

その次に生まれた子どもはリディル。王子だ。王妃にはなれない。

もう一人王女さえ生まれたら、その子を代わりに嫁がせられると誰もが祈ったが、リディルの母亡きあと迎えた、二番目の王妃が産んだのも王子だった。

だからリディルが嫁ぐしかない。

リディルが行って、イル・ジャーナ国に謝る計画が立てられた。――もう三年も前の話だ。

嫁いでみても、身体を見られればすぐに男だとわかってしまう。婚礼の前に、事情を話して破談を持ちかけたところで、向こうだって十年以上前から、婚礼に向けて準備をしているのだ。そうだったのかと笑って許されるはずもない。イル・ジャーナはエウェストルムから二度も騙《だま》された間抜けな国として、国民にも近隣諸国にも顔が立つまい。今度こそ、渾身《こんしん》の怒りと憎しみを込めて、この国は滅ぼされる。

我が国はイル・ジャーナに対してなんとかして許しを請わなければならなかった。王の逆鱗《げきりん》に触れるのはもはや免れないが、彼の国をこれ以上辱めるわけにもいかない。

結果、時が来たらリディルが婚礼のためにイル・ジャーナに赴き、婚礼のあと、初夜に二人きりになったときに事情を打ち明けて、自害することが最良の詫《わ》びになるだろうと結論が出た。王女が輿入れの道中に、身体を壊し、あるいは山賊に襲われて死ぬことは不自然ではない。

エウェストルムの王女は輿入れの道中に病死、もしくは婚礼後に突然死。イル・ジャーナはそう公表するだろう。そしてエウェストルムも黙ってそれに添うだろう。そうしておけば両国を襲った予想だにしえない悲劇として、二国の体面は守られる。

そして水面下でエウェストルムは、騙した詫びとして最大限の金品を積んで許しを請うのだ。イル・ジャーナにとっても悪い話ではない。

到底生きて帰れるとは思っていない。王子を差し出すことを誠意と受け止め、若き自分の死を哀れまれることを希望とする。それさえ通らなければ我が国は、今度こそ本当にイル・ジャーナに滅ぼされる。

国民の命だけはどうか、誰一人として奪わないでくれと懇願するつもりだった。そして叶《かな》うなら父王の命も助けてくれと訴えて、リディルは彼に切り刻まれるつもりでいる。

輿入れの準備はひと月もかからなかった。

結婚話はリディルが生まれる前からあったことだし、具体的にリディルが嫁ぐことについてはもう、三年前から互いの大臣たちにやり取りさせて事細やかに打ち合わせが済んでいる。

輿入れの話は、オライ大臣の采配で静かに広められた。泣かぬ者はいなかったと告げられたが、それなら本当に悪いことをしたとリディルは思った。

王も身体の調子を崩して寝込んでいる。そしてもう一つ、心配なこともある。二番目の姉が泣きやまないことだ。

姉は本当に身体が弱く、部屋の中につくった、茨《いばら》で編んだたまごのような大きなかごから出ることができない。ベッドも風呂も休む場所もすべて繭のようなかごに入れられていて、それらの中を渡る生活だ。かごから出るとたちまち弱って死んでしまう。

「わたくしがこんな身体なばかりに、リディル……リディルが……！」

身体ばかりか心も弱く、心配事があると熱を出す。気がかりがあると食べられなくなって、あっという間に瘦せ細る。岩陰に咲くやわらかい花のような人だ。自分たちには心地いい、陽の光に耐えられない。

リディルは、かごの前に膝をついていた。涙を拭いてやりたいが、余計な人間がかごの中に入るだけでこの人は弱る。

「いいのです。姉上。そんなに泣いては弱ってしまいます」

「リディル……！」

姉はベッドから滑るように落ち、かごの中から瘦せ細った白い手を出してきた。

それをしっかり握り止め、美しい菫《すみれ》色の瞳を見つめながらリディルは囁く。

「この国は必ず守ります。姉上はお心安く、どうかお達者で」

姉と会うのはこれが最後だ。彼女を守る騎士に、「頼んだぞ」と言い含め、彼とも別れを惜しんで抱き合った。

出立は明日だ。道具や馬車はとっくに用意されている。

夕食のあとからリディルの身支度が始まり、夜明けとともに、約五十名の供を連れて出発することになっていた。

身体を清めたり、髪を編んだり。肌に香油を塗り、道中の間邪《じゃ》を払う文様を赤い染料で額に描く。

準備は多く、夜明けに間に合うかどうか焦っているのに、夜になっても王宮からは誰も去らない。

女官が泣いている。若い馬番も別れを惜しみに来ていた。

衣装係も、図書の係も、切れ間なく自分の部屋を訪れて、泣きながら別れを告げていく。

「リディル様」

顔が真っ赤になるほど泣きはらした侍女が、掠《かす》れた泣き声を上げるのに、リディルはそっと彼女の背を撫《な》でた。

「今までありがとう。幸せだったよ」

小さな頃から身の回りの世話を焼いてくれた男も声が出ず、歯を食いしばりながら腕を広げるから、幼い頃のように抱きついた。

「どうか誰も恨まないで。向こうで母上に会うんだ。きっと喜んでくれる」

「さあそろそろ、リディル様のお邪魔になります。急がないと小鳥が鳴き始めてしまいますよ！」

涙で声も出ない家臣たちをイドが追い払った。

部屋の中に一人だけ女官が残る。

赤毛を二つに長く編んだ女官だ。彼女は身を深くかがめて、敬意を表す姿勢を取ったまま震えている。

「――アニカ。供を引き受けてくれてありがとう。ヴィナー家から二人も危険な役目に就かせて申し訳ないが、知られる人間は少ないほうがいいのだ。必ず安全なところでそなたを逃がす。約束する」

側仕えはイドがいれば十分だ。だが輿入れの旅の側仕えが男では、要らぬ嫌疑を買うかもしれないと具申があった。

女官として一番近くにアニカが付いてくれることになった。家の違う二人に頼めば二家族がリディルの秘密を知ることになる。だが兄妹だったら一家族だ。アニカは若いが、機敏でハキハキしていて勇気がある。機転も利く。何があっても怯えずに、最善の行動をしてくれるだろう。イドと、兄妹ならではの絆《きずな》があり、意思の疎通がなめらかなのもありがたい。

アニカは顔を上げた。頰に擦り傷があった。イドが話したとき、本当に倒れたというのだ。

アニカは赤く潤んだ目で、キッと強くリディルを見つめ、そのあと頰に力を込めて笑顔をつくった。

「わたくしを選んでくださって、光栄です。兄以上に、リディル様のお役に立ってみせます」

「うん。よろしく頼む」

気丈なアニカの様子に余計申し訳ない気分になりながら、リディルは大広間を離れた。

これで別れは済んだ。どこか荷を降ろしたような気分で、香油を垂らした湯船で身体を清めたあと、衣装の部屋に行った。

大広間には、婚礼衣装と移動用の衣装が広げられている。

国に代々伝わる民族衣装だ。赤や青、魔法で煮詰めなければ出ない鮮やかさの染料で染められた、織物の国に恥じない豪華なものだ。金や銀の刺繍《ししゅう》で縁取られている。粟粒《あわつぶ》ほどの輝くビーズで、羽や花が精緻な模様で縫い取られている。

衣装の前まで進んで、着やすいよう広げられた布を手に掬《すく》いあげた。

「手伝ってくれ、イド。一人では無理だ」

こんな事情だったから、外に出るときは女子を装う必要があり、女物の服は着慣れているがさすがに婚礼衣装となると勝手が違う。

イドはなんとか袖を通そうとする自分を見ながら、激しく首を振った。

「いやです、こんな衣装など」

「美しいじゃないか。メアリが二年もかけて織ってくれた布だ。それに見ろ、このように細かにアペッツィが仕立て、シュトリ司祭がひと月もかけて祈禱《きとう》してくれた」

「これがあなたの死に装束だからだ！」

イドは叫んで、顔を歪《ゆが》めた。ここ数日止まっていた涙がぼたぼたと落ちるくらい溢れている。

「わからない……。わからない。どうしてそのように笑っていられるのか」

「イド」

「せめてお泣き遊ばしたら、私とて慰めようもあるものを」

そう言ってしゃくりを上げてイドが泣く。

「……やはりお前は置いていこう。お前がいなければ、城の生活が滞る。それに私が続けていた研究がただの紙切れになってしまう」

リディルの城での生活をいちばんよく知っているのがイドだ。大切な書類を入れている場所も、大事にしていたものも、彼がいなければただのガラクタで、魔法学の研究結果は紙くずにされてしまうかもしれない。

宥《なだ》めるリディルにちぎれるくらいイドは頭を打ち振った。

「いやですッ！　誰がこの役目を譲るものですか！」

「うん、でも」

「そして帰って、あなたのご様子を仔細《しさい》に語って聞かせます。あなたがどれほど立派で、健気《けなげ》で気高かったかを――――！」

そう言って床に崩れ落ちて嗚咽する。

「そうできるといいのだけれど」

苦笑いでリディルは応えた。

何が起こるか想像もつかない。打ち明けたとき王がどのような顔をするか、自分がどのように殺されるかも。

両手のひらに顔を埋めて低い嗚咽を漏らすイドをいたわしく思いながら、リディルは改めて重たい布を拾い上げた。右半身を脱いだ身体で袖を通そうとする。

ふと、布が軽くなった。

「イド」

「だらしない着付けで、リディル様を城から出すわけにはいきません」

「うん。ご苦労だけど、きれいに着せておくれ」

震える手で襟のところを握っているイドを見ないようにして、リディルは彼に背中を向けた。彼のすすり泣きを聞きながら、左半身の布を落とす。軽く左手首を上げて、イドが着せかけてくれる布を待っていたが、いつまでもかけられる気配がない。

絞るような、小さな呟きが聞こえた。

「こんなに美しい魔法円をお持ちになったかたが、このような仕打ちを受けるとは」

「いいのだ、イド。どれほど美しい紋でも、私の魔法円は絵画も同様だ。こうなるべくして、今日の日を迎えたのだろう」

王族は、生まれつき背中に魔法の紋を背負って生まれてくる。リディルの紋は《癒やしの紋》で、生まれたときから美しいと評判で、多くの魔法使いが見に来たという話だ。

「リディル様……」

「早くしておくれ、イド。夜が明けてしまう」

イドは、自分がイル・ジャーナの城に到着したあと、婚礼の準備が終わると同時に城を抜け出すことになっている。

十分考えて腹をくくったつもりだけれど、恐ろしさがすっかり消えてしまうことはなく、取り乱さずにいられるだろうかと少しだけ、心配はしている。

早朝、イル・ジャーナへ向かう婚礼の行列が王城の前に整っていた。騎兵隊が二十人、荷馬車が十五台、馬車が三輛《りょう》、歩兵が十人。

この中で、リディルが男だと知っているのは騎兵隊の幹部と、馬車に同乗するオライ大臣、イドとアニカ、着付係の侍女たちくらいだ。彼らには口外はもちろん、泣くことも許さないと申しつけてある。

輿入れの衣装に身を包んだリディルが王宮の大玄関を出ると、一目見ようと門の前に集まった民衆からどよめきが起こる。

リディルは王子として民衆の前に出たことがない。

王宮に使える従者の子ども、少年リードと身を偽ってお忍び遊びをしていたが、今朝のリディルは白い絹に、金の刺繍がふんだんに施されたベールを頭から深く被《かぶ》っているので、顔を知っている市場の女将《おかみ》さんや、果物屋の旦那が見てもわからないはずだ。

大臣に手を引かれ、馬車に乗り込む。続けて乗り込もうとした大臣に「よしてくれ」とリディルは小声で囁いた。

「次の休憩地点まででいい。一人にしてくれないか。逃げたりは、しないから」

「かしこまりました。リディル王女」

逃げ出すなら絶好の、そして最後の機会だ。わかっていて大臣が疑いもせずに簡単に引き下がってくれるのは、自分が果たす責任があまりにも大きいからだ。

自分がここで逃げ出したらどうなるか、考えるまでもない。

相手は武強国イル・ジャーナだ。王家はもちろん、国民一人残らず辱められた上に皆殺しの憂き目に遭うだろう。

イル・ジャーナは過去に、敗戦国の王家家臣、四百人余りの首を切り、城の高い塀に串刺しにして火を放ち、焼け残った首を鳥につつかせたという凶暴な逸話を持つ国だ。命惜しさに逃げ出すことは、この国を地獄に変えることを示している。

馬車の戸が閉められ、外から留め具がかけられる。

朝靄《あさもや》の中で目を擦《こす》っていそうな花々が、驚くような音量でラッパが鳴った。王宮の慶事にしか奏でられないファンファーレを、細やかに鳴る太鼓が盛り上げる。

軍人の一人が高らかに宣言した。

「第二王女、リディルさまご出たーつ！」

「ご出たーつ！」

先頭の騎士が呼応し、隊列が動く気配がある。

車輪が軋《きし》み、列のちょうど中心にあるリディルの馬車が静かに動き出した。

さようなら。父王、王妃、姉上、みんな。懐かしい部屋も、香ばしいパンの匂いも、甘い匂いを纏《まと》って飛んでくるアリムの花びらも、緑と水が輝く眩しい庭も。

イル・ジャーナは砂の多い国だと聞いた。

土や岩が剝《む》き出しの山が多く、地面が固くて小さな花しか咲かない。街は埃《ほこり》っぽく、果物も小さいと――。

不意に腹の底から痙攣《けいれん》のような衝動がこみ上げて、リディルはぎゅっと身をすくめた。

「――――ッ！」

手にしていた扇を嚙《か》んで、リディルは泣き声を堪えた。

胸が痛い。怖さではなく、寂しさとわびしさと悲しさで。

立場もわかっている。自分しかいないことも、他人には任せられないこともよく理解できていた。

だが虚しいのだ。なんのために生きてきたのか。自分はこの先何を得るはずだったのか。

花の香りを知っている。水の冷たさも、春の芽吹きと同時に沸き立つ心も。

扇を嚙みしめすぎて、切れた唇から血が滴ってくる。

「――っ、く――……」

ピリピリと痛み、流れる血は熱く、赤い。

堪えきれない嗚咽が、馬車の音にかき消されてくれるのを祈りながら、リディルは泣いた。身体が震え、ずっと幾月も我慢してきた不安と心細さが一気に噴き出した。

頰を流れる涙が温かい。扇を嚙んだ歯の隙間から、はーはーと漏れる息が熱い。

こんなにもまだ生きているのに、死ななければならないのだろうか。


リディルの馬車には主にアニカが乗っていて、オライ大臣とイドが代わる代わる乗り込んでくる。今はイドだけだ。

向かいに座ったイドは、二人の膝に渡すように地図を広げて森の記号を指さした。

「今、このあたりです。隊列は順調で、予定より二日くらい早く着くかもしれませんね」

天気に恵まれ、馬の調子がよかった。休憩が必要になるような坂がなく、病人も出ず、車軸の故障もなく順調に水も手に入った。

旅も三日目になると、疲れが溜《た》まる反面、落ち着きが出てくる。水がなくても慌てずに、魂に祈って魔法で水を呼び、木の蔓から滴らせる。風の魂の力を借りて、火を熾《おこ》すのが早くなる。

最初は〈それでは嘘《うそ》をついているのが一目でばれてしまう〉と言いたくなるくらい、顔も目も真っ赤に泣きはらしたイドを心配していたのだが、彼もだいぶん落ち着いたようだ。

いつものように、あれこれと先回りをして準備を整える。休憩となれば、先に馬車から飛び降りて休憩地に幕を張るよう指示し、リディルが到着したらすぐに寛《くつろ》げるようにしてくれる。アニカとの連携も見事だ。

「早く着くのも癪《しゃく》なので、休憩をもう一度増やしてはどうかとオライ大臣と話しています。朝の出立も少し時間を下げて」

「それはいい。朝からアニカに叩き起こされずに済む」

「妹はよく働いているようですね。城を離れても、寝坊はだらしないのでいけませんが、イル・ジャーナなど、少しは待たせてやればいいのですよ。新王になってからというもの、早く早くと婚礼を急《せ》かして、挙げ句の果てにはいくら金をやれば王女を早く出すのかと言う始末。下品で厚かましいにもほどがある」

「うちが十年以上も待たせているのだからしかたがないよ。あちらの国にとって、魔力は一刻も早く欲しいだろうからね」

リディルの国、エウェストルムは魔法国で、イル・ジャーナは武強国だ。二国合わせて初めて《魔法武装国》となる。これがイル・ジャーナがエウェストルムの王妃を熱望する理由なのだった。

イル・ジャーナの周りは武強国がひしめいていて、常に国境付近は戦闘なのだそうだ。しかし大国のイル・ジャーナが簡単に滅びることはないから、嫁ぎ先としては心配がない。

「……だが、私が私で残念だな」

「残念などであるものですか！　いらないなら返せと言いたいです。リディル様を――……」

「悪かった。冗談だよ。お詫びにゆくのだ。我が国のほうが悪いのだからしかたがない」

いつものようでいて、小鳥の爪で掻《か》かれただけで破れそうな膜で、イドの涙は包まれている。

イドは自分の護衛という名目だが、他にもう一つ役目があった。

もし、婚礼の道中で自分が男だとバレて、死ぬこともできず晒《さら》されるようなことがあったら、彼が自分を斬り殺してくれることになっている。優しいイドにはつらい役目だ。

気を逸《そ》らさせるようにリディルは言った。

「どこか馬車を森に寄せて停《と》まってくれ。時間に余裕があるなら少し歩きたい。背中を伸ばすだけでいい。ずっと馬車だから身体中が痛いよ」

「かしこまりました。幕を用意いたしましょう」

「森なら大丈夫だ。誰も見ていやしない」

「しかし」

「少しだけ。ちゃんと布《ベール》も被ってゆくよ」

「それなら……」

イドは地図を見ながら思案して、馬車の扉を開けて身を乗り出した。

「隊列止まれ！　姫様が馬車に酔われたようだ」

大声でそう言うと、馬車の伝令から前方へ、そして後ろの御者から後方へ、「隊列止まれ」

のかけ声が伝わってゆく。

後ろの馬車から大臣が怪訝《けげん》な顔でこちらを見ている。

さらにイドは大声で続けた。

「姫様のご気分悪《あ》しにつけ、最寄りの森に馬車を寄せ、休憩をする！」

隊列はちょうど森のそばを通りかかるところだ。森のくぼんだ、身を隠せるようなところに馬車を止めた。

騎兵隊の先頭が折り返してきて警護に当たる。使用人たちも森のまわりに散らばって盗賊などを警戒している。

準備ができたところを見計らって、イドが馬車の扉を開いて手を差し伸べる。

「さあ、どうぞ。パンと、葡萄《ぶどう》ジュースをお持ちします。乾燥したチーズもございます」

「いいね」

イドの手を取るのももどかしく、リディルはベールで身体を包むようにして馬車から飛び降りた。

森は木がよく育った豊かな森だった。木陰が厚く、蔓が少なく、落ち葉が多い。

「——ああ、いい森だね！」

手のひらを上に、前に手を差し伸べて魔力を放つと、それに呼応する葉がそよそよと揺れる。

落ち葉の陰からこっそり新芽が頭を出す。リディルを歓迎してくれているようだ。エウェストルムの魔法使いは元々森と相性がいい。

サクサクと木の葉を踏んで奥へ進みながら、リディルは思い切り息を吸った。

ささやきのような梢《こずえ》の音。湿った落ち葉と、木に張りついた苔《こけ》のにおいがする。肌が木々の精気を吸い込んでいるようにしっとりとした。唇が露で甘くなり、森中にいいにおいが立ちこめている。

気分がよくなるとふわっと手のひらに独特の感触が生まれる。やさしくしっとりしていて、香りが先に立つ。

手の中に花があった。薄緑色のほっそりとした花で、手のひらのくぼみに溜まるくらい、二十も生まれただろうか。

リディルの魔力で生まれる花だ。その日の気分でいろいろな花を生み出すことができ、花に名前はない。今日は安らぎたいと思っているようだ。かわいらしい、いい香りの花ができた。

「あまり進まないで。そのあたりにいたしましょう」

イドに止められてリディルはため息をついたが、ここだって、馬車の中より何倍もましだ。

花をひとつ摘まんで、残りは地面に落とし、リディルは森を見渡す。

さらさらと落ち葉の上を木漏れ日が撫でる、優しい森だった。少し暗いがその分、苔やキノコが賑《にぎ》やかだ。

侍女がやって来て、落ち葉の上に織物を敷く。パンや、移動用に干したり燻製《くんせい》にした食べ物が運ばれてくる。

「時間があるなら、時々こういうのを頼むよ。寝坊もいいけど、やっぱり森はいい」

「都合よく森があればそうしましょう」

「イドなら見つけてくれる」

「……努力はいたしますが」

イドは少し怒ったようにそう言ったが、早速地図を広げてくれる。今日はどこまで進むのだろうと思って身を乗り出したとき、頭上からけたたましい何かの鳴き声が聞こえてきた。

ギャアギャアというしわがれた鳴き声と、キイキイと怯えているような声だ。頭上がガサガサと音を立てる。空に近い森の天井あたりを何かが飛び回っている。

「鳥が襲われている！」

一瞬枝の薄い空を横切った影が見えた。大きな黒い鳥と小型の鳥だ。

イドが、地面に落ちている石を拾って、森の高いところにめがけて投げた。石は鳥に命中はしなかったが、幹に当たってコォンと奇妙な音を立てた。その石が跳ね返ってきたように、こちらに飛んでくる黒いものがある。

「リディル様！」

イドが目の前に割り込んでリディルを庇《かば》う。空から落ちてきた何かは、リディルの左側の地面に、枯れ葉を吹き飛ばすような激しい勢いで落ちてきた。

「鳥。――やっぱり鳥だ！」

ベールを落としながらリディルが駆け寄ると、茶色と黒のまだらの鳥が、奇妙な方向に羽を広げたまま藻掻《もが》いている。

「かわいそうに、さっきの大きな鳥に襲われたのだ」

「おやめください、リディル様。猛禽《もうきん》です。噛むかもしれない！」

「大丈夫。小さい、いい子だよ」

そう言ってリディルは前のめりの無様な格好で落ちている鳥に手を伸ばし、そっと掬いあげた。

「大丈夫。大丈夫。痛かったね。かわいそうに」

腕の中で丁寧に羽をたたんでやり、よくよく様子を見る。

「羽は折れていないが、怪我をしている」

ベールで包んでやろうとしたが、背後に落としてしまった。

振り返ると、ベールを拾ったイドがこちらに歩いてくるところだ。

「ホシメフクロウですか。こんな時間に珍しい」

目が飛び出すくらいに大きな梟《ふくろう》。真っ黒な瞳は奥のほうまで金銀の粉を振っていて、まるで星の夜空を覗《のぞ》き込んでいるようだ。

イドはリディルから梟を受け取り、空に差し出して飛ばせようとした。しかし梟はよたよたと左右バラバラに翼を打つばかりで、飛ぶどころか、イドの手からも転げ落ちようとする。

「少し癒《ヒ》やし《ー》の《リ》魔《ン》法《グ》を与えてみよう。貸して」

「野鳥ごときにもったいないことです」

「いい。できることはしてやりたいのだ。……私が生きているうちに」

「リディル様」

「それにこんな小さな子に魔力を施したところで、少しも減るものではない」

「しかし長旅の途中です。お加減が悪くなることでもあったら」

「いいよ。大丈夫だ。向こうに着くまで生きていればいいのだから」

多少体調が悪くなっても、婚礼まで持てばいいのだ。あとの健康を考えたってしかたがない。どうせ失う命だ。変に元気だとなかなか死ねずに苦しみそうだ。

「今夜はこのままここで野営を張れるだろうか。なるべくこの子を動かしたくない」

陽はだいぶん傾いている。もう少し進む予定のはずだが、早めの設営と考えれば許容範囲ではないか。

「……時間は問題ないでしょう。大臣に相談して参ります。誰か」

梟を抱いて地面に座るリディルの頭から丁寧にベールをかけ、イドは兵士に向かって手を上げた。

彼らに自分を守らせ、イドが大臣の馬車に相談にゆく。

程なく、兵隊たちが柱や布などを運んできた。

今夜はこの森に天幕を立てることになった。


すっかり陽は落ちて、天幕の周りは野営の趣だ。騎士たちが夜通し火を焚《た》き、寝ずの番をする。篝火《かがりび》の横で馬たちに水を飲ませる。明日の食料を取り分ける。

リディルは天幕の中のクッションに身体を凭《もた》せていた。

腕には梟を抱き、目を伏せて集中する。

薄暗い天幕の中、ほう、と指先が緑色の光を含む。

森の魂を吸って、腕の中に循環させる。その循環のなかで鳥の血を清め、裂けた傷の肉と肉が手を伸ばし合うよう想像する。捻《ひね》った翼の腫れが治まるよう、鳥に巡る熱した血を宥め、痛みが力の循環に洗い流されてゆくよう、大気の魂を魔力が宿るこの身体に回し、流れの中で痛みを洗うように梟を包んでやる。

拾ったときは、混乱したように頭を打ち振っていた梟も、だいぶん落ち着き、その名の通り星空を嵌《は》めたような美しい、大きな目でまわりを見回しては、珍しそうにキョロキョロしている。

つるつるした鳥の身体を撫でながら、リディルはよかった、と呟いた。命に別状はないようだ。

落ち着いた夜だ。

柱にはランプの炎が揺らめき、自分の影をゆらゆらと幕に映し出している。傍らには葡萄のジュース、木の実を焼き固めたお菓子、燻製したチーズ。時折摘まみながら、梟を癒やしつつ穏やかな時間を過ごす。

梟は、膝に零れた魔法の花をつつきはじめた。

「おなかが空いたの？　食べてもいいけど魔力《エーテル》の花だ。おなかの足しにはならないよ？」

こういう時間はこれが最後かもしれない。

この先は山道が続き、今ほど楽に進めない。山賊を警戒しなければならないし、川もあるということだ。時間に余裕があるとはいえ、こんな風に陽が落ちる前から馬車を降りて、ゆったりと時間を潰せることもないし、森に包まれる感触を自由に楽しむ機会もないだろう。

怪我をした森の梟を抱いて、ゆったりと癒やす。指先から立ち上る、緑色の、癒やしの光の粒を見ている。たあいもない――それ故、大切なひとときだった。

婚礼の夜に自分は死ぬ。そう思うと、この些細な一瞬が、炎が揺らめく刹那が、とんでもなく貴重な機会のように思えるのだ。

リディルは梟のつるつるした頭部を指先で撫でた。そのたびに、耳のように立った毛がぴょこぴょこするのがかわいらしい。

梟は星空のきらめく瞳で、リディルの悲しみを見つけたようにじっと凝視する。

「ありがとう。お前は私の心を見抜いているの？」

切れそうに張り詰めた、涙で濡《ぬ》れた心の糸を見つけて、自分の前に落ちてきてくれたのだろうか。

傷は塞がったようだ。もう魔力の循環の中からは、ピリピリとした傷特有の痛みは返ってこない。でも打ち付けた肉の痛みはひどそうで、すぐに空に放てば、またあの黒い鳥に襲われてしまう。

「仲間はどうしたの？　ひとりなの？」

森の闇からは、梟らしき鳴き声は聞こえているが、梟はそこへ戻ろうとする様子がない。追われてはぐれたのか、別の森に住んでいるのか。

やわらかい思案の糸を手繰っていると、幕の合わせ目の布から、アニカが入ってきた。

「水と油を足しに参りました。鳥はどうですか？」

「血は止まったようだが、だいぶん身体をひどく打ち付けている。足が冷たくなっているのが気になる」

「ほどほどになさってお休みください」

「そうする」

応えると、アニカは静かにランプの油を足し、水差しを入れ替えて天幕から出ていった。アニカは兄に輪をかけて規律正しい。少女の頃から《最年少女官長》とからかわれていただけはある。

アニカに怯えた梟が、リディルの腋に頭を突っ込んで隠れたつもりになっている。

「大丈夫。アニカは何もしないよ。おいで。もう少し癒やそう」

腋の間から取り出して、もう一度リディルは膝の上に梟を置き、ヒーリングの呪文を唱えた。

「深き地の脈よ、降り注ぐ緑の魂よ、大いなる流れに我らを加え、土は土へ、水は水へ、健やかなるゆりかごに導きたまえ」

息を吸って集中すると、手の先が、また静かに癒やしの色に光る。その手で梟の羽毛をそっと撫でる。梟は心地よさそうに身を委ねていた。時々目を細めて眠りそうになるのがかわいらしい。

「朝までには間に合いそうだ。よかった」

小さな鳥の怪我だが、リディルの魔力では朝までに治せるかどうかというところだった。

腕の中の小さな毛玉はあたたかく、速い呼吸でふくふく膨らんでいる。時々親鳥にするように頭を擦りつけてくる。

それに笑っているとリディルも少し眠くなってきた。

眠気など何日ぶりだろう。婚礼の話が正式に決まってからあまり眠れていない。疲れているのに、心が押し潰されそうに痛くて、目を閉じたら悲鳴を上げてしまいそうで、それが怖くて眠れなかった。

すっかり梟を抱いて寝込んでしまったリディルは、胸の中で梟がもぞもぞ動くのに目を覚ました。布の外がほの明るい。

梟を抱いて幕の外を覗くと、また陽が昇りきらない早朝で、森の中には朝靄が立ちこめている。

リディルは注意深く天幕を出ると、もう一度梟の様子を確かめた。

傷はなくなり、血で汚れた羽も、水に浸した布できれいに拭ってやった。リディルの腕に摑《つか》まってもよろけることはなく、朝の気配を浴びて、ぐぐぐ、と羽を伸ばしている。

「もう飛べるだろう？　仲間のところにお帰り？」

空に差し出そうとしても梟はなかなか飛び立たない。リディルにすっかり慣れてしまって、首を伸ばしてキラキラした黒い瞳でリディルを見ている。頬のあたりを指先でくすぐると、膜のような目蓋を見せながら嬉《うれ》しそうに目を細めた。

「ほら、もう行かなきゃ。でも私のことを覚えていて。今日、ここに私がいたことを、お前は覚えていて」

イル・ジャーナ国に到着するとそのまま死ぬ。

正体を知らない人間や、哀れむ側近たち。イドにすら弱音を見せられない弱い自分の一夜を、何も語らない鳥だけが覚えていてくれれば、それだけで自分はずいぶん救われる。

梢の隙間から朝日が差す。

それを見上げた梟は、ふっと羽を広げた。バサバサと羽を羽ばたかせ、リディルの腕を蹴るようにして空に飛び立った。

よかった。

ほっとしながら、数歩、リディルは梟のあとを追った。梟の姿はあっという間に梢に吸い込まれてゆく。

「覚えていて――！」

鳥の背中に放った願いも、揺れる森の梢に吸われていってしまった。


輿入れの道中は十四日間の予定だった。

途中、川を迂回《うかい》し、山の向こうにある国境を越え、中立地になっている草原で、相手国の迎えの隊列に王女を引き渡す。そこから先はまた七日間の旅だ。ただし自国の兵はそこで引き返し、わずかな側近だけを連れて、イル・ジャーナの兵に守られながら旅をする。

リディルは今日も馬車の中にいた。

五日も馬車の中にいては話題も尽きてしまう。城の思い出話をすればイドが泣く。アニカは歯を食いしばっているか、時々放心したように外を眺めている。することもなく、がたがた揺れて本も読めない。竪琴《たてごと》を弾く気分でもない。指先から花を生み出してみても、虚《うつ》ろな心ではしわがれた、色褪《いろあ》せて香りのないものが、力なく散らばるばかりだ。

早く陽が暮れないだろうか――。

それはすなわち自分の死がより近づくということだが、今だってほとんど死んでいるのと同じだ。

ベールを被り、馬車の壁に肩と頭を凭れて目を閉じる。タンロプの花が食べたい。ホッツの豆は塩で茹《ゆ》でて熱いうちに食べると中までほくほくしておいしい。

もう乾燥した携帯食は食べたくない。鍋で煮込んだものも城で食べる味付けと違う――。

なんとか眠れないものかと目を閉じていると、どこかからカランカランというハンドベルの音が聞こえてくる。緊急を告げる味方の鐘だ。

すぐに反応したイドが馬車の窓を開ける。前の馬車に乗っているオライ大臣も身を乗り出した。

「見張りより伝令！　この先にイル・ジャーナの隊列が待ち構えております！」

「どういうことだ。隊列を止めよ！　隊列止まれ！」

馬車が止まると大臣とイドが飛び降りた。

伝令は地図を開きもせず「あちらの川岸に」と、前方を指さした。

「イル・ジャーナの隊列が待ち構えております。見知った大臣の顔もありました。列の様子、装備から見ましても、間違いなくイル・ジャーナの迎えの隊列かと！」

「こちらの国境内ではないか！」

大臣が顔を歪めて怒った。この山の向こうまではエウェストルム領地だ。王家同士の国交は当然あるものの、兵を連れての侵入は禁止と正式に定められている。婚礼の隊列とはいえ、様式に添うならば、隊列を守る軍隊を連れているはずだし、条約違反も甚だしい。

大臣が顔を真っ赤にして怒鳴った。

「追い返せ！　これから何より重い約束を果たしに行くというのに目の前で無体を犯すような輩《やから》には、リディル様は輿入れさせません！　約束の場所まで下がって、礼を尽くして我々を待てと石を投げてこい‼」

「しかし」

「下がらなければ、我々はここで引き返す！　いくら武強国かは知らんが無礼も甚だしいッ！逃げ出すとでも思ったのか！」

アニカがひそめた声で鋭く囁く。

「隊列は動かさないようですね。向こうの出方を見るのでしょう。リディル様は身を軽くしてお逃げになる用意を。もしかして、無体を理由に帰れるかもしれません。そのときは騎兵の馬に乗って、一目散に城へ戻るのです」

不意のチャンスだ。向こうの無礼を理由に破談もあり得る。

だが伝令兵は顔を蒼白《そうはく》にして訴える。

「それが、到底追い返せそうな様子ではないのです。王が――王自らがお出ましになっていて――！」

「何だと……!?」

城で待っているはずの王が、王女を迎えるための隊列に同行していると言う。追い返せば戦争になる可能性がある。

しかし大臣は勇気を奮い起こすように大きく身体を震わせて、背伸びをしながら怒鳴った。

「王でもなんでも関係ない！　何人《なんぴと》とて国の約束を違《たが》えたのに違いはないのだ。追い返せ！　さもなくばここで引き返すと伝えてこい！」

一兵に対してとんでもない命令だが、千載一遇のチャンスだ。引き返すならそれでよし、引き返さなければ城に帰れる。目の前で約束を先に破ったのは向こうだ。

「――さあ、軽装に着替えましょう。リディル様」

耳打ちにうなずいて着替えを積んであるオライの馬車に向かう。イドが、早くと二人を背に回して立ちはだかる。

いざというときの偽装の服もちゃんと積み込んである。ドレスの下にズボンをはき、袖の広い女性服の下に、身体の形に添ったシャツを着込む。逃げるときは上着を脱ぎ捨てることになっている。だがリディルが馬車に乗り込もうとしたとき、また鐘の音が聞こえてきた。

カラーン、カラーン、カラーンと間遠に鳴る音。エウェストルムの鳴らしかたとは違う。イル・ジャーナのものだ。

馬でやって来たのは二人で、兜《かぶと》を被り、イル・ジャーナ特有の、刺繡が多い装束を着ていた。黒装束に黄土色の刺繡。兵隊だ。

「伝れーい。伝れーい！　我らはイル・ジャーナ国、国王の使いである。エウェストルム国第二王女、リディル殿下に申し上げたき儀、有りて参上つかまつった！」

隊列の先頭で、馬をうろうろさせながら同じことを二度繰り返す。

イドが自分とアニカを馬車に押し込んだ。

馬車の背にある小窓から外を覗く。

大臣が声を張り上げる。

「その者たちを捕らえよ！　越境者である！」

「お聞き届けあれ！　お聞き届けあれ！　御《おん》隊列の御安全を鑑《かんが》み、無礼を承知で護衛に参上いたしたものである！　お聞き届けあれ！　お聞き届けあれ！」

伝令の一人が馬を下り、仁王立ちしている大臣の前まで走ってきて膝をつく。

一ご無礼承知で申し上げます。この先山が険しく盗賊も多く、王女の御安全のため、お迎えに上がりました次第でございます。これより先お許しがあるまで一歩も前に進みませぬ故、どうか国境越えをお許しいただき、王女の護衛をお任せください」

「ならぬならぬッ！」

低く頭を垂れるその兵の前で、手にしていた杖《つえ》を振り回しながら大臣は怒鳴った。だが兵はひるまない。

「我が国の誠意をご理解いただけなければ、ここまで王が参って説明申し上げると申しております。それでもまだお許しいただけませぬか？」

王が来るということは、引き連れてきた全軍をもって進軍してくるということだ。川を踏み越え、牧草地を蹄《ひづめ》で荒らし、大軍隊のソリや荷馬車でこの地を踏み荒らしにくる。

「何を無礼な！　それは脅迫ではないのか⁉」

「いいえ、大切な王女をお迎えする我々の、精一杯の心づくしと誠意でございます。あなた様こそこの先、山賊に王女が奪われたとき、いかにして責任を取られますのか」

「な……なにい⁉」

「お迎えするのは我が王の未来の妃。つまりは我が国王妃であらせられる」

男はさらに声を張り上げた。

「お聞き届けあれ！　第二王女にお聞き届けあれ！　金の天幕と銀の輿を持ってお迎えに上が

っております。どうかこちらへ。酒も菓子も花も湯も、ふんだんに用意しております。どうかお聞き届けあれ！」

「アニカ……」

思わずアニカに身を寄せるが、さすがにアニカも戸惑っている。イドは守るように馬車の扉の横で剣を構え、緊迫した横顔を見せたままだ。

強硬に言い張って戦争のきっかけをつくってしまうか、無礼を呑《の》んで自分を引き渡すか――。

大臣には判断が重すぎるだろう。とはいえ城に帰って父王の決断を仰ぐ時間はない。

リディルは一つ息をついた。

馬車の中からイドに呼びかける。

「……行くよ。私は戦争を止めるために来た。私が元で戦いになってしまっては元も子もない」

「リディル様」

「大臣に伝えてくれ。ここでの迎えは受け入れるが、道中の約束事はそのまま守ることが条件だ」

言い聞かせるリディルに、イドは力なく剣をおろし、わなわなと震える指で顔を覆った。大きく数回肩で息をしたあとオライ大臣に向かって歩き出す。

しばらくしてイドが馬車に戻ってきた。

消沈した様子で、話し合いの結果を伝える。

「イル・ジャーナの……迎えの隊列が川の向こうで待っているそうです。そこに到着するまでにお支度を調え、リディル様をお渡しいたします。ただし、約束の場所までは馬車はこのまま、私と大臣、アニカ、荷物を管理する従者が一人、世話係が四名付き添います」

「わかった。向こうの従者によろしく頼むと伝えてくれ。そして、ここまで付いてきてくれたみんなにも」

「口惜しゅうございます。こんな乱暴を働かれても黙って受け入れるしかないなんて……！」

「誰も恨まないでほしいと言ったはずだ。大丈夫。務めは必ず果たすよ」

涙をぽとぽと落として悔しがるイドを宥め、用意を始めさせた。

元々引き渡し後の荷物は分けて、別の馬車に積んでいる。準備は隊列を入れ替えるだけで事足りる。

リディルも王女の身なりに整えなければならない。

今までも女性ものの服装で過ごしてきたけれど、引き渡し時は礼装だ。

王家の文様を刺繍した内着に上着、金のミュール。薄布のフェイスベールに金の房が下がったベール。襟で結んでいた髪を解《ほど》き、波打った金髪で肩を覆う。

出発前に、我が隊の騎兵隊隊長から挨拶を受けた。供の者にも顔はなるべく見せないようにしていたから、ベールを深く被ったまま礼に応える。

ほとんどの者が泣いていた。一部の事情を知るものも、本当に王女が隣国に嫁ぐと思っている者も皆、リディルの最後の姿を見て涙している。

王女の姿をしたリディルは深々と身をかがめ、皆に別れを告げた。

馬車に乗り込み、できるだけゆっくりと川のほうへと向かう。

礼服に着替えた大臣とイドが馬車に乗り込んでいる。

ここに来てリディルは疑問を口に乗せた。城を出たときからなんとなく違和感があったのだが、今急に輪郭が見えた気がしたのだ。

「ねえ、オライ大臣。イル・ジャーナに何かあったのだろうか」

「何かとは?」

「私が聞いていた話とはだいぶん違うのだ」

打ち合わせはここで最後だ。不安は全部、打ち明けておきたい。

「なぜ、王はそこまで輿入れを急ぐのだろう。到着を急いだって婚礼は次の朔月《さくげつ》と決まっているのに」

満月に婚礼を行うと、参列者に交じって邪悪なものが入ってくると言われている。この世には《天体の月》《第二の月》と呼ばれる大小の月が二つあって、婚礼にはその二つともがない日が選ばれるのが常だ。

あらかじめ魔法学者に計算させて、婚礼にいちばん適した日は次の朔月——十日後と決まっている。それより早く自分を手許に迎えても、婚礼までは離れて暮らすから結局何も早まらない。

それに王は数年前から急に、婚礼を急かす使者を頻繁に寄越すようになった。事情が事情だったから、なるべく引き延ばしつつ婚礼の日取りまで決めて、約束通りやって来たのに、それすら遅いと言わんばかりに条約を破って国境を越え、二日早く迎えに来る。

「王女がお可愛《かわい》らしいという噂《うわさ》を耳にしたのですよ！　大鏡がないのが残念です。男でなかったらどこから見ても自慢の姫君なのは事実ですから！」

「兄様は黙って」

「大臣はどう思う？」

「わかりません。国王はまだ若く、先王が亡くなり戴冠なさったときは《少年王》と呼ばれておりましたから、行って二十五、六歳、若ければ二十二歳くらいの可能性もある。子種を焦るような歳《とし》でもない」

「他には？」

「四方を同じ武強国に囲まれたイル・ジャーナの国境は荒れているそうです。しかし今に始まったことではありませんし、イル・ジャーナは新王になってからますます武強国としての名を高めております。情報を得る限り、目に見える衰退や亡国の兆しはありません」

近隣諸国には互いに密偵を放ち合っている。イル・ジャーナも例外ではなく、何十年と潜入している密偵から、国の実情が事細かに知らされてくる。確かに魔力は欲しいだろう。だが魔力がなくても十分な武力を持った国だ。

「王は歴代きっての魔術王《ソーサラー》と聞いております。ですから姫様……失礼、リディルさまの魔力を欲しがっても不思議ではないのですが、戦《いくさ》で劣勢でもないのにそこまで魔力の加勢を急ぐ理由があるでしょうか」

大臣は、リディルと同じ結論を出した。

「本当に、ただ美しい王女を見たかっただけではないでしょうかね！」

思考を放棄したように、狭い馬車の天井を仰ぎながらイドが悪口を吐く。そのつま先をアニカが踏みつけた。

やはり腑《ふ》に落ちない違和感を覚えるのだが、ここにある情報だけでは理由はわからなさそうだ。

前方から馬が下がってきた。乗っている騎兵が窓を叩《たた》く。

「もうじき川に着きます。隊列をお止めになるなら今が最後です」

「もういい。ご苦労であった」

チラリとこちらを見た大臣は、そう返答をした。

馬車はそのまま走り続ける。

間もなく「隊列止まれ」のかけ声が上がる。

隊列が止まると同時に、隊列全体から大きなざわめきが上がった。

何事だろうと思いながら、馬車の前に張られた幕の中に降りる。大きな天幕から幕が垂れていて、リディルが馬車を降りて幕に入るとそこが閉まり、横方《よこざま》の幕が掻き分けられる。

その向こうに広がる景色に、リディルも息を呑んだ。

川縁を埋め尽くすような大軍だ。五百——いや、七百名はいるだろうか。

大軍勢の奥に天幕がついた金の輿がある。

先頭にある銀の輿が、八人がかりで川を渡ってきた。元々浅い川だが、浅瀬を埋め立て、腰が浸《つ》かるくらいで人が通れるようにしてある。王女を渡すための工事だ。自分たちは橋まで迂回しようと思っていた。

先頭で橋を渡ってきた男が言った。

「おつきのかたも、輿で向こう岸まで渡しましょう。荷もここから運びます。新しい馬車は向こう岸にご用意してありますので、ご心配なく」

全部剝ぎ取られそうで恐ろしいが、どうやってこれを断れるだろうか。

地面に置かれた輿は磨き上げられた銀色で、天蓋がつき、布が垂らされている。人がどんどん川を渡ってきて、荷を濡らさないように木の輿に荷を積み替えている。

向こう岸に旗が翻っている。キラキラと光るのは剣か、兜か。

金の輿の両脇に、絵でしか見たことがない象が二頭いる。それらも肌に塗料で模様が描かれ、金と赤紐《ひも》で飾られて目を見張るほど美しいのだった。

武強国とあってすごい出迎えだ。これらに追われて逃げ切れるわけがない。ましてや戦えるわけもない。

見せつけたかったのかと、ふと思いついた。

こちらの言いなりに待ってやったのだ。裏切ればどんなことになるか、よく目に焼きつけてエウェストルムの王に知らせよと言っているも同然だ。

圧倒されるしかない。逆らう気も起きない。意地を張ろうにも、壁に押し潰されるネズミに何ができるというのだろう。

リディルは震える手でベールを摑み、導かれるまま俯いて輿に乗った。

かけ声とともに輿が持ち上げられ、ザブザブと水の音をさせながら川を渡ってゆく。

不意に、具体的な恐ろしさが湧き上がってリディルは自分の身体を抱いた。逃げられる可能性などどこにもない。蟻《あり》の這《は》い出る隙間もない。

これらの大群に滅多打ちにされたら死体も残らないのではないか——。

恐ろしさで震えていると、輿が静かにおろされた。

殺される——！

輿の柱に摑まって、息を呑んで固まっていると、幕の前に人が歩いてくる影が見えた。

「ようこそ、エウェストルム国第二王女リディル姫。余がイル・ジャーナ国王、グシオン・ラヒ・ソハトル・アレニエイタスである」

声が若い。張りのある、よく響く低音だ。

「国境越えの無礼はどうか許されよ。このあたりは山賊が多く、少数の従者では心許なかったので、迎えを差し向けることにした」

リディルには答える言葉がない。震えていると王は少し声を穏やかにして続けた。

「象を見るのは初めてか？　それとも無骨な兵士に驚かれたか。すまないな。あなたを精一杯のもてなしで迎えたかったのだが、怖がらせてしまったようだ。気付けの薬はいるか？」

なんと答えればいいのか。女のような高い声がうまく出る気がしない。

「気を失ってはいまいか、王女よ。――誰か」

幕を開けよと命じると、人が寄ってくる。

顔を見られてはならない。布で顔を隠し、頭からも被っているが、動転していて隠し切れている自信がない。

とっさに幕の合わせ目を摑んだのと、甲高いイドの声が割り込んだのは同時だった。

「ご無礼はお控えください！　婚礼前の王女ですよ!?」

「わきまえている。ただご無事かどうかを確かめたいだけだ」

「女官が確かめます。物静かでお気弱なかたなのです。見ず知らずのかたが覗いても逆効果でございます！」

る。

「……そうか？」

イドの口から出任せを、王が苦笑いで許した気配があった。だが王は布ごしに声をかけてくる。

「幕を開けてよいものなら、今からでも言ってくれ。短い道中ではあるが、できることならともに過ごしたい」

「けっしてそのようにはいたしません！」

「これは手厳しい。まあだがそういう約束だ。元々の合流地点までは約束のまま参ろう」

幕の向こうで立ち去る気配がする。

幕の横から、ひそめたアニカの声がした。

「大丈夫ですか？　リディル様」

「あ、……ああ」

ほとんど空気が漏れたような音で答えたあと、かくん、と床に崩れてしまった。目を見張ったまま、はーはーと息をしていると、アニカが「馬車の準備ができました。お移りください。立てますか？」と訊《き》く。

「ああ」と応えるとそっと幕が掻き分けられ、アニカが覗いてきた。

「大丈夫です。しっかりとベールを被って」

リディルは深くベールを被り、掬の前でぎゅっと握りしめた。輿の外には幕が用意されてい

て、幕が動くのに合わせて移動する。次に幕が開かれたのは違う馬車の入り口だった。

先に大臣が乗っていた。

リディルが乗り込む。アニカとイドも乗ってくる。

「……大丈夫か？　アニカ」

アニカは表情こそ冷静そうだが、先ほどから瞬きをしない。

「イド。真っ青だ」

自分の震えもまだ止まらないが、イドは表情も朦朧《もうろう》として、白く見えるほど顔に血の気がない。

「大丈夫……です。軍勢が、あまりにも、圧倒的で」

川岸に見て震えるようなものを、間近で見れば気を失いそうにもなるだろう。

「出たーっ！」

外でかけ声がする。地面がどよめく音がする。大軍勢が一気に歩を進めると、踏みしめられた地が揺らぐのだ。リディルが経験したことがない規模の、大軍隊の日常だった。

馬車が静かに動きはじめる。乗ってきた馬車より重々しい、造りのしっかりとしたあまりガタガタしない馬車だ。

「王が、……思いがけずまともで、驚きました」

まだ茫然《ぼうぜん》自失の様子のイドが呟くと、大臣も頷《うなず》いている。

「どのようなかただ」

自分を殺す相手だ。身体が大きいか、岩のような大男か、阿呆《あほう》のような顔か、それとも神経質そうな痩せた男か、富に任せて肥え太った鈍重な身体の持ち主か。

イドはアニカと軽く視線を交わして俯いた。

「長い黒髪に、光るほどなめらかな浅黒い肌をしておいででした。体つきは戦士にも見まがうほどの鍛え抜かれた様子で、私を見据えた瞳は黒く、黒曜石を嵌めたような目で、視線はひどく利発そうに見えました」

こざかしい浅知恵では煙《けむ》に巻けないということだ。

「イル・ジャーナの装束が非常にお似合いです。金の耳飾りや宝石の指輪。若い獣のような凜《り》凜《り》しいご様子で、年の頃は予想通り二十四、五歳というところでしょう。——もしも——……。……いいえ、何でもありません」

「申せ。少しでも相手を知りたい」

「いいえ」

「申せ」

「——……もしも、あなたが本当に王女なら、よい縁談になるかもしれないと思いました」

イドの感想は、相手がどれほどの醜男《ぶおとこ》や獣のようだと言われるよりもリディルの胸を強く刺した。

　辛口なイドにここまで言わせる男を、十年以上待たせ、これほどまでに心を砕いて迎えに来させておきながら、それにかかる国費や時間を無駄にさせ、彼を裏切ろうとしている。

「申し訳ありません。失言でした。どのような立派なかたでも、あなたの命に手をかけるかたを憎まずにおれるわけなどありません」

「いいのだ。悪いのはこちらなのだから」

　緊張と、積み重なる罪悪感で頭がぐらぐらする。

　そのときふっと椅子ごと沈んだような気がした。椅子が外れたのかと目を見張ったとき、腕に痛みが走った。

「リディル様！」

　腕を摑んでいるのはイドだ。前に倒れ込もうとしたらしい。

「大丈夫……だ、少し」

　緊張だけならこうはなるまい。罪悪感と、軍勢を目にして心が潰れているのだ。あの強靱《きょうじん》な大軍勢を、自分一人で騙さなければならない。神に背くかのような悪事に手を染めようとしている自分を受け入れられないだけだ。

　アニカが身を乗り出して背中をさすってくれる。

「次の休憩場所までこのまま進むでしょう。兄様に寄りかかって少しお眠りください」

　アニカに囁かれ、頷いて目を閉じるけれど、まったく眠気は感じていない。吐き気がする。

心臓の音が速く、手が冷たく汗ばむ。目の奥がぐるぐる回って、目は覚めているのに身体が痺《しび》れて動かないような不快な気分に襲われている。

あの子は無事だろうか――。

目を閉じてぐったりと馬車の壁にもたれかかっていると、小さな梟の温かさが腕に蘇《よみがえ》った。怪我は治っただろうか。また大きな鳥に追い回されてはいまいか。そうでないならもう一度ここに来てくれたら、眠れる気がするのに――。

戦というのはこういうものなのだろうと、リディルは思った。

隊列止まれの号令がかかると、長く太い人馬の列に波のように号令が伝播《でんぱ》し、それぞれの持ち場に広がり、役目につく。その動きにまったく無駄はなく、いかにも訓練されていて、それに比べると自分たちのお粗末な隊列は《おままごと》だ。

エウェストルムはもう百年近く戦をしていない。リディルも戦を見たことがない。

王女に縁組みをさせ、王子を養子に出すことで武強国の庇護《ひご》を得て生き延びてきた。また魔法使いを輩出できる王族の血を廃絶してしまうことも得策でないことから、この領地を争う戦国の世において、エウェストルムだけはほとんど脇に退けられたように戦禍から免れてきたのだ。王女を寄越せと迫る、アイデースからの侵略という最大の危機も、父王の嘘という計略で乗り切った。

いったいどれくらい物資を運んできているのか。イル・ジャーナが用意する休憩は華やかで、城ごと外に持ち出したようにとても豊かだった。

隊列は山にさしかかっても速度を緩めず、坂になると馬車に馬が足される。すべてがよく計算されていて、それらはどれも戦のためなのだと聞かなくてもわかる機動的な動きをしていた。

移動は快適で、規則正しく準備にもたつくことがない。

身を預けてから三日目を迎え、迎え入れられたときの緊張感は薄れた。

誰もがリディルたちを遠巻きにし、張られた幕の中を覗くこともしない。決まった時間に食事が饗《きょう》され、合間合間で果物や酒、甘い焼き菓子が差し入れられる。

だが昨日から困ったことが起こっていた。――王が会いに来るのだ。

「姫に目通りを頼もう」

木々の隙間にもよく通る声に、果物を摘まんでいたリディルはヒッと息を呑んで、束ねていた髪を引き解いた。

ベールを被り、フェイスベールを耳にかける。慌てて幕の最奥まで這って行って、ずっとそうしていたていで、背もたれのある、華奢《きゃしゃ》な木の椅子に飛びつくように座る。

「――ごきげんよう、リディル王女」

リディルという名は男にも女にもある名前だ。証拠に、王家の祖先の中には男のリディルも女のリディルもいる。

「菓子は足りているか？　布は？　夜は寒くないか？」

彼が来ると、黄金をばらまいたようにあたりが一息に華やぐ。

王が休憩中にリディルたちの幕を訪れるようになった。

初めの二日は、待ち合わせ場所より手前だとして断り続けたが、その地点を過ぎてしまえば約束に従わざるを得ない。

友好的な範囲で王女を安全に守る。

王自らそれを実行するのに、どう言えば拒否できるだろう。

王女は極度の人見知りで、心を乱すと具合が悪くなってしまうから会いたくないと伝えると、それは心配だから度々無事を確かめに来よう、と言われて、すかさずそんなことはないと訂正した。

王の訪れを断れば、この大軍の中で彼の機嫌を損ねてしまうかもしれない。リディルはなんとかして婚礼まで正体がバレないよう、無事に務めなければならなかった。

王女の嫌がることはしないと、さんざん約束させて幕の中に入ることを許した。

リディルと王の間にアニカが入り、それより絶対に王女に近寄らないと約束させ、そして王女は直接返答せず、王女の様子を見て、アニカが答えるという条件だ。

立て膝座りにした、アニカの受け答えは堂々としたものだった。

「王のお心づくしのおかげで、王女は快適に安らかに過ごしております。昨夜はカードをありがとうございました。興味深く拝見して王女も喜んでおりました」

「そうか。それはよかった。他に退屈ならば、吟遊詩人を差し向けよう。芸人などはどうだ？玉を十も空中に投げて回してみせる」

「せっかくのお心遣いですが遠慮いたします。王女はただでさえ、見知らぬ者に囲まれて不安に過ごしておいでです。どなたさまも幕に近づけぬよう、お願いいたします」

彼女はまったく気丈だ。そばに護衛のイドがいるとはいえ、一国の王相手に慇懃《いんぎん》ではっきりとした返答をする。

「本当に人見知りなのだな」

そう言いながら王が数歩こちらに近づく。リディルは身を固くして強く顔を逸らす。

「女官も駄目か。余の幕のほうに来てくれればもっと大きな家具を与えてやれる。食事も賑やかだ。歌を歌う者がいる。楽しいぞ？」

「いいえ。お気持ちはありがたいのですがご遠慮ください」

「なあ、リディル王女」

「……」

「どうか少しでも顔を見せてくれないか。一言でいい、声を聞いてみたい。そうすればもっとおもしろい話もしてやれるだろう。この女官の答えることが本当かどうかも疑わずに済む」

　この通り全部アニカが答えてしまうのを、王は面白くなく思っているようだ。だがアニカの答えはまったくリディルの心の通りだ。

　ベールの中で首を横に振ると、王はため息をついた。

「話をさせてくれ。お願いだ。リディル王女」

「姫は婚礼まで顔を見せない約束です。お声も同様です」

「美しいという噂だが、噂というものは流れてくる間に尾ひれが付いてくることを余は知っている」

「おきれいでいらっしゃいます！」

「顔に傷があってもかまわぬ」

「そのようなものはございません！」

「どうしても見ることは叶わぬか」

「ご遠慮ください。婚礼までの辛抱でございます」

　その日が来たら、顔どころか身体も血も内臓も披露することになるだろう。

「わかった。今日のところは引きさがろう」

　諦めの気配にリディルがほっとしたときだ。

　背の高い王がアニカの肩越しに、リディルに手を伸ばした。

　逃げようとしたが動けなかった。

圧倒される。彼の自然美溢れる官能と、雄の気配に、リディルは息を呑んだまま動けない。

王は指先で、雛に包まれたベールから零れていた髪を掬い、毛先に唇を押し当てた。

「美しいこの髪の先にだけでも、口づけの栄誉をいただこう」

「ご無体です、おやめください！」

悲鳴を上げてイドが割って入った。目の前には両手を広げたアニカがいる。

「……これでもずいぶん我慢している。無体を働けるものならそうしたい」

その必死な様子に呆《あき》れたように、王は簡単に引き下がった。

「震えているのか？　貞淑なのだな。心配なさるな。そのように怯えては無礼もできない」

イドは剣を抜く寸前のような、緊迫した声で唸《うな》った。

「お許しください、王よ。これ以上は王女が具合を悪くしてしまいます」

「わかったわかった。無礼のお詫びにあとで、果物をもう少し運ぼう。山イチゴはお気に召したか？」

ベールの中でリディルは頷いた。何でもいいから早く去ってほしい気持ちが半分、真っ赤な宝石のような、見たことがない赤い果物が甘酸っぱくて驚くほどおいしかったのが半分。

「それはよかった。それではまた今度」

そう言って王は幕を出てゆく。

入り口のところで護衛の兵が槍《やり》を鳴らして迎えるのがわかった。

静かに幕が閉じられる。

それを見届けて、三人同時にほっと胸をなで下ろした。

「大丈夫ですか？　リディル様」

アニカが振り返る。

「ああ。大丈夫だ。お前たちは？」

「大事ありません」

「無礼にもリディル様に、あのようなこと――」

歯ぎしりしそうにイドは天幕の入り口を睨む。

「いいや、私は彼の好意をありがたがらなければならないのだ。私の我儘《わがまま》を許し続け、気弱という言い訳を信じてくれる。もう合流の地は過ぎた。嫌だと言っても、彼に摑まれたら私などひとたまりもないだろうに、顔を見ないという約束も守ってくれている」

「それは……そのように、思いますが……」

王は凛々しく逞《たくま》しい姿をしているが、非常にやさしくおおらかな性格をしているようだ。

表情は泰然としていて、癖のある黒髪は黒豹《ひょう》のようにつやつやと長く、豪奢な髪飾りを使って襟足で束ねられ、膝裏まで垂れている。口が大きく、笑うと少し幼い。イドが言うとおり、黒地に金の刺繡がふんだんに施された、長い上着がよく似合う。

「私は、思った以上に王に申し訳ないことをしているのではないだろうか」

こんなに大切にされるとは思わなかった。あんなに立派な人だと――やさしい人だと思わなかった。真実を知ったときの彼の驚きや悲しみを思うと、今更ながらにひどく胸が痛む。

悲しい顔をしたアニカが身を乗り出した。

「リディル様のせいではありません。どうしようもなかったのです。それを償うために、リディル様がこうして来ているのではないですか」

「わかっている。この分も上乗せして謝ろうと思っているし、そうじゃなくとも――首を切られるだけじゃ済まない気がしてきた」

「恐ろしいことを言わないでください！」

イドは弾《はじ》かれるようにそう言ったが、すぐに力なく肩を落としてうなだれた。

「そうかもしれません……」

リディルはベールの中で静かに顔を覆ってため息をついた。アニカは信じられないといった顔で兄を見ている。

もはやどう償えばいいかわからなくなっている罪の深さを考えると、目の前が暗くなって気が遠くなりそうだ。

――だが、自分が惨殺死体になったとしても、国民が助かればそれでいいと決めて、リディルはここまで王女を装っている。

返事というものはやっかいだ。

答えてはならないと思うのに、問いかけられるととっさに口が開きそうになる。スパイスの効いたお菓子を翳《かざ》されて「甘いのとどちらが好きだ？」と問われると、両方と答えたくなる。イル・ジャーナの菓子は、子どもが食べる甘いお菓子と、口の中いっぱいに香りが広がる辛口の菓子がある。焼いてあったり蒸してあったり、温かい山羊《やぎ》の乳を添えて交互に食べると、永遠に食べ続けられるのではないかと思うくらい、魅惑的な食べ物だ。

名前を呼ばれ、問いかけられても返事もできず、意見も言えないとなると身体がむずむずする。口を噤《つぐ》むのが難しい。たった一言、是《ああ》とも否《いや》とも答えられないのがもどかしい。手の中にくしゃくしゃした黄色い花が生まれてくる。

身体に返事の癖が染みついているのだ。本当に憎く嫌いな相手なら、自動的に歯を噛みしめ、心が硬く拒否をするのだろうが、このグシオン王という人は割と子どもっぽく、あけすけで、人なつっこい。話し好きな上に、話題が豊富で受け答えが賢い。あちこちの国に行ったと話して聞かせるとおり、いろんな国のことを知っていて、おもしろい踊りや変わった風習、見たこともない屋根のこと、妙な食べ物、大蛇のように長い川魚のことを話してくれる。

どれも本当に興味深く、途中で質問したくなったが声を出したらバレてしまう。それでも思わず短く言葉を発してしまうのだが、これはアニカがちゃんと「リディル様は少し風邪気味で喉を痛めている」と予防線を張っている。

リディルは幕の隅の敷物の上で、ベールに硬くくるまれて座っていた。椅子を出すのが間に合わず、クッションに座ることしかできなかった。

隣には王がいる。足をあぐらに組み、くつろいだ格好だ。床に模様のように豊かな黒髪が撓《たわ》んでいる。

「王女は雪を見たことがあるか。エウェストルムには降らぬと聞いた。我が国にも雪は降るが、空に舞うだけで地面に届くことはない。それが北の山を越えるとびっしりと積もるのだ。雪の様子も違っていて、白く真綿のようなふわふわしたものが空から降り、たった一夜で地を埋め尽くす。土が見えないほど一面真っ白になるのだ」

——そのとき家々はどうなっているのか。

尋ねたいけれど声を出せない。寂しく思うとき、もしかして王はそれを狙って、いちばん面白そうなところを伏せて話しているのではないかとさえ思う。

「そこを馬で駆けるとおもしろい。花吹雪の中を走っているようだ。今は少し治安が悪いが、もう少し落ち着いたら王女を連れて行ってみよう。きっと気に入る。あるいは春になって行くのもいい。飛び花が有名な地帯で、空中を、種をつけた花がくるくると舞っている」

想像するだけで美しい。

王の話は聞いたことがないくらいおもしろかった。珍しいということばかりではない。リディルと注目する点が似ているのだ。イドだったら、雪がそんなに積もったら寒いし、驢馬が歩けず商業が滞ると嫌な顔をするだろう。大臣だったら空に花が舞うなどうるさくてたまらない、耳に入ったら大変だと言うだろう。

美しい、おもしろい、きれいだ。王がそう言うときは本当にそうだろうと思うし、してみたいことも度々重なった。「不思議だ」と言うときは、たいがいリディルもそう思って「もしかしたら」と自分の考えを言いたくなる。

もし彼が王でなかったら。もし自分が彼を騙している他国の王子でなかったら。今すぐこのベールを脱ぎ捨てて、彼と思う存分話してみたい。自分の知っていることを話して、彼の提案に自分の提案を重ねたい。彼の不思議をいっしょに見に行ってみたい。彼の好きな本を読んでみたい。

だがそれは叶わぬ夢なのだ。七日後。自分は彼自らの手で、惨殺される。

空を見上げた王はふと、こんなことを呟いた。

「――リディル王女は大変な勉強家と聞き及んだ。本当か」

誰がそんなことを、と思いながらリディルはベールをきつく摑んで首を振った。

「魔法学の造詣が深く、エウェストルムの研究者が舌を巻くような秀才だと聞いている。頼もしいことだ。ヒーリングなどの他に、呪いなども読み解ける腕前だそうだな？」

いいえ、と、リディルは首を振った。

エウェストルム国の者ならば多少なりともヒーリングはできる。王家の者はより大きな癒しを与えられるだけだ。それもリディルには当てはまらない。

それにリディルが勉強してきたことは、彼らに伝えても意味がない。到着してからすぐ死ぬ自分の知識が彼らの役に立つことはないし、呪いを読み解くのは趣味のようなものだ。王家に生まれれば皆勉強させられるお家芸だ。たまたま魔法学的な思考がリディルに合っていて多少詳しくはあるが、特別な力ではない。

王は少し残念そうな息をついた。だが期待されるより、ここで失望されたほうが気楽ではある。

「……」

ふと目の前に影が差した。王がリディルの肩に触れた。

瞬きをしたときは、唇を塞がれたあとだった。

薄布のベールごしに、彼の厚く、しっかりとした唇が重なってくる。布ごしの体温。吐息の湿りが布の中でふわりと広がって、接触より遅れてリディルの唇に触れる。

驚いて彼の胸に手をつくリディルから唇を離すとき、王は小さな声で、許せ、と言った。

「布の上からだ。口づけをしたことにはなるまい。驚かせたなら詫びよう。……すぐに花を持たせる。果物も」

王から顔を背け、リディルは身体を捻って敷物に手をついた。愕然《がくぜん》とするリディルの上から声が降ってくる。

「婚礼が待ち遠しい」

寂しそうにそう言って、王は去っていった。

絶望的だ。今すぐベールを剝ぎ取って、彼に追いすがって謝りたい気持で胸が張り裂けそうだ。

彼がいい人でなければよかった。彼が――輝かしく好ましい人でなければよかった――。


昨日、野営を張るとき、この婚礼の隊列を護衛するイル・ジャーナ軍を統括する男、ヴィハーンという将軍がやって来て、オライ大臣に説明したそうだ。

ヴィハーンは若く、獅子のような体軀《たいく》をした大柄な男だ。格式の高い、だが実用的で無数に傷の入った皮の鎧《よろい》を胸に当てていた。

彼は、家臣らしく、オライからも離れて喋《しゃべ》ったが何しろ声が大きい。彼が声を発すると、空気が割れるようだ。

「このあと丘陵地帯にさしかかります。なだらかな丘が何度も繰り返されるところを過ぎたらすぐにイル・ジャーナ領土ですが、隣国との境ですから、なるべく早く通り過ぎたいと思っています。そのため明日は休憩が減り、見張りの報告次第では、陽《ひ》が高いうちは一度も休憩せずに、馬を替えながら危険地帯を駆け抜けることに専念するかもしれません。どうか姫と、皆々様方には、ご承知置きを」

夜が明ける前、馬車に一日分の食料を入れ、停《と》まらないことを想定して出発することにした。国境が複雑に重なるここは普段、どの国も踏み込まないのだそうだ。だがここを迂回《うかい》すると八日以上の日にちがかかる。リディルを迎えに来るために、最大限の用心と準備をしてここに来た。大軍隊になったのもそのせいだそうだ。エウェストルムのおままごとの隊列などでは、山賊や得体の知れない遠征軍のいい鴨《かも》だ。

そこまでして自分が望まれていることに恐ろしさが増す。しかし目の前の危険は回避しなければならない。

出発前、様子を見に来たヴィハーン将軍が馬車の外から訊《き》いた。昨日よりがっちりした鎧姿だ。

「リディル王女は馬に乗れると伺っています」

王女は馬に乗れるのかという王の問いかけに、ついうっかり頷《うなず》いてしまった。

王は笑って「人見知りで物静かなのに馬には乗れるのか」と言ったあと、「それはいいことを聞いた。暮らしが落ち着いたらそなたに馬を用意させる。いい草原があるのだ。二人で駆けに行こう」と言ってくれた。

リディルは馬車の奥で再び頷いた。将軍は感心したような顔で続ける。

「馬車に足の速い馬を添わせます。いざとなったらそれでお逃げください。馬は国に戻るよう躾《しつ》けてあります。馬の言うなりに走れば再度合流できましょう」

それまでに襲われなければ、と言外に含んでいる。

「わかりました。そのように心がけます」

頷くイドの袖をリディルは引いた。ベールの頭をイドの耳元に寄せる。

――もし有事となったら、王はどのあたりにおられるのかと尋ねてくれ。

普段は自分たちの馬車の前方、中心よりやや前あたりの馬車に乗っている。その前は騎兵隊や歩兵が厚く守り、両脇を二頭の象が固めている。

イドがそのまま口に出すと、将軍は誇らしさと苦さを混ぜたような顔をした。

「王はほぼ先頭に立たれる。我らが王は、王にして最大の魔術王《ソーサラー》であらせられるのだ。もちろん我々も王に傷をつけないことに必死です。先王もそのようにして戦《いくさ》で亡くなりましたから。

……ああ、いえ。輿《こし》入れですのに不吉な話をいたしました」

リディルはもう一度イドの袖を引いた。リディルが言わなくても訊きたいことはイドも同じだった。

「先王は、本当に戦で亡くなられたのですね」

もちろんそう聞かされていたし、先王の葬儀には見舞いも使わした。だが『国王が戦死した』というのはほとんどが暗殺か、王宮内での殺害をごまかすための方便が常だ。

「ええ。先王もそれはそれはお強いかたでございました。我が国の国土をおよそ二倍に広げたのも先王の御業《みわざ》。それをグシオン王はよく護《まも》っておいでです」

将軍は兄のような表情で言った。

「リディル王女。あなたがこの国に来てくださってよかった。先王が死んでからというもの、あのように明るい顔をされる王は初めてです」

その喜びにすら打ち据えられる気がしながら、リディルは馬車の奥で身体《からだ》に力を込めた。

号令と共に、いつものように馬車は走り出す。

ああは言われていたが、出発後、旅は平穏で、違うところがあるとするなら、馬車の速度がかなり速いというくらいだろうか。

「ホイヤ！」とかけ声がかかり、御者の鞭《むち》が鳴る。

エウェストルム国からイル・ジャーナへゆくまでは、隣接国同士で特別に許し合った一本道を通るしかない。

つまり他国との国境の線の上を通ってイル・ジャーナ国に入るのだ。国交上の問題はなくとも、いわば何があっても黙認されるような場所だ。もみ消しやすい紛争地域で、あわよくば武強国イル・ジャーナ国王の首を落とそうと狙っている者がうようよいる。

両脇を騎兵に厚く囲まれながらリディルの乗った馬車は走った。何もなければ半日で国境地帯を抜けられるそうだ。

大臣もイドも口を利かない。アニカも指を組んで目を閉じている。皆、じっと押し黙ってこの緊張を耐えている。途中で、食事をと言われたけれど喉を通らなかった。

このまま日暮れまで何もなければいい。

そう祈ってリディルは苦笑いをした。ここで自分が敵兵に殺されれば話はいちばん上手《うま》くいく。誰にも落ち度がなく、自分だけが殺されて、突然の不幸と悲しみの中から両国の平和が戻ってくる。

わかっているが死にたくはない。叶《かな》うなら彼に殺されたい。だが国民のためを思えば、自分の個人的な願いなど挟む余地などない——。

組んだ指を額に押しつけながら、目を強く閉じていると、何を祈ればいいのかわからなくなってくる。

そのとき、左前方から笛が鳴った。よく通る角笛のようだ。

呼吸しかできないまま、じっとそちらを見ているとしばらくしてから馬が下がってきた。

「このまま！　このまま駆け抜ける！　止まるな！　走れ！」

隊列の馬車たちに、前方からの命令を伝えて行っているようだ。

「振り切れるでしょうか」

「この馬車なら、あるいは」

イドの問いに大臣が頷いた。

「あそこで馬車を替えていなかったら到底逃げ切れなかっただろうがな」

城から乗ってきた馬車をこんな速さで走らせたら、地面で跳ねて弾《はじ》けて空中分解しかねない。

そもそも馬もこんなに速くは走れない。

この状況を見越してか。

王の周到さに感心しつつも、一向に馬車の速度は緩まない。

御者のかけ声と、鞭の音が頻繁に聞こえる。

あちこちで角笛が鳴り、鐘が鳴りはじめると馬車の側《そば》を走っていた馬たちは、列から離れ、一斉に音のほうへ走り出した。

「方向的に見て、ラリュール国のほうですな」

顔をしかめて大臣が呻《うめ》く。

イル・ジャーナは軍事大国だが、隣接する国もすべてそうだ。国境を押し合い、領土を奪い合い、協定を結んでは破り、隙を突いて攻め込み、王族を殺そうとする。

「あれは！」

イドが窓に飛びついた。

マントをなびかせ、隊列から離れて行くのはグシオン王だ。

兜《かぶと》を被《かぶ》り、黒く染めた鋼の胸当てをつけて、馬に乗って皆が流れる方向へ駆けてゆく。

本当に戦う気なのだろうか。

驚きながら窓の外を見ていると、また前から一頭の馬が下がってくる。イドが、ベールごとリディルを馬車の奥に押し込んだ。

馬で下がってきたのは若い男だ。

ほっそりした体つきだが、胸当てだけの鎧を着て、剣を腰に佩《は》いている。

「わたくしは、グシオン王の側仕え、カルカ・オットマーと申します。御馬車はこれから兵列を離れ、女官たちの馬車と合流して走ります。ご安心ください」

イドが身を乗り出す。

「わたくしは、リディル王女の側近、イド・ヴィナーです。王はどうなさるのです」

「――あちらをご覧なさい」

彼は王が駆けていったほうを視線で示した。

人が集まりつつある。あの辺りで兵がぶつかりそうだ。

そう思ったとき、どん！　と鈍い音がした。

火薬でも破裂したような、重くて鈍い音だ。何の音だろうと、ベールの中から目をこらしたとき、再び、どぉん、とその音が響いた。

火花のような、地面で弾けた稲妻のような閃光《せんこう》も見えた。

壁のように横一列で押し寄せていた敵兵の群れが、わあ、と散らばり、そこを中心に凹《へこ》んでゆく。

「王にも多少の魔力があります。我が王は、本当に強いのです」

また、空から細い光が走り、直後にどおん、と地響きのような音がする。

王の剣には稲妻が宿っているようだ。

空が晴れているから見えにくいが、かなりの威力だ。閃光とともに敵を切り裂き、神の銛《もり》のように地面に穴を開ける。

グシオン王に魔力があっても不思議ではない。

イル・ジャーナ国の数代前の王妃は、エウェストルムから嫁いだ姫だ。二世代以上魔力は残らないとされているが、代を置いて子孫に多少の魔力が蘇《よみがえ》ることもある。だがそれはあくまで補助的なもののはずだ。

切っ先のように敵陣を切り開いていく王の両翼から、こちらの兵が攻める。王を守りながら王の邪魔にならないよう動く、よく訓練された兵たちだった。

先頭に立って戦う王はとても強かった。剣の一振りで、数人をなぎ倒し、その後ろの兵までをも雷《いかずち》の力で立てなくしてしまう。

だがあくまでそれは剣の強さで、武装魔法と言うほどでもない。雷は剣の威力を増しているにすぎない。

波のように襲いかかる敵兵を、王は果敢に切り開いている。だが他の兵は同等か、人数的にそれ以下で、王がいなければ押されていたはずだとはっきりわかる。

これがイル・ジャーナ国の日常なのか。

エウェストルム国とのあまりの違いに、リディルは気が遠くなりそうだった。思わずリディルは左手を上げ、肩越しに自分の魔法円に触れていた。

これではエウェストルムからの王妃《リディル》が欲しいはずだ。

いくら王が強くても、魔法使いの補助がないので厳しい戦いだった。

また別の伝令の馬が下がってくる。カルカと名乗った側近と馬車の両方に聞かせるように言った。

「敵の軍勢が予想よりも多く、ほとんどの兵があちらへ出払いました。護衛が減ると危険になりますから森へ避難します。カルカ殿は、王の加勢に出られませ」

「わかった」

草原を斜めに横切るように、カルカの馬も、王のほうへと駆けてゆく。

伝令が前を指さす。

「あちらの森へ！　なるべく奥まで走ってください。馬車から降りてはなりませんよ？」

「わかった！」

返事をするイドの奥で自分と大臣も頷いた。

馬車が駆け込んだのは、くぼんだ深い森だ。

壺《つぼ》のような森でまわりを守って、兵に蓋の部分を守らせる。そうすれば兵の数は最低限で済むし、森ならば、いざとなったら馬車を捨て、馬に乗ってどこからでも逃げ出せる。

中央の広場は馬車の回転ができるほど広かった。

いつでも飛び出せるよう、馬車の頭を森の入り口に向けた状態で停まり、息をひそめる。森の入り口は兵たちが守っている。

四台の馬車には、女官と大臣たちが乗っていて、いっしょに入ってきた三台の荷馬車には、調理人や戦闘に出られない使用人が乗っている。

森の前方に馬が駆け込んできた。

「加勢を頼む！　兵が少ない！」

「ヴィハーン殿は⁉」

「王のおそばで先鋒《せんぽう》を守っておられるが、この人数では……！」

「しかしここも、これ以上手薄になっては守り切れません！」

大声で言い交わす兵たちの声が聞こえてくる。

遠くから見ただけで、軍勢に大きく差があるようだった。王がいくら雷の剣の使い手といえど、あの差は縮まるだろうか。

そう思っていたとき、わっと、森の入り口の兵たちがざわめいた。兵たちが剣を振り上げる。

一瞬あとには騒乱になった。敵兵だ！

「リディル様！」

襲われたら馬に乗って逃げよと言われている。

ズボンをはき、袖の広い上着を脱いで、シャツを着る。厚い刺繍《ししゅう》の上着を羽織ってリディルは立ち上がった。

「剣をくれ、イド」

「リディル様？」

リディルはキラキラと光りながら肩を覆う髪を、後ろで一つに束ねて、馬車に立てかけてあったイドの剣に手を伸ばした。

「リディル様！」

「これから夫になる者が戦っているというのに、黙って見ていられるものか！」

「リディル様」

リディルは馬車を飛び降りた。

用心深くして正解だった。周りに顔を見られても問題ない。ここでもまた少年リードとして戦えばいいのだ。

「！」

入り口の兵をかいくぐった、数名の敵が森の中に漏れてくる。女官たちから悲鳴が上がり、調理人たちは立ち向かおうとして包丁や鍋のふたを手に馬車を飛び降りた。

荷馬車に襲いかかろうと剣を振りかざす男の剣を弾いた。

ギインと音がして、油断していたのか兵は剣を地面に落とした。そこを体格のいい調理人たちが押さえ込む。

次は、横から飛び出してくる兵と打ち合った。

一撃、二撃。非力なリディルの剣は押し勝つ剣ではなく、左右に弾いて隙を突く剣だ。こう見えても王子だ。小さな頃から剣技は十分修練を積んでいる。

剣先の中頃をよく見て、切っ先を弾く。

「！」

肘が上がったところをまっすぐに突く。

「うわああ！」

リディルの腕力では、鎧を貫いて相手を殺すことはできないが、皮膚を裂き、痛がらせることくらいはできる。

「押さえちまえ！」

脇腹を押さえてよろめく兵を、使用人たちが押さえつけ、頭に桶《おけ》をかぶせて縄で身体を縛り上げる。

ほっとしたとき、背後から足音がした。はっと仰ぐと頭上に剣が翳《かざ》されている。

「！」

息を呑《の》んで、剣を横に翳した。非力なリディルの剣は、キン！　と音を立てて軽く弾かれる。

幸い手放しはしなかったから、もう一度構えようとするが間に合わない。

もう駄目だと、ぎゅっと目を閉じたところに目の前で剣が打ち合う鋭い音がした。

「リディル様！」

どこかから代わりの剣を奪ってきたイドだ。

イドは、襲いかかる兵を一人二人と華麗に切り伏せ、リディルの腕を抱えて、馬車へ走らせる。

「なんということをなさるのです！　この先はお任せください！　あなたが眠っていてもラリユール人などに、指一本触れさせるものですか！」

イドの剣は優れていると聞いている。自分の剣の師匠に『自分とイドはどちらが強いか』とずっと尋ねてきたが、『リディル様は非常に強くおなりですよ』と言うものの、けっしてイドより強いとは言わなかった。

イドは、敵兵に襲われている調理人を助け、女官の馬車に取りついた敵兵を斬り捨てた。

これ以上増えたらどうにもならない、と思っていたとき、森の外から騎兵隊の一部が戻ってきた。

彼らは馬で森をぐるりと一周し、侵入していた敵兵にどんどん槍《やり》を刺していった。

森の外へ逃げ出す者もいるし、地面に倒れている者もいる。

「リディル様は、早く馬車へ」

「あ……ああ」

それより王は大丈夫なのか、と思ったとき、木立の上のほうから、ひゅっと黒い塊がこちらに飛んでくるのが見えた。

「わ⁉」

胸にドスン、と飛び込んできたのは——。

「お……お前⁉」

一昨日《おととい》怪我《けが》を治してやった梟《ふくろう》だ。

「まさか……追いかけてきたのか⁉」

「早く、リディル様！」

馬車に押し込まれるとき、梟をぎゅっと胸に抱き込んだ。

今度は慌てて王女の格好に着替える。アニカは真っ青だ。

「何ということをなさるのです！　こんなところでお身体のことがバレたらどうなさるおつもりですか⁉　それに怪我などしたら」

「私は第三課程の修了書をもらっているんだよ」

第一課程から戦場に出られ、第二課程は任務を任されるようになる。第三課程は剣士の称号がもらえる。しかしそれらの何よりも、王子という称号が強いから名乗らないだけで、それゆえ第三課程の剣士というのは実力なのだった。ちなみにイドは第五課程、兵士に剣が教えられる程度だ。

「存じておりますが、剣に怪我はつきもの。無茶をなさらないで」

「うん。もうこんなことがないように祈ろう」

腕の中でキョロキョロしている梟を撫《な》でながら、馬車の外を窺《うかが》うと、調理人たちが鍋や拳を振り上げ喜んでいる。戻ってきた騎兵たちが森の中の敵兵を一掃したようだ。

「おおい、敵が撤退したぞー！」

遠くから叫ぶ声が聞こえる。さらに人々の喜びの声が湧き上がった。明るい表情でイドと見交わした。

慎重に、馬車が森から出される。

戦場から引いてきた兵隊たちがまた、隊列の通りに戻ってくる。

「王は、ご無事だろうか」

「ええ。戻ってくる兵は一様に陽気ですから、王に何かがあったとは思えません。それにしてもずいぶん王のことをお気にかけますね」

「あ……いや、当たり前だ。謝罪する相手だし、こうして私たちを守ってくれるのだから、無事を喜ぶのは当然だろう」

リディルが、指で自分の唇に触れそうになるのを必死で堪《こら》えながら言うと、イドは歪《ゆが》んだ笑いを浮かべる。

「私は本当は、王に何事かがあればいいと思いました。そうすればあなたが死なずに済む」

「……うん。そうだね。――でもね、イド。王と話す前の私ならそう祈ったかもしれない。しかし今はもう、彼に死んでほしいと祈る気にはなれないのだ。がっかりして怒るだろう王に、どのくらい詫《わ》びの言葉を伝えられるか、そればかりを考える。私が彼を傷つけることが苦しくなっているのだ」

「私から見ても、グシオン王はお優しいかたのようです。でも将来あなたを殺すかただ」

「残念だと思っている。でも私が彼に、直接詫びられるのはよかったと思っているよ」

そのとき、遠くから波のように歓声が上がるのが聞こえてきた。

王が隊列に戻ってくるのだ。

この兵たちの熱狂と喜びよう。慕われている王だ。国民に未来を見せるに十分な器量を持ち合わせているのだろう。

先ほどの側仕えが馬の横に駆けてきた。

「王がご無事で戻られました。隊列が動きます。国境までもう少しです。速度は変わりませんので舌を嚙《か》まないよう」

リディルは梟を隠すようにベールを深く被って馬車の奥に座っていた。

本当によかったと思っていた。

くつろいだ格好をしたリディルは、天幕の中の敷物に座っていた。

あの戦闘の数時間後にはイル・ジャーナ国の国境内に入った。国境付近は野盗がうろついていて治安が悪いが、さすがに王の隊列を襲う者はいない。

一段落だ。日中の戦闘の傷を手当てし、迎えに来た援護の軍隊が加わってさらに賑《にぎ》やかな隊になった。疲れた兵が入れ替わる。物資が届く。

夕飯はずいぶん豪勢だった。新しい酒が持ち込まれ、イル・ジャーナ特有の果物も、新鮮な野菜も多く交じっていた。

天幕周りも賑やかだ。いつまでも灯《あか》りが消えず、人が行き交う気配がする。

「ほら。もう一度」

リディルが手のひらに梟を乗せ、上に持ち上げてやるとぱたぱたと天井付近まで羽ばたいて、ふわふわと落ちてくる。また持ち上げてやると、ぱたぱたと昇って、ふわふわ手のひらに落ちてくる。

いっしょに花を撒《ま》いてやると、梟は花を追ってくるくる回ってまた手のひらに落ちてくる。

「上手だね。梟は皆、このようなことができるのか？」

「もうお休みなさいませ、リディル様。ずいぶんご機嫌のようですが、明日も早うございます」

天幕の入り口に座っているアニカが言う。

「わかっている。さあ、お前も休もう。私のそばに侍《はべ》るか？」

上掛けを持ち上げてやるが、梟は首をくるくるとかしげるばかりで中に入ろうとしない。

「おいで」

呼ぶと、梟は気まぐれに天幕の入り口のところにとことこ歩いて行って、布をくぐって外に出て行ってしまった。

入り口から中を覗《のぞ》いていたイドに問いかけた。

「あの子は眠らないのだろうか」

「梟だから夜に食事をするのですよ。腹が減ったのでしょう。それにしてもよく懐きましたね」

「うん。手放さなければならないとわかっているのだが、帰って来てしまうのだからしかたがない」

馬車に跳ね飛ばされたら危ないし、これ以上元の場所から離れたら、住んでいた森に帰れなくなってしまうかもしれない。婚礼のときに民衆から払いのけられたら怪我をするかもしれないし、万が一にも、王の怒りの巻き添えを食って殺されてしまったら、かわいそうでしかたがない。

「王都が近くなれば人間が増えます。あの梟も怖がって近寄らなくなるでしょう」

「だといいのだが」

「もう灯りを絞りますよ？　おやすみなさい」

イドは夜、寝ずの番をしている。日中、馬車で眠っているのだが、座ったまだし今日のようなことがあれば眠るどころではない。

王から使わされた兵も、天幕のまわりを守ってくれている。しかし「そもそもそれも疑わしい」と、警戒心が強く忠義が堅いイドは言う。アニカはリディルと同じ天幕の中で眠っている。胸に短剣を抱き、女性なので大きな薄い一枚布に身体を包んで、入り口のそばで寝る。

二人とも、だいぶ疲れが溜《た》まっているだろう。灯りを絞り、天幕を出て行くイドの背中を心配しながら見ていると、イドが布を下ろしながら言った。

「――今日は皆が無事で、本当によかった」

その通りだと思った。


イル・ジャーナ国は広く、王都までは三日かかるそうだ。

その後の道中は平和で、王都に近づくにつれ、道の舗装がよくなるから馬車も軽やかだった。隊列の緊張感も薄れ、旅の終わりを惜しむように、休憩中も和やかだ。

「さあ。ここに手を。気をつけて」

王に支えられ、リディルは馬を下りる。風で飛ばないよう、まったく前が見えないくらい深くかぶったベールをぎゅっと握りしめ、地面に下り立つ。

「休憩の準備をしてくれ。余は王女と語らいたい。人を払え」

馬で護衛についてきた側近たちに命じると、彼らが笑う。

「王はすっかり王女をお気に召したご様子ですね」

「もちろん。王女にこの国を気に入ってもらわなければならない。まずはそこからだ」

「よい婚礼の儀となりましょうな。背丈もちょうどいい」

リディルは小柄だが、女官たちよりは背が高い。しかし、イル・ジャーナの人々は総じて背が高く、さらに王が皆より頭一つ背が高いものだから、リディルがひどく華奢《きゃしゃ》に見えた。

「いくら嬉《うれ》しいからと言って、婚礼中はお笑いになってはなりませぬぞ？　王よ。隣国の来賓も来ます故」

「そこまで間抜けではない。なあ、王女よ」

王がリディルに同意を求めると、側近たちが楽しそうに笑う。

彼らが皆気やすそうで、そして王が大好きなのが伝わってくる。

若い側近たちから微笑《ほほえ》ましそうな目で見送られ、花がよく見える岩場に連れていかれると、岩場にはすでに敷物が敷かれていた。

傍らに果物や酒をおいて、二人で花を眺める。

だいたい王が一方的に話をした。リディルは相変わらず、声を発しそうになるのを堪えながら、頷くばかりだ。

「我が国は、エウェストルムに比べて春が短い。夏も暑いかどうか、吟味している間にすぐ肌寒くなる。エウェストルムの春はよいな。余も若き頃、花盛りのエウェストルム国を見に行ったことがある。見事であった。そなたはずっとそのようなところで育ったのだな」

リディルは頷く。花の多い、春の長い、夏の華やかな自慢の祖国だ。ことに王宮の花は見事で、《花の城塞》と呼ばれる美しい城だった。

「冬の間もなるべく花を探してこよう。そなたが寂しがらないように」

微笑みかけてくる王から、リディルは顔を逸《そ》らし、俯《うつむ》いた。

手の先が、ふわっとあたたかくなった。

望んでもいないのに花が漏れた。小さな青い花だ。寂しそうな色の花は、心細げにほろほろと生まれて、指の隙間から落ちてゆく。

「……これは不思議なことをする。魔法使いの姫とはみなこのようなのか？」

王は花を手で受け止めようとしたが、触れるととたんに雪のようにしゅわりと消える。もともと魔法で生まれた花は、しばらく経《た》つと空気に溶けて魂《ラウフ》に帰ってゆく。淡いリディルの悲しさから生まれた花は、刹那に溶けて消えてゆくものだ。

悲しく、つらかった。

王は度々リディルの天幕に通ってきては、他愛ない話をして食べ物をくれ、こうして花を見に連れて来てくれる。

王と結婚する姫は幸せだろう――。

それを壊そうとしている自分を握り潰したくてたまらないし、王が微笑みかけてくるたび、心臓がぎゅっと縮んで息が詰まる。

「どうした。気分でも悪いか?」

王のほうを向けなくなってしまった自分に、王が心配そうに問いかけた。遠巻きに見ていたイドが割って入る。

「王女はお疲れです。旅も長くなって参りましたから」

「そうか。そうだろうな。だがもう少しだ、辛抱してくれ。城では寛《くつろ》げるよう準備をしている」

こくん、と頷くと王がベールを手のひらで撫でた。

胸元に零《こぼ》れた金の毛先を指で掬《すく》い、恭しく唇を押し当てる。

王の首飾りがしゃらりと音を立てる。きゅっと胸を絞られるのを堪えていると、唇は布越しのリディルの唇に移された。

弾力を確かめるように何度も、唇を押し当ててくる。布越しに漏れる彼の温かい呼気。異国の香水のにおいがする。

「……早く先のこともしたい」

そう言って王は、椅子にしていた岩を立った。

「戻る。出立の準備を始めよ」

祝福の雰囲気の従者たちが、さっと持ち場に走る。

王は再びリディルを馬に乗せた。

「速駆けはせぬから安心しろ」

王は優しく囁《ささや》いて馬の手綱を引いた。

馬の上で身体を硬くしたリディルを感じて、王はリディルが早駆けを怖がったと思ったらしい。

リディルは俯いて、馬の首にしがみついていた。

怖いのは早駆けではない。王に悟られてしまうことだ。

小柄とはいえ、まったく丸みのない身体だ。万が一にも胸元に手をやられたら一巻の終わりだった。念のために内着の下に綿を詰めてきてはいるけれど、触ればわかるお粗末な仕掛けだ、騙《だま》せる気がしない。

だが王はどこまでも誠実で、約束を守り、必要以上にリディルの身体に触れようとしなかった。

腰のあたりに何かが当たるような気がするが――生理的なものだと言われたら信じられる

範囲だ。

王はイドを連れて、リディルの天幕のそばまで戻り、リディルを馬から下ろした。心配そうな顔で待っていたアニカが駆け寄ってくる。

「それではまた。明日には城下が見える。今しばらく我慢せよ」

そう言って自分の天幕に戻っていった。

――その数日後が自分が死ぬ日だ。

ぼんやりした気持ちで王の背中を見送っていると、馬を引いたイドが側まで近寄ってきた。

「ちゃんと騙せているようですね。うまくいきすぎのような気もしますが……」

イドの表情も苦い。王の慈愛に溢《あふ》れた親密さに、彼も頭を痛めているようだ。

森がざわめいている。遠くで人々の働く声が滲《にじ》んで聞こえた。

夢の中にいるようだった。悲鳴で目覚めることもできないぬるい悪夢だ。

これは夢で――あるいは自分は本当は王子だと思い込んでいる王女の白昼夢で――そのうちまた妙な世界に送り込まれるか、それともいつものベッドで目覚めて苦笑いをするか――どちらにせよ、リディルには自分で目覚めることのできない夢のようだ。

もしもこれが現実だとしたら、相手があの王でよかったな、とリディルは思った。

あと五日。惨殺までの日を指折り数える日々だが、まやかしでも最後にこんな贅沢《ぜいたく》で優しい日が送れてよかった。命を懸けて誠実と謝罪を尽くす相手が、あの麗しい、美しい黒髪をした優しい王で、本当によかったとリディルは心の底から思っている。

王の言ったとおり、翌朝出発してすぐ、丘を越えた先に王都が見えてきた。

これまでも街らしい場所を遠く眺めながら来たのだが、王城付近は建物の密度や高さが違う。石畳があり、鐘のついた櫓《やぐら》がある。市場の天幕が軒を連ね、異国の格好をした旅人が歩き、驢《ろ》馬《ば》が引く馬車には荷がいっぱいだ。

そのうち連絡用の早馬が行き交うようになった。

城の様子を王に知らせ、王の様子を城に伝える。

帰還を祝う晩餐《ばんさん》が開かれるのだろう。イル・ジャーナでは王が帰ると大浴場が開かれ、花びらを浮かべた風呂に浸《つ》かって楽しむのが常だそうだ。

沢の魚のように、細い早馬が来ては喜びを表し、戻ってゆく。その頻度が上がるのが、王城が近くなるのを感じさせた。

すぐに王都に入った。

王都は広大で、王の隊列を見に来た人たちが通りに出て歓声を上げていた。

王がどのように応えているか、馬車からはわからない。リディルの馬車の窓は蓋を降ろし、外から見えないようにしている。

さらにしばらく走ると、ごとごとと車輪が硬い音を立てた。長い橋だ。

馬車が速度を落とす。王城に渡る橋なのだろう。

橋が終わるとラッパが鳴り響き、その前を通過して奥へと進む。

馬車が止まった。

歓声が上がり、音楽が鳴る。王の帰還が告げられるとひときわ歓声が膨らんだ。その中でリディルの馬車の戸が開けられた。

「エウェストルム国第二王女、リディルさま、お着ーきー！」

号令とともにファンファーレが鳴る。

大臣に手を取られて、リディルは馬車を降りると、その場で深く身をかがめてお辞儀をした。

地面からも壁からも、ものすごい歓声がする。城自体が叫んでいるようだ。

王がそばまで歩いてくる。

「大事ないか、王女よ」

頷く。

王はリディルの手を取り、周りに聞こえないくらいの声で囁《ささや》いた。

「このように会えるのは今日が最後だ。次に会うのは婚礼だな。疲れたろう。ゆっくり過ごせ。

——楽しみにしている」

目の前から王が去ると、すかさず数名の女官たちが寄ってきた。

「リディルさま。お湯をお使いください。御髪を洗いましょう」

「香油をふんだんにお持ちしております」

「お召し替えを。花の香りのお部屋をご用意いたしました」

「お待ちください。リディル王女はお疲れです。まずは部屋に案内してください。王女におやすみいただきたいのです。必要になったら呼びますので」

アニカが遮ると、女官たちが戸惑ったように肩を寄せ合う。イドや大臣が彼女たちとの間に挟まるようにして奥へ進んだ。

部屋は二階のようだ。案内されながら階段を上がり、赤い絨毯《じゅうたん》が敷かれた城の内部を進む。ベールで周りが見えないが、かなり大きな城で、堅牢《けんろう》そうな石造りだ。下手をすると城の中で迷子になってしまいそうな広さだった。廊下を何度もくるくる回る。

「お部屋はこちらでございます。それでは後ほど。本当にお茶もよろしいんですの？」

「ああ。お気持ちだけ」

大臣が彼女たちを退け、その隙にリディルを部屋に入れてドアを閉めた。

「――――……ふう」

皆一斉にため息を漏らした。

イドとアニカがすばやく部屋を見て回り、アニカが隣の部屋に風呂を見つけた。

「とりあえず、お湯を貰《もら》って身を清めましょう。服は私が見に行きます。向こうのほうがいいならそれをいただいてきます」

アニカにイドが頷いた。

「食事もまずはこの部屋で。大臣は、このあとの暮らしについて話し合いに行かれるのでしたね?」

王の側近、カルカと名乗った男と会談を持って、婚礼までの、リディルの生活の細々を決めることになっている。

「ああ。変更がなければ、リディル様はここで婚礼のご準備をされ、婚礼の直前まで過ごされることになるだろう」

そう言って大臣は顔を歪めた。

「――あとは、お役目を果たすのみ」

「うん」

とうとうここまで来た。

王女の身のこなしの練習をし、両国の歴史を学び、アイデースに攻め込まれたときの困難を正直に王に打ち明け、自分の命を差し出して、国民の命乞いをしなければならない。

あの王なら――いや、あの王だからこそ、彼は自分を許さない。

彼がどれだけ誠実か、国民に慕われているかがわかってしまった。彼がどれほど国民を思い、国を懸命に繁栄させようとしているかも。

その王に恥を掻かせ、無駄な時間と手間を使わせて、子が欲しくて堪らないだろう、彼の婚礼をまた一から始めさせることになる。

扇を噛んで泣いたことも、馬車に揺られて身体中の骨が痛んだことも、王の手の温かさとか、低い声の優しさだとか、見知らぬ草原だとか、象の鳴き声、敵兵と刃《やいば》を交わしたこと、王と布ごしに唇を重ねたことも——たった半月にも満たない旅だ。しかし、もう一度人生を過ごしたような気がするくらい、リディルの胸は濃密な思い出でいっぱいだった。

馬車からの景色、天幕での生活。

エウェストルム国の城の門を出てからもう、長い年月が経ってしまったような気がしている。

熱いくらいの湯で身体を清め、髪と肌にたっぷりと香油を塗った。

部屋着はかなりの枚数を用意してくれていたようだが、綿花の名産地である自国から持ち込んだ布のほうが肌触りがよく、そちらを着て過ごすことにした。

久しぶりに食事をしっかりしたテーブルで食べ、柔らかいベッドに横たわった。

香油の香り。清潔な布。このまま眠ったら、本当に出発前の朝に戻って目が覚めるのではないかと思うくらい幸せに安らいだ。

大臣は翌朝から、挙式の最終的な打ち合わせのために、別の部屋に出向いている。

リディルは特にすることもなく、馬車に乗り続けてこわばった身体を湯につけて伸ばし、ふかふかのソファに転がって眠ったり起きたりを繰り返すばかりだ。

食事は豪華だが、慣れない味付けに戸惑う。イル・ジャーナは香辛料が豊富で、肉魚はもちろん、飲み物にもたっぷり入っているのだ。

果物だけはとても美味《おい》しかった。エウェストルムに比べてどれも小ぶりだが、実が濃厚で香りが高い。普段は「果物ばかりを召し上がっても大きくなれませんよ?」と小言を言うイドも何も言わない。

夜が来ると、リディルはベランダの戸を開けた。

昨夜と同じく、あの梟が手すりに留まっている。キラキラとした目が輝いている。

リディルはベランダに出て手すりに手を伸ばし、梟を両手のひらに掬い取った。

「もとの森にお帰り。明後日からここはとても騒がしくなるし、私はもうすぐいなくなる」

この窓を訪ねてきて待っていても、二度とこの扉は開かない。もしも誰かが出てきたとして、それは自分ではない。

その人が鳥嫌いだったら、捕まったり棒で叩《たた》かれたりするかもしれない。

手のひらに白い花を生み出してみせると、梟は嬉しそうにそれをくちばしに挟んだ。薄水色の、涙色の花だ。

「お前がいてくれてよかった」

一度大切に胸に抱いて、リディルは梟を空へとさしあげた。

「大きく、立派な梟におなり。さようなら。もう大きな鳥に襲われないように」

そう言ってさらに夜空へと手を突き出すと、梟は渋々といった具合に羽を広げ、手のひらの花を蹴散らして星空の中に飛び立っていった。

夜の中に鳥の影はあっという間に紛れてしまう。

さようなら。かわいらしい子。

花びらの散った冷たい石の床に裸足で立って、リディルは梟を見送った。

どうか元気で、そしてその夜のような美しい瞳で、自分の代わりに空を、未来を見てほしい。


婚礼の衣装は、三つの箱に詰められている。

白い絹の上着は金糸銀糸で埋め尽くされて、荘厳な花と蔦《つた》が画《えが》かれている。内着はコバルトブルーの立て襟だ。髪飾りは色とりどりの宝石や金の粒が編み込まれ、動くとしゃらしゃらと音を立てた。

アニカが、椅子に座ったリディルの髪を編み、イドが頭に嵌《は》める女性用の冠をつけ、両脇に垂れる金の飾りをつけてゆく。

殺されるのに、紅《べに》までさすのは滑稽ではないかと思いつつ、紅筆が唇をなぞるがままに従い、額に垂れる太陽の飾りが冷たいのに目を閉じて耐えている。

そこそこによくできたと、刺繍の施された長い袖を眺めながらリディルは思った。

髪を編み、豪華な髪飾りをつける。腰に白いベルトを結び、ずっしりとした上着を羽織る。床すれすれまである衣装は足首さえ見せはしない。幸福のまじないがかけられた七つの指輪、しゃらしゃら鳴るほどの重い耳飾り。首飾りが何重にもかけられ、腕輪も手かせのように感じるほどだ。

ほとんど衣装が本体だ。この姿を見て、一瞬で男と見抜ける者はいないだろう。

「……できあがりです。リディル様」

この日のために着付けを習得したヴィナー兄妹の支度は非の打ち所がなかった。アニカが、フックのついた白い布を恭しく差し出してくる。

右耳と左耳にかけるとフェイスベールになる。

最後にイドは、身体を包めるほどもある、白いベールを髪飾りの上からそっとかけた。

両方の王国の紋が刺繍されたベール。これがリディルの死に装束だ。

「おきれいです。リディル様」

アニカが涙ぐんだ。

「ありがとう」

女性の婚礼衣装が似合うなど、苦笑いするしかないが、皆が心を尽くして用意してくれたものだ。嬉しいと思うことにしよう。

「さらば、オライ大臣、アニカ。そなたたちとはここでお別れだ。今までありがとう」

「リディル様……」

泣くことは許していない。二人とも顔を歪めて懸命に涙を堪えていた。

この先、付き従うのはイドだけだ。

ふと——外の気配に気を引かれた。

外は夜明け前だというのに賑やかな人の声が聞こえている。

王の婚礼を祝う国民の声だ。先王を追うようにして、先代の王妃は亡くなったそうだ。十五年ぶりだ。待ちに待った王妃の誕生を、国を挙げて喜んでいる。

つらく目を閉じてその声を聞いていると、人の気配が廊下のほうから近づいてきた。

扉が叩かれ、重い音で開かれる。

正装に身を固めた大臣が、女官や兵を従えて立っている。

「本日は誠におめでとうございます。リディル様。お時間でございます。婚礼の間へお連れ申し上げます」

女官に手を引かれ、彼らの列に加わる。

兵が先頭を歩き、大臣が歩く。そのうしろにリディル、そのうしろを女官たちが歩き、さらに兵が続く。

ベールの中で深く俯いて歩くリディルはやがて、視界が開けたのを感じた。外のような広い空間に、赤い絨毯が敷き詰められている。七色の刺繍が施された絨毯の上には、たくさんの花が散らされている。それらの中を進むと王の姿があった。だがベールの下からは全容が見えない。数段の階段を上がり、椅子に座るよう導かれた。

婚礼の儀が始まる。

位の高い修道士の説教があり、香が焚《た》かれる。両手のひらに緑色と赤の染料が塗られる。これは一生食べものに困らぬように、また持っている食べ物を人々に分け与えるようにと、王妃にだけ施されるまじないだ。

金属の盆が差し出された。木の実や、練った米、赤く甘い菓子など、一口大の品物が二個ずつ四品置かれ、それを王と同じ順番で盆から指で、一つずつつまみ上げて食べる。同じ盆に載せられた酒を、王が半分飲み、残りをリディルが呑む。

中央にある大きな金の器には聖なる炎が焚かれ続けていた。邪悪な者が近寄ってこないように、チイン……チイン……と、小さな鐘が鳴らされ続けている。

各国から来た身分のある人が、一人一人自分たちの前で祝いの言葉をかけてゆく。

永遠に続くのではないだろうかと思うようなそれが途切れる。自分たちの世話を焼いていた、メシャムと名乗った大臣が「これで終わりです」と、自分たちだけに聞こえるように耳打ちした。

大臣はまず、黒い硝子《ガラス》ビーズの首飾りを差し出した。既婚の印だ。ベールの上からそれを首にかけられる。

次に赤い入れ物に載せられた細い棒を王に捧《ささ》げた。全体に宝石がまぶされ、先端から鳥の尾のような、七色の房が垂れた棒だ。

王はそれを取り、リディルに差し出す。

「王妃、リディル。この約束が我が国に、繁栄と幸福をもたらさんことを」

リディルは両手を差し伸べ、恭しくそれを受け取った。

広間から喜びの声が上がった。

これで成婚だ。リディルはこの瞬間からイル・ジャーナ国王妃だ。

先ほどより明るい音楽が鳴りはじめる。料理が運び込まれてくる。

儀式は滞りなく終わった。

「お足元に気をつけて」

女官たちに手を取られ、リディルは王より少し小さめな椅子から立ち上がった。

「リディル王妃、ご退出ーっ！」

知らせの声が上がると、婚礼の間は明るいざわめきで包まれた。

部屋の端から退出するリディルの頭上に、炒《い》って膨らませた米と花が撒かれる。

人々の盛大な祝福の中、リディルは成婚の間を去った。

このあと、王は親戚や来賓からの祝福を受けるそうだ。

王妃は一旦部屋に下がり――初夜へ向けての準備をするそうだった。


城の周りの歓声は相変わらずだった。

「式の様子を、わざと立ち聞きの形を取って、外に漏らすのだそうです。今何が行われている。王妃の衣装がどうだ、美しかったかどうか。王が立派だったかどうか。それを門の外の国民にまで流す。なかなか上手《うま》い戦略です」

国民に祝福の興奮を分け与える。あけすけに見るよりも、聞き耳を立て、窺い見るほうが人々は関心を寄せ、興奮度も高いということだろう。

式が終わっても歓声がやまない。国を讃《たた》える歌、王を讃える叫び。城門の外では振る舞いが始まっているらしく、爆竹が鳴り、食べ物が施され、布や金銀が貧しい者に分け与えられている。

イル・ジャーナ国の豊かさを示すような、贅沢な婚礼だった。民も町も、国を挙げての祝意で城下は溢れかえりそうだ。

控え室まで戻り、リディルは囁いた。

「アニカとオライ大臣は無事に退出したか」

アニカはリディルが部屋を出てからすぐに城を抜けだし、城門の前で別れた、荷番や世話係たちと合流することになっていた。大臣は婚礼を見届けてから、晩餐には出ずに城から退出し、城のそばで彼らと落ち合うことになっている。

「はい。大臣とは最後に視線を交わしました。扉を出て行くところも見届けました。アニカは大丈夫でしょう。迎えが来ているはずですし、賢い子です」

「……お前もそろそろ抜け出しなさい、イド」

背中を向けて、卓に小物をあれこれと並べているイドに呼びかけた。

婚礼前に無体な扱いを受けたら、辱めを受ける前にリディルを殺す。幸運にもその役目は必要なかった。

リディルが言わないと、このまま知らん顔でそばにいそうなイドだ。本当ならば着付けが終わったら、どこかで隙を見計らって先に城を抜け出す予定でいたのに、「着崩れしたらどうなさるのです」と言って式が終わるまで部屋の隅で控えていてくれた。だがこれが本当に最後だ。王が戻ってきたら、自分は彼に謝りにゆく。そのときイドがまだそばにいたらもう抜け出す機会がない。

「いいえ、私はずっとリディル様のそばにおります」

「イド」

「ご覧になりましたか？　あの女官たち。明るいのはいいけれど、布をちっともまっすぐに敷かない。お茶も渋い。紐《ひも》は縦結びだ。あのような者たちにリディル様は任せられません」

「イド。お願いだ。お前は逃げてくれ」

自分が殺される意味はある。だがイドはただの巻き添えだ。

イドは眉を歪め、涙に潤んだ目でリディルを見た。

「私がそばにいなかったら、あなたはお一人であの世に逝かれることになる。それではあまりにおかわいそうだ」

「駄目だ」

「遺書はアニカに託しました。リディル様がなんと仰《おつしや》っても、わたくしはここにおります。そうでないとあなたは、そのお衣装を脱ぐこともできない」

「――……なんということを……」

苦渋に顔をしかめ、リディルは両手に顔を埋《うず》めた。

イドは初めからこうするつもりだったのだ。もうじき城門が閉められる。今から着替えていたら、イドが城を抜け出すのには間に合わない。

婚礼衣装を脱ぎ、薄い肌着を身に纏《まと》ったあと、イル・ジャーナの女官たちの手で、イル・ジャーナ式の初夜の着物に着替えさせられた。

相変わらず夢のようでもあり、何もかもに納得がいって落ち着きすぎたようでもある。景色はありありと瞳にあるのに、現実感がない——。

夜で満たされた廊下の両脇に、等間隔にランプが灯《とも》っている。

その間を歩いてリディルは王の寝室に向かった。

前方には訪れを知らせる鈴を持った聖職者が歩き、後ろには三人の女官が続く。イドは部屋に置いてきた。少しでも隙があったら逃げてくれと言い含めてきたが、イドは逃げないだろう。

鈴の音は、大きな扉の前で止まり、リディルの前に扉は開かれた。

奥にはろうそくやランプが焚かれたほの明るい部屋があり、香と花の香りが溢れてくるばかりで、奥のほうはよく見えない。

リディルの周りで、付き従ってきた者たちが静かに礼をする。

リディルを中に送り込むと、背後で扉が閉められた。

「ようこそ。リディル。我が妃《きさき》よ」

奥から聞こえるのは王の声だ。

リディルは静かに部屋の奥へ進む。

奥はあちこちにろうそくが灯されていて、足下が見えるくらいの明るさだった。

揺れる山吹色の灯りの中に、初夜の白い衣に身を包んだ王が見える。

王は椅子に座り、足を組んでいた。

真っ白の長い上着に、肩から魔除《まよ》けの刺繍が入った帯をかけている。

リディルは静かに王の前に立った。

「我が夫、グシオン・ラビ・ゾハール・アレゴエイダス王陛下に謹んで申し上げたく、私はエウェストルムから参りました」

初めて聞くリディルの声に、興味深そうに王が目を見開く。

「せっかくこれほどまでに大切に迎えていただきましたが、私には王妃となる資格がありません。わかっていながら十数年も王を謀《たばか》り、今日の日を迎えました」

「どういうことだ」

リディルは王の前に膝をついた。

懐に隠してきた短剣を床に置き、静かに王を見上げる。

「わたくしの身体は男です。私はエウェストルム王国の第一王子として生まれてきました。ですから王妃にもなれませんし、王の御子も産めません」

固まったように黙って自分を見ている王に、一つ息をつき、覚悟を決めてリディルは続ける。

「第一王女ではなく、第二王女——わたくしが嫁ぐ事情は王もご存じかと思います。十年前、超大国アイデースに迫られ、我が父、スマクラディィ王は第一王女を先にアイデース国に差し出さざるをえなかった。そのときに約束したはずです。《次の王女をあなたに——イル・ジャーナの王に必ずさしあげる》と。しかし次に生まれた姉は生まれつき身体が弱く、生まれたことすら公《おおやけ》にできませんでした。到底城から出られる様子ではないのです。馬車に乗せ、ここに着く前に息絶えるのは明白です」

十七年間、同じ城で、彼女を慕ってリディルは育った。本を読み聞かせてくれ、星や城の話をしてくれたのも姉だ。だが振り返ってみても、彼女があのかごから出ている姿は見たことがなく——いやこの世の終わりのような《一度》だけあるが——王が判断を下さなくても、彼女は一生、あのかごから出られない。

「ですがその後にはもう、王子しか生まれなかった」

自分が生まれたとき、王は黙り込んだと言った。リディルの性別を隠したままリディルは城の中だけで育ち、その後、二番目の王妃が産んだ子どもも男の子だった。

「だから私が来た。お詫びに命を差し出しに来ました」

そう言ってリディルは、目の前の剣を手に取り、鞘《さや》から抜いて、もう一度膝の前に置く。

「王自らのお手で、斬り殺してください。さもなくば、この剣で、ここで死んでお詫びをいたします。その代わりどうか私を哀れんでエウェストルムをお許しください。せめて国民の命だけでもどうか、お許しください——！」

そう言ってリディルは両手を握り、肘を床について、最大の詫びの姿勢を示した。

王は、不思議なものでも見るようにこちらを眺めている。

それほど驚いたのかと思い、そうだろうとも思っている。

十年以上結婚の約束をしながら過ごしてきて、短い輿入れの旅をともに過ごし、愛情を示し、布ごしに口づけまで交わしたというのに、それが男だったのだ。

自分なら許さない。せめて与えた時間を返せと言う。

十年あったら他の国から王女を探し、もっと早く子をなすことだってできたはずだ。武強国にとって、早い時期での王子の誕生は必須だ。武力で国を守る王家の王子は、誰よりも早く一人前に育ち、王が戦で亡くなったときは、目の前の彼のように即座に即位しなければならない。

手を汚すまでもないと思っているのか、死んで見せろと言われているのか。

どちらにしても、自分たちにはこうするしかないのだ。他に詫びる方法がない。

リディルは床から剣を拾い上げると、震える両手で柄を握って首筋に刃を当てた。

「——国民の、命だけは、どうか……！」

そう言って刃を引こうとしたとき、唐突に王が言った。

「この水鏡を見よ」

王の椅子のそばには大きな瓶《かめ》がある。

皿のような口の広い瓶で、星空を映したような紺色に、不思議な点が打たれた美しい模様の瓶だ。

首筋に刃を当てていたリディルは、しばらく黙って息をして、それでも王が動かないのに戸惑いながら、静かに床に刃を置いた。

笑う膝に力を込め、辺りを窺いながら立ち上がって、その瓶を覗きにいく。

瓶には口のそばまで水が張られていた。想像したとおり、水面は真っ暗だった。

これの何が、と思いつつ、この瓶は何だろうとも思う。

チラチラと視線の端で、王の様子を窺いながら、水鏡に目をこらしていると、瓶の中にチラリと山吹色の揺らぎが見えた。

どこかの炎が映っているのか。水鏡の揺らぎはぽつぽつと増え続ける。炎は大きくなって
――やがて自分たちが見ている室内と同じくらい、はっきりと炎を映すようになった。

「これは……？」

何が映り込んでいるのだろう、と、天井を見上げるが何もない。そのとき、バサリと、羽音がして開け放した窓辺の手すりに梟が留まっているのが見えた。

漆黒の朔月《さくげつ》にも、キラキラと光る大きな目。

――あの子だ。

「あ――来ないで。駄目だ、逃げて――！」

このあとどうなるかわからない。説明を聞き終わったあと王に惨殺されるかもしれないのに、この部屋に入ってはいけない。

だがリディルの悲鳴も聞こえなかったように、梟はくるくると首を回し、軽く手すりを蹴っ

、室内に入ってきた

「駄目だよ、出て！」

　手を上げて追おうとしたが、梟はリディルの手をひらりと避ける。シャンデリアの下で折り返して、数度羽ばたいてから王の肩に降りた。

　椅子の肘掛けに泰然と頬杖をついた王の肩で、翼を軋《きし》ませながら梟が羽繕いをする。

　どういうことだろう。そう思いながらふと水鏡が視界に入る。

　映っているのは自分の顔だ。梟を見ている自分の姿だ、重なるように声も聞こえてくる――。

「キュリを助けてくれてありがとう。鷹《たか》に追われたときはひやりとしたがそなたが救ってくれて助かった。あのあと無事、私のそばに戻ってきてくれた」

「――……」

　呆然《ぼうぜん》とした頭の中を、必死にその場面に巻き戻そうとするが上手くいかない。

　どこからだ――。

　出発してから時間が余って、誰もいないのをいいことに森で羽を伸ばそうとした。

　ベールを投げやり、落ちてきたこの子に手を伸べた。

　血を拭き取り、傷を治すために平たい胸に抱いて過ごした。

　顔を見せ、王子の言葉で話し――着替えを見せ、秘密の天幕の中の一部始終を見ている。

　いや、それだけではない。隊列が隣国に襲われたとき、長い袖の服を脱ぎやり、髪を縛って男の格好で戦った自分も見ているはずだ。

あっけにとられて声も出なかった。開きっぱなしになった口で息をするしかない。

全部——全部、王は知っていたのだ。

自分が男であることも、自分たちが彼を騙していたことも、声も、顔も、身体も。

「大立ち回りをこなしたようだな。傷はなかったのか」

開いた口を魚のようにパクパクさせながら、何も言葉を発せずにいる自分を見ながら、王は少しおかしそうに笑った。

「し……しかし、王よ——！」

「いいのだ、それで」

致命的だ。怒らせたにせよ、傷つけたにせよ、詫びなければならない。必死で声を絞り出したリディルの言葉を、王は少し悲しげな声で払いやった。

「そなたが王子であることはずっと前からわかっていた。王宮に閉じこもっているといえど、姫の格好をして過ごしているわけでもない。それどころか毎日剣の稽古をし、馬を乗り回す。挙げ句の果てには少年リードなどと名乗って、街の市場で果物を嚙《かじ》っている。『もの静かでお気弱な王女』と言われたときは吹き出すかと思った。密偵が心配していたぞ？　とんだじゃじゃ馬が来るのではないかと」

「そんな

エウェストルム国はもっと人を疑い、知略の前に冷徹になる方法を学んだほうがいい。そんな子どもの嘘《うそ》のようなことを言って、余を騙した気になっているのが滑稽で、ここまで苦労をしてやってくればいいと思っていたが、その王子が国民を助けるために命を投げ出しに来た、梟を癒やしてくれる優しい王子だとしたら、どうだろう？」

「だったら――だったらなぜなのです。王よ！」

問いかけられて、とっさにリディルは叫んでいた。

「なぜ私が男だと知っていて、婚礼を行ったのですか⁉　もうなかったことにはできない。あなたは一度誓いを立ててしまった！」

自分たちはそれが狙いだった。婚礼さえ済ませてしまえば、エウェストルム国が《王女》を差し出したと国内外に知れ渡る。その後たとえリディルが斬り殺されたとしても、エウェストルムは『一度王女を差し出した』という約束を果たしたと示せるのだ。

一方イル・ジャーナ王側はリディルと婚姻の誓いを立てたことになる。

誓いは一生に一度、唯一無二だ。王妃が事故死や病死で亡くなれば次の王妃を迎えることはできるが、一度他人と誓った王に、娘を差し出すのを皆ためらう。二度目の誓いは弱く、一度誓いを失った王に嫁ぐのは不吉とされるからだ。

男だと気づいていたなら婚礼前にやめるべきだった。少なくとも誓う前にリディルの身を検《あらた》め、斬り殺すべきだった。

王は苦い笑いを浮かべながら、唇に人差し指を立てた。

「我が王家は、余の代で滅びるべきだからだ」

「え――……？」

「余は、世継ぎはいらぬ。故に王妃は男でもいい。……わからぬ、と言った顔だな。当然だ。我が国はそなたの国ほど、情報が筒抜けではない」

王は、立ち上がって静かに窓辺に行き、梟を空に放した。

月のない星空に、鳥の影が羽ばたく。

王はランプの隣でひとつ息をつき、また静かに椅子に戻ってくる。

「十五年前――余が、少年王と呼ばれる前のことだ。父王は、降伏を掲げた隣国を滅ぼした。王家のみならずその従者、使用人まで、城の者を皆殺しにし、切った首を城の縁に晒《さら》し、城の入り口という入り口に薪を詰めて火をかけた」

聞くだけで吐き気を催す残虐さだ。この優しい王の父の仕業とは思えない。

「城の中に魔力を持ったものがいたのだろう。断末魔の中で、その者は王ではなく、《王の長子》に呪いをかけた。死に際の苦しみと悲しみと恨みを込めた呪いを、自分たちを惨殺する王の第一王子にかけたのだ」

「あなたに……？」

「そうだ。まだ呪いは健在だ。もし余に子ができたらその子に呪いが移ってしまう。忌まわしく、汚らわしい呪いだ。到底我が子に背負わせるに及ばぬ、醜悪で、救いのない呪いなのだ」

　王は目を細めてじっとリディルを見た。眉を寄せ、口を曲げて、今まで見たことのないような苦しげな目だ。

「そなたに一つ、願いがある。――その魔力で、余の呪いを解いてくれないか。梟を癒やしているのを見た。花を生み出すのも見た。そなたが魔力ばかりではなく、魔法学に長《た》けているのも知っている」

「私……が？」

「そうだ。希望があるとすればもはや、そなたにしかない。大魔法使いの妹、エウェストルム王家きっての秀才、リディル王女」

「私を早く呼ぼうとしたのはそのためですか？」

「ああ。呪いが苦しくて助けてほしかったが、あのときそなたは口さえ利いてくれなかった」

「そんな……言ってくれれば話したものを」

　王は不思議そうに首をかしげ、静かに失笑した。

「男女を偽り、決死の覚悟で嫁いでくる王子が？」

「それは――……。とにかく見せていただけますか？　解呪の勉強はしましたが、力が及ぶかどうか」

　たいがいの呪いは解呪できる。正直なところ城で――ということは国で――つまり、この地帯全域で、姉たちを除いてリディルに解呪技術で勝る者はいないということだ。

呪いというのは木の根に似ている。複雑に張った根を辿《たど》り、絡んでいるところをほぐし、まっすぐになったところから一本ずつ間違わないように切ってゆく。複雑な呪いになればなるほど身体や魂の奥底まで染みていて難しいが、時間がかかっても根気よく解けば必ずほどけるはずだ。

王は静かに肩から布を外した。

胸元を覆う首飾りを外すと、喉元の下に蜘蛛《くも》の巣のような、瞬間、おぞましいと思うような黒い模様が刻まれている。

焼き印のように赤黒く爛《ただ》れ、赤黒い傷が蠢《うごめ》き、今もじりじりと煮えるような音を立てているようにも見える。

リディルは指先にヒーリングの光を灯して、王の胸元に手を伸ばした。

「これは……なんの呪いですか？　見たことがない」

「触るな！」

王がとっさにリディルの指を払ったが、その一瞬前にパシッと音がして指先が弾かれた。無数のカミソリで斬りつけられたような痛みに思わず指先を見ると、指先が血だらけになっている。

つっと指の股に血が伝う。それは次の瞬間、毒虫にでも触れたようなビリビリとした痛みを放った。

「！」

王はリディルの手を摑んで引き寄せる。そばにあったコップの水を、床が濡《ぬ》れるのにもかまわずリディルの指にかけた。

「すまない。すぐに洗えば腫れはせぬ。自分で癒やせるか？　はじめに言えばよかった。この呪いは強く、誰も触ることができない。普段は聖布を当てて過ごしている。このように」

王は膝に置いた首飾りをめくって裏を見せた。そこにはほとんど悲壮とも言えるほどの必死の防御の呪印が描かれ、王の呪いを懸命に抑えようとしている。

「……申し訳ありません、王よ。今すぐには無理だと思います。何しろそのような呪いを見たことがない。――……」

それに、と続けかけてリディルは口を噤《つぐ》んだ。

一目見ただけで呪いの根は、絡まっているだけでなく鉄の玉のように癒着し、瘤《こぶ》のようにあちこち膨らんでいるのがわかる。一つ解くのに何年かかるだろう。ましてや呪いの中心など腫瘍のように一つの肉に溶けて、凝り固まっているのではないか――？

「そなたにも解けぬか」

「少なくとも、見ただけではどこから触ればいいのかもわかりません」

「そうか。余もだいぶん多くの魔法使いにこの呪を見せた。皆同じことを申した」

王の落胆は静かだった。目を閉じ、大きく息をついて首飾りを元に戻した。首飾りの防護符は適確に効いているようで、これまでも王に抱き寄せられたり、ともに馬に乗ったりしたが、一度も痛い思いをしたことがない。

王は気を取り直したように、弱い笑みを浮かべて、リディルを見た。

「いい。元々淡い期待だった。もしかして、と思ったくらいのことだ。それでもかまわぬ。そなたがそばにいて、魔力を提供してくれるだけで、戦いがずいぶん楽になる」

その言葉を聞いて、リディルは目の前が暗くなるようだった。

王に魔力を捧げるための婚姻だ。だがリディルにはそれもできない。それでもいいはずだった。魔力を捧げる云々《うんぬん》の前に、自分は婚礼の日に斬り殺されてしまうはずだったから——。

だから自分だった。次に生まれた幼い王子ではなく、生け贄はリディルでなければならなかったのだ。

「……魔力は……さしあげられません……」

呆然とリディルは告げた。

「私では、王に、魔力はさしあげられないのです」

「何?」

「私には魔力がない。いいえ、あるにはあるのですが」

「梟を癒やした」

「そのくらいなら」

「花を出しただろう？」

「そんなのは、遊びです」

「まさか、偽物すら替え玉だというのか」

「――いいえ！」

リディルは髪が乱れるほど、首を横に振って否定した。

「……私は正真正銘の、エウェストルム王国第一王子、リディル・ウニ・ソフ・スヴァーティ」

母譲りの髪、父譲りの瞳。誰もが競って王の小さな頃の顔に似ていると言った。リディルが花を生み出すのも、触れた花がよく開くのも、母の力を継いだのだと喜ばれた。

窓から吹き込んだ夜風が、リディルの頬を撫でる。

リディルは一度目を閉じた。

「王は、……我が王家の魔力の源をご存じですか？」

ここまで見通す王ならとっくに知っているだろう。

この世に満ちあふれる魂《ラウフ》を一身に集め、それを魔力に変換する王族の力の根源。

「本物の王家の者ならば、背中に、魂を増幅し、魔力に換えるための魔法円があるはずだ」

風の紋、火の紋、水の紋、癒やしの紋、紋は違えど魔力は同じだ。

リディルは夜着の襟に指を伸ばした。

一つずつ、丸いボタンを外してゆく。

平たい胸が、夜闇に白く、露《あら》わになる。

下腹までボタンを外し、リディルは儀式用の夜着を肩から外した。身体を捻《ひね》って王に背中を見せる。

背中の幅いっぱいに、魔法の言葉と線と図形がちりばめられた同心円の痣《あざ》がある。

黒い筋で画かれた紋様だ。これは古い神の文字で、地上で使われている文字はここから発生している。

リディルの紋は癒やしの紋だ。出生時、母親の紋を継いだととても祝福されたのだと聞いている。

「このあたりを、灯りを掲げてよくご覧ください」

リディルは左手を右肩に回し、中指の先で自分の肌の感触を探った。指の腹に微《かす》かな盛り上がりが触れる。

「魔法円が、傷跡で白く途切れているはずです。このせいで私の魔法円は少しも回らない。魔力がまったく循環しないのです。これではあなたに魔力を差し上げられない」

「傷……」

呆然とした声で王が呟いた。

「これでもだいぶん癒えたのです。小さい頃は右腕が上がらないような大きな怪我だった。十年ほども、王宮に仕える癒やしの力を持った者たちが毎日必死で癒やしたのですが、これ以上、傷は消えなくて」

「なぜ……このような……」

王がリディルの背に、指で触れる。震えているのがわかった。

「私が小さな頃、母たちと森を散策しているときに、盗賊に襲われました。逃げる途中に私は森のくぼみに転落したそうです。そこには割れたばかりの鋭い岩があり、私はそこに肩から落ちました」

リディルの記憶はほとんどない。

ただ誰かに掬いあげられたこと、母が泣き叫んでいたことをぼんやりと覚えている。

「すぐに助けが来て、事なきを得たのですが、母は指輪を失い、私は怪我をしました。斧《おの》で斬りつけたような深い傷だったと聞いています。血が流れすぎて死ぬところだったのだとも」

傷は幼いリディルの背中にある紋様を引き裂くように走っていた。だが紋が途切れることを怖れて医師たちは傷を縫わなかったそうだ。布で強く巻き固め、慎重に慎重に治療を施したが、紋には白い、貝の内側のように光る傷跡が残ってしまった。

「母は、責任を感じて、侍女とともに崖から飛び降りました。母が飛び降りたところで、私と父が不幸になるだけで、どうにもならないのに――」

傷が膿《う》みはじめた頃、母が突然見舞いに来なくなった。身体が熱く、傷が疼《うず》いて、胸が苦しく、死にそうなのにどれほど呼んでも泣いても母は来ない。

瀕死《ひんし》の寝床から、声が出なくなるまで呼んだ。

母がもうこの世にいないとは知らないまま、傷を負った小さなリディルは、ひとりぼっちで泣き続けることしかできなかったのだ。

母の死は、その後二年もリディルに隠された。具合を悪くして、祖母のところに帰っていると聞かされていた。動かない手で、毎日母に手紙を書き続けた。その手紙を持って城を歩いていたとき、母の死を立ち聞きしてしまった——。

「私はそれ以来、母の死の上に生きているのです。ですからイル・ジャーナ国との約束を破った償いに、誰かの命を差し出さなければならないと決まったとき、喜んでそれに応じました。私は王女ではない。魔法で国に恵みをもたらせない以上、王にもなれない。内政、外政に珍重される魔法使《マギ》いにもなれない。母が死んだというのに何をして生きていいのかわからない。そこにようやく私にしかできない役目が現れた。最後くらい国民の役に立って死にたかった。だからここに来たのです」

悲しかった。怖かった。でもほっとしたのも本当だ。

王家にありながら何もできない自分が、やっと国民のためにできることを見つけたのだ。役立たずの自分を蔑まず、慈しんでくれた王や姉たち、従者たち。彼らに報いる何かが自分にある。そう思うだけで、母の死を知って以来、ようやく安心して地に足が着いた心地がした。

リディルは半裸のまま指を胸の前に組み、王に懇願した。

「どうか、私を殺してください。一つならまだしも、二重にも三重にも私と我が国はあなたを裏切りました。私を切り刻むことであなたの心が少しでも晴れるなら私は本望です。でもどうか、国民の命だけは助けてください。もしも少しでも、哀れに思《おぼ》し召して、慈悲をくださるのなら、どうかエウェストルム国の国民の命をお見逃しください」

不幸な怪我をしたこと、王子に生まれついたこと、姉の身体が弱かったこと、この輿入れのために王子とも王女ともつかぬ、あやふやな育てられかたをしたこと、生贄《いけにえ》として国を送り出されたこと。今まで何一つ自分を哀れんだことはないが、この夜を迎えて初めて自分の身をかわいそうに思う。

命はいらない。せめてグシオン王を助けたかった。呪いに冒された王が、せめて王として生きる糧になりたかった。魔力だけでも差し出したかった。なのにそれすら叶わない――。

「ふ――……」

短い息のような声を漏らしたあと、王は急に笑い出した。

両手で額を抱え、身体を前に折って、床に倒れ込みそうなほど、本当におかしげに、よく通る声で、笑い続ける。

「王……？」

「そうか……こういうことか。こういうことなのだ」

王の言っていることがわからない。

王は余韻のように喉を鳴らして笑い続けたあと、軽く息を弾ませながらこれ以上なく苦い顔をして、自分の前髪を摑んだ。

「これも呪いだ。何の罪もない、呪いを解けない、気の毒なそなたが余のところに嫁いでくる。呪いとはそういうものだ。運命とも、言うらしいのだがな」

不運のすべてを背負ったような自分がここに嫁いで、さらに王に不運を与えている。その苦しさに、ぐっと息を詰めたとき、王はまだ血が滲み続けるリディルの手に、手を重ねながら囁いた。

「余は、それを受け入れよう」

「王……」

「これが運命というならば、ともに歩いてくれるのはそなたがいい。捨てに来た命なら、余の妃となってくれ」

王はひどく苦い、だがしっかりした視線でリディルを見つめた。

「呪いは最後の最後に手を緩めた。余がそなたを得て、平穏に暮らすことまでには及ばなかった」

リディルの手を握る。王の手が熱い。

「そなたとともに生きていきたい。どうだ、リディル王妃」

「そばにいてくれ――」

二度目の願いはほとんど懇願だった。

呪いへの戸惑い、不安、怯え。他人には見せられない王の弱さが、震える大きな手から伝わってくる。

「私で……よろしければ」

子は産めないが、彼の話し相手はできる。彼の苦しみに耳を傾け、孤独を癒やすこともできる。

「何もできない私でよろしければ――」

星の話をしよう、魔法でつくった花を見せよう、天体の話もしよう。王とともに馬に乗り、雪を見に行こう。別の、同じ深さの不運にまみれた、かわいそうなこの人の心だけでも癒やしたい。

「リディル……」

王が弱々しく笑ってくれたことにほっとした。

「はい」

死ぬつもりでここに来たのだ。わずかにでも王の安らぎや気晴らしの相手になれれば、これ以上幸運なことはない。

微笑み返すと、王はリディルの頭を、呪いを覆った胸元にそっと抱き寄せた。

寝そべられるような長い椅子で、木のコップについだ葡萄酒《ぶどうしゅ》を掲げながら、王は歪んだ笑いを浮かべた。

「そういうときは父を叩きのめすのだ」

隣に座ったリディルは困った顔で首を振った。

「いいえ、本当にそのときは、父王があしなければ――あなたが待ってくださらなければ、私の国は滅びていたのです」

成り行きを話すと、王は嫌そうな顔をした。

「だったら父王が謝りに来なければ道理が立たない。父王が交わした約束だ。そなた一人を煮るなり焼くなり好きにしろと差し出しておいて、自分ばかりのうのうと城で生きているということであろう?」

「私がしっかりと次期国王として務められる器なら、あるいはそのようにしたかもしれません。しかし魔法円が動かない者にはエウェストルム国の王は務まらない。末の王子が育つまで、王は玉座を守らなければならないのです」

実際父王は自ら詫びに行くと言っていた。だが末の王子はまだ四歳になったばかりだ。王がいなくなるということは、エウェストルムに魔力が行き渡らなくなるということだ。城の中心となる王侯貴族の話し合いで、リディルが王になれない以上、父王を差し出すことはできないと決まった。

「それでも他に何かあったはずだ。余が怒って、そなたに思いつく限り残虐な辱めを与えて、殺したらどうするつもりだったのだ？」

王は饒舌《じょうぜつ》だ。たぶん、彼の父の咎を自分に着せられたことを重ねて怒っているのだろう。そういう意味ではリディルは彼と同じだが、事情が違う。父王に罪はない。

「甘んじる気でいました。首を絞められても、手足を切られて胸を裂かれても」

答えると、王はコップを軽く掲げたまま、じっとリディルを見つめた。

「……。なんと貧弱な想像であろうか。……まあ、その程度にしておいたほうがよいと思うが」

「鞭も覚悟しておりました」

「もうよい」

「石で頭を殴られたり」

「なるほど、痛かろう」

王は苦笑いだ。

何か他に彼が身をすくめるくらい痛いことをと考えたとき、王がリディルの手首を引いた。

「そろそろ褥《しとね》にいこうか。そなたのかわいらしい拷問の提案を聞いていたら、すぐに夜が明けてしまう」

「……褥に？」

王の指先が、リディルの頬をくすぐるように撫でる。

「仮にも婚礼であるからには、契約を交わさなければならない」

「しかし、私は魔法の紋が途切れていて」

婚礼の誓いを交わせば、その夜のうちに身体を繋《つな》げなければならないと言われている。下半身を擦《こす》りつけ合うのだと聞いていて、リディルはそれがどういうことなのかおぼろげながらわかっていた。

リディルは自慰の快楽を知っている。その果てに出る蜜のようなものが子種であることも。王とこすりつけ合うのだろうと思っていた。具体的にどうなのかはわからないが、快楽を得たときの身体の変化が、原始的で、最も魂に近い細胞の沸き立ちなことは、リディルが身をもって感じたことだ。だから王とそういう時間を共に過ごす儀式なのはなんとなく理解できる。

王がリディルの身体にそっと腕を回してきた。

道中のように甘い声で囁き、リディルの髪に顔を埋める。

「余に抱かれるのが嫌か？」

「あ……いえ、あの――

未知に対する畏怖や、一国の王子である自分が、他国の王に組み敷かれ、身体を重ねることを情けなく思う気持ちもある。

逃げ出したいし、足が震える。王子としてどちらが正しいのかもよくわからない。屈辱を拒んで死ぬか、命の代わりと割り切って身体を預けるべきか、脳裏に様々な考えが明滅するが、リディルはその先を考えたことがない。

王に詫び、国民の命乞いをして死ぬ。自分の一生はそこまでのはずだった。

「命を捨てると思ってここまで来ました。私にできることで王への謝罪がなるならば、何だっていたします。そのくらいで私の願いが聞き遂げられるのならそのくらい——」

鞭打たれるより、首を切られるよりいいはずだ。胸の変な場所を刺されると、死ぬまでに時間がかかって、絶命する前に苦しみで気が狂うと聞く。それに比べればさしたることではない。多少の恥ずかしさを堪えるだけでいいと王は言う。死ぬよりいいはずだ。

「ただ、エウェストルム国民の命は助けてくれると約束してください。私がその程度のことで許される代わりに、国民に害が及ぶようであれば、私は今すぐここで死にます。私の身に何が起ころうとかまわない。でも国民にだけはひどいことをしないで——！」

「そういうところがいつも好ましい」

王は笑ってリディルの手を引いて寝台に連れていった。

寝台はほとんど部屋のように広く、敷物の上にたくさん花が散らされている。

王は枕元に用意された籠から筒のような、赤い硝子の瓶を取り出した。

浅いコップを王から受け取ると、王はそこに瓶を傾ける。

コップの底にとろりと白い液体が溜まっている。

そこに皿から小さな花と何粒かの砕いた木の実のようなものを摘まんで落とす。

「婚礼のときに飲む酒だ」

「ちゃんと……するのですね」

「当たり前だ。子が生まれぬだけで、我々は夫婦になるのだから」

これほどまでに王が礼儀を尽くしてくれるならば、屈辱には当たらないだろうとリディルは思う。

「……」

少し盛り上がるようにして溜まった白い液体。

もしこれが毒だとしても、リディルには拒む道がない。

コップを渡される。目を閉じて中身を呷《あお》る。どろっとした独特の口触りと、甘く、むせかえるような花のにおいがする。少し呑んですぐに止《や》めた。

「甘い……」

喉の奥がかあっと熱く、胃の辺りまで熱い。

だが王は、リディルが黙ってそれを飲み干すのを待っている。

殺されるよりましなのだ、と自分を励まし、ひとつ息をついて思い切ってコップを空にするともう一度注がれた。

涙目で王を見たが、王はリディルを見ているだけだ。

つらい、と思いながらそれも飲み干した。

腹に溜まるような重い液体は、胃の腑《ふ》から身体に熱を放つようでもある。

その間王は、髪を器用にかき上げながら、そばにたたまれていた白い布を、呪印の上に付け替えた。裏にびっしり守りの紋が刻まれた厚い布で、腕を通して襟足で結ぶ仕組みになっている。

「呪いはけっしてそなたに触れぬようにしているから、心配するな」

そう言ってまだ、あまったるい花の香りが残る口に、王は口づけをした。


抱き合って、身体を撫で合った。

肉が締まった王の身体は硬く、重く、熱い鉄を抱いているようだ。

「は……」

頰を撫でられ、口を吸われる。リディルもおそるおそる王の身体を撫で返してみた。手に吸いつくような、張りのある肌だ。生きた陶器を撫でているようだった。

「──っ、う──……」

長く舌を吸われると、くらりと頭の芯が回る。ぬるぬるした舌の感触が初めは恐ろしかったが、今は彼の舌が、リディルの舌や上顎をくすぐるたびに、背中がそわそわと痺《しび》れる。

目元に王の耳飾りが触れた。褐色肌《かっしょく》に金色の飾りがひどく映える。ランプの光にきらめくそれを目で追うと、王がまた、息ができないくらい、深く口づけてくる。

──もしも、もしもだ、イド。

無邪気な自分の記憶の声が、リディルの脳裏をよぎる。

──私が本当に結婚していたらどうなっていただろう。

戯れに、イドに訊いたことがある。二年ほど前だったか、もうリディルに当たり前の結婚の可能性がなくなって、生贄に差し出されるかもしれないと言われていた頃の話だ。

──お妃様を迎え、子をつくり、仲良く暮らすのです。

──それだけ？

──そうですね。夫婦はむつみ合うのだと言います。

──むつみ合うとは？

──え……ええと、……愛《いと》おしいと思いながら、身体を撫でたり擦りつけあったりすること、ですかね。

──ふうん。仲がよさそうだ。あの山羊《やぎ》たちみたいにするのだね。

ちょうど二匹の小柄な白い山羊たちが、春の日差しを喜んで楽しそうに首や身体をこすりつけあっていた。蝶《ちょう》が舞う、明るい日で、とてもいいなと思ったものだ。

「あ……や……」

ランプの灯りが揺れる中、王の手がリディルの下腹を撫でる。威厳とはほど遠いほどしか生えていない、やわらかで薄い陰毛をさすり、性器の付け根から、内腿《うちもも》を温かく大きな手のひらで、確かめるように撫でてゆく。

山羊たちは、このようなことをしていただろうか――。

他愛ないことを思い出す間にも、王の熱くて重い身体がリディルの肌にこすれ、王の唇がリディルの首筋に押し当てられる。

王の厚い舌が、リディルの乳首を舐《な》め上げる。くすぐったさと唇が離れたとき、不自然なまでにひやりとした空気が触れてリディルの皮膚を震えさせた。

身体が熱いからだ。さっきのは薬草だろうか。酒だろうか。

頭がクラクラして、胃の底からあの液体が全身に染み出しているようだ。

王はリディルの小さな乳首を吸い、口に含んで舌先で抉《えぐ》り出すように舐めている。

「あ……う。あ……ん」

初めはくすぐったいばかりだったが、丹念に粒を舐め転がされていると、王にそうされるたび、熱く下腹が疼《うず》くようになってきた。甘噛みされると性器の付け根がじんと痺れる。続けられるとはっきりした快楽となってリディルの性器の先端までじんじん響く。

快楽が溜まって腰が浮く。肌が熱くなって、不意に毛穴が開くような感覚とともにふわっと身体が汗ばんだ。

気が遠のくような甘い快楽に喘《あえ》いでいると、王は、焼いた石で温められた小さな壺に手を伸ばした。

リディルの下腹に傾けると、いい香りとともに油が流れ落ちる。

「心地いいか？」

体温より少し高い温度の香油だ。リディルの臍《へそ》や、くぼんだ下腹にたまり、陰毛の下に滑り込み、鼠径《そけい》の溝を流れてゆく。

王はそれをリディルの下腹に塗り広げ、油で濡れた手でリディルの、戸惑うように半分実った花芯を握った。

「あ……！　あ！　あ！　そこ。駄目……！」

ぬるついた手で上下されたとき、火花のような快楽が散って、リディルは思わず王の手首を押さえていた。だが力の入らないリディルの手では王の手を押さえられようはずもなく、リディルを扱《しご》く王の手に、手を重ねているだけだ。

「ああ。あ！　ん……ッ、あ、ん……ッ！」

隠しようもなく濡れた声が上がる。慌てて口を両手で塞ぎ、うつ伏せになろうとするが、王

は許さず扱き続ける。

「や、だ。やあ。ちが……う。あ――！」

王の手が与える快楽は、リディルの知るそれではなかった。焼けつくようだ。ぬるっと滑る手のひらに、反射的に射精してしまいそうだった。先端を親指で擦られれば、びくんびくんと身体が跳ね、その先の割れ目に指を通されると悲鳴のような声が上がる。

リディルの薄い皮膚の中で、混乱と、苦しいくらいの快感と、射精の衝動が暴れている。

「や……あ。や、だ。達《い》、く……！」

絶頂の気配から逃げようもなく、限界だと王に訴える。

どうしていいか、わからない。他人の手のひらに吐き出すことなど考えたこともない――。

逃げられない。そう思ったとき、王はリディルから手を離し、先ほどの瓶を、またリディルの油まみれの性器の上に傾けた。

「あ……」

放してもらえた安堵《あんど》に呆然としていると、油は心地いい熱さを持って、リディルの陰茎から会陰に流れ、小さな窄《すぼ》まりを満たして褥に滴った。

王はリディルの片足を立てさせ、リディルの最奥にある小さな穴に、指をかけた。

王は油をなじませるように、指で軽くそこを撫でて、ゆっくりとさし込んでくる。

「そんな……！」

油のせいか、痛みはなかった。ただ戸惑うくらい、異物感が強い。

王は流れてくる油を押し込むように、リディルの小さな穴に指を奥までさし込んだ。油を足し、中にぐるりと触れながら、節の立った彼の指を何度も奥まで挿《い》れてくる。

驚きと戸惑いに、目を見開いて喘ぐリディルに、王は唇を触れさせながらそっと囁く。

「ここでする。ここに余が入る」

どうやって、と思うが、指を抜き差しされるとそこで思考が砂のように崩れる。

王が。——王が？　……ここで？

そう思う間にも、リディルの秘所には王の指が二本もさし込まれていた。

ランプの芯が焼けるじりじりとした音に、くちくちという濡れた音が混じっている。

「う——……」

痛みはないが、広げられるのが苦しい。哀れを乞うように、リディルは王の肩をそっと押し返す。

「苦し……。っ……」

「耐えられぬか？　余は、そなたにもっとひどいことをするぞ？」

指を抜き差しされながら囁かれると、遠のいていた意識がふと戻ってくる。

そうだ——自分は謝罪に来たのだ。首を刎《は》ねられ、背中の骨を切り刻まれる覚悟でここに来た。

「いい……。王の、好きに……」

両手を開いて伸ばす。

王は、自分の肩にリディルの手を導くと、大きな口でたっぷりとリディルの唇を吸った。

舌を絡められる。魂を吸い出されそうな口づけだ。痺れて敏感になった唇で喘いでいると、
王が身体の中で何かを探すような動きをした。浅い場所。下腹の粘膜を撫でながら探している。

「わ。あ……！」

性器の付け根、裏側辺りを撫でつけるようにされたとき、リディルは甲高い声を上げた。

王の指先がなでる場所が、稲妻のような、ビリビリとした快楽を放つ。

「あ……？　なに……？　これ——！　や。やだ。いや——！」

ほとんど予感に近い悲鳴だ。撫でられるだけで、下半身全体に痛むくらいの快楽が走る。逃
れようとしても、肘にも背中にも力が入らず、身体を捩《よじ》って褥にしがみつくしかない。

「あ——……！」

先ほどより高い絶頂を予感して、リディルが身体を丸めたとき、王はリディルの身体から指
を引き抜いた。

「あ……。あ……——」

快楽でひくつき、喘ぐようにリディルの綻《ほころ》びが息をしている。

睫《まつげ》に涙を絡ませているリディルの口に、王は枕元の皿から、石ころくらいの塊をつまんで入

れた。

「これを噛め。痛みが和らぐそうだ」

何かの茎を、小さく巻き締めたようなものだ。蜂蜜と酒の味がして、噛むとじわりと甘い汁が染み出てくる。

乳首をやさしく摘まれた。昨日まで、あることすら意識しなかった小さな突起は赤い木の実のように痼《しこ》り、弄《いじ》られるだけで身体中に火花を散らす。

「王……」

やさしく身体を広げられ、片足を持ち上げられても、リディルはにじんだ視界で王を見上げるしかない。

王は神妙な顔で、リディルの性器に自分のそれを擦りつけた。

リディルは震えた。訴えたつもりだったが、赤子のような小さな声にしかならなかった。

「無理……」

硬さも、太さも、長さも。子どもの腕と大人の腕くらいの違いがある。先端の赤い珠の大きさも針の返しも、凶暴に巻き付いた血管も、自分と同じ器官とは思えないくらい獰猛《どうもう》だ。

「挿る。身体を裂かれてもいいと言ったな？　それよりはずいぶんやさしい」

リディルの命乞いは、言い含めるような声で諭された。

油が滴る開いた粘膜に、肉杭《くい》の先端が押し当てられる。ゆっくりと押し込まれ、堪えなければば、と思う前に唇が弾けた。

「待っ……あ。ああ。ん――……ッ！」

大きい。身体が軋んで息ができない。

圧倒的な質量に押し破られて、本当に身体の中から、引き裂かれそうだ。

「あ――あ！　あ」

両手を伸ばして許しを乞う。だが王の侵略は止まなかった。突き当たれば軽く引き、その次はもっと奥まで押し入ってくる。

身体の芯を、熱した鉄のような熱く太いもので貫かれ、背中を反らし、涙が溢れる目を見張って、喘ぐしかない。

ゆっくりと、だが杭を打つように確実に、身体を犯す巨大な肉が、リディルの腹をみっしり満たしていく。

「入、る。王が――……！」

「ああ、呑み込むのが上手だ。あと少し」

汗でびっしょり濡れたリディルの髪を、王が撫でる。

「嘘。だ」

「嘘なものか、もう少しだ」

そう言いながら王はさらに奥まで進んでくる。締めて拒もうとしても、王の硬さと太さをより鮮明に思い知らされるだけだ。

もう無理だと思った先を破り、押し広げ、泡が入る隙間もないくらいリディルの内臓を満たしながら更に奥まで。

「どうだ？　もう入った」

泣きながら侵入を受け入れるしかないリディルを王があやす。

「待っ、て、まだ、入ってくる……！」

「待たぬ。そなたのここはやわらかく、狭いがだいぶんヌルヌルしている。……な？」

王はそこでようやく大きく自身を引くと、浅いところを数度擦り、一息に奥まで突き込んできた。

「ひ、あ……ッ！　あ！　アア！」

先ほどの小さな点を、王の硬い性器がぬるぬるとこする。苦しいのに、怖いのに、白く濁った快楽が頭の中で沸騰して、リディルに抵抗させてくれない。

「う……ん、あ。ああ……！　達、く」

自慰のときの、放出のための心地よい波ではなく、腰骨の奥からうねるように高まる大きな波を、そう言っていいのかどうかリディルにはわからない。だが他に言葉を知らない。目のくらむような未知の高さに押し上げられ、呑み込まれ、遠くに連れ去られる。

「あ――……」

全身が痙攣するような絶頂に押し上げられたが、リディルを待ち構えていたのは爽快な放出ではなく、押し出されたような、力のない射精だ。

「あ……あ……?」

その代わり長く、糸を引きながら白濁は滴り続け、絶頂は少しも収まらない。

王は、リディルの腸壁の痙攣を楽しむように漆黒の目を細め、リディルから滴る蜜を指で掬って舐めとった。

「悦《い》いか？　妃に快楽を教えるのも余の務めだと聞いている」

「や……やだ」

「本当に？」

「ああ。や……！　奥。熱——……ッ……！　嫌……！」

王に開かれ、奥深くに挿されたままだ。苦しくて息もできないのに、またうずうずと腰の底から快楽が湧き上がって、身体が捩れる。王が快楽を擦るたび、頭の中が白く明滅する。

リディルの知る快楽とは別物だ。

王の長い肉棒が、リディルの快楽の点を擦り上げる。押し潰され、密着して擦り上げられている。太い先端を押しつけられ、捏《こ》ね上げられると、身体から汗が噴き出し、蜜をこぼしながら性器が震える。

つなぎ目から粘った、泡立つような音がする。やわらかく油をたたえた粘膜が、王の肉棒に掻き回され、吸いついていやらしい音を立てている。

「んっ、んーっ……！　あ――ああ、あっ、あ……！」

身体が熱い。

腹の奥底を掻き回す王の性器を、リディル自身を裏切るように、リディルの小さな粘膜は貪っている。

王は、リディルの口に指を二本押し込んできた。

口内から、唾液の糸を引いて噛みつぶされた草の細工がつまみ出された。

「あ――」

左足首を掴まれて王のほうへ強く引かれた。腰が浮き、めり込むほど結合が深くなる。

「あ。あ、は……っ、あ――！　そん、な。あ。ああ――！」

背を反らして、びくびくと喘ぐしかなくなったリディルの胸に、王は再び唇を寄せた。

「ひゃ。あ、ん……ッ……！」

舐め上げられて、リディルの唇があられのない声を放つ。

吸われて、噛まれて目覚めさせられたように敏感になった赤い粒を、前歯で扱き、乳暈《にゅううん》ごと大きく噛みつき、チクチクと痛むほどきつく吸い上げる。ぴりぴりとした痛みは信じられないくらいの快楽だ。そこを舐められて、リディルはまた、とろとろと蜜を吐いた。

「うあ。もう。や――ぁ……」

王の髪を掴み、なんとか逃れようとするが、大きな手で簡単に腰を引き戻され、ぬぶりと奥まで埋め込まれる。

抗《あらが》う術《すべ》がない。王の太い槍が身体の奥を擦るたび、血が漏れ出ているような熱い快楽が下腹に広がり、尾てい骨のあたりから、湧き上がるような疼きが溢れて、リディル自身にはどうにもならない。

下腹は油とリディルの蜜が混じってどろどろだった。

王はリディルを見下ろしながら、丹念に隅々までリディルの中を擦っている。粘膜の襞《ひだ》を開き、削り取るようにみっしりと、王の剛直の形にリディルの中を繰り返し繰り返し開いて、彼の形を教え込んでいる。

「やめ、て。あ。ああ。そんな……っ、した、ら……ぁ……」

絶望の呟きをリディルは漏らした。

絶頂の気配に、鼠径が霧雨に撫でられるように汗で濡れる。薄い皮膚が痙攣する。

内臓を掻き回される言いようのない快楽はまた大きな波を連れてきて、リディルの正気を呑み込んだ。

「何度でも快楽を貪るがいい。喘いで見せよ。かわいい、我が妃」

「あ、あ。ん――っ、ふあ……！」

初めての褥で、他国の王に抱かれ、身も世もなく喘いでいる。

そんなリディルの頬を愛おしそうに撫でて、王はリディルの金髪を手のひらいっぱいに握り、汗の流れる首筋に唇を押し当てた。

「そなたは達くと、花の香りがする」

波のようだった快楽はやがて、どこが切れ目かわからなくなり、絶頂で痙攣したままのリディルの身体の奥底に、王は、逞しい性器を脈打たせながら、豊かな蜜を吐きつけた。

「うあ。あ……っ、あ——」

回らない魔法円がかっと熱くなる。魔法円の墨が溶けて滴るかと思うくらいに熱くて、溺れるように王にしがみついたことまでは、リディルの記憶の中にある。


——鳥が鳴いている。

きっと澄んだ朝が来るのだろうと思うくらい、まだ薄暗い光の中に、二つの鳥の鳴き声が絡み合い、一瞬に窓の外を通り過ぎていった。

ああ、今日も馬車に乗らなければならない。

そう思うとリディルは憂鬱だ。窓の外の景色が流れるのはいいけれど、さすがにもう見飽きたし、一日中、あのゴトゴトとした小さな振動に揺られるのは身体にこたえる——。

「……」

布のかかった窓から明かりが漏れていた。

また纏《もつ》れあうように歌を響かせながら小鳥が一瞬、窓の向こうをよぎってゆく。

……ここはどこだ。これは何だ。

どの場面の続きだろうか。

記憶喪失にかかったような不安にふと、胸元に手をやると自分の素肌の胸があり、おずおずと手を押し当ててみると温かく、首筋に手をやると手のひらの下でとくとくと血が脈打っている。


——生きている——！


リディルは顔にかかった金髪を掻き上げるのも忘れて、ベッドに仰向《あおむ》けのまま目を見張った。

途切れた記憶を慌てて手繰る。

馬車が王城に到着した。婚礼を済ませた。ナイフを前に置き、王に洗いざらい打ち明けて、殺してくれと頼んだ。そのかわり国民は見逃してくれと。

そして——そして——？

恐る恐る隣に視線をやると、王の顔がすぐそばにあった。王の睫はあまり反りがなく、その分一本一本が黒く、太くて彼の性格によく似ていた。

すうすうと寝息が聞こえる。

日に焼けた肌が、小麦色で美しかった。輪郭がはっきり浮き出た唇は厚く、鼻筋が野生動物のようにまっすぐ通っている。眉は付け根までしっかり濃く、輪郭を縁取っていて、波打つ黒髪は緑がかって見えるほどの艶のある漆黒だ。

まだ胸の尖《とが》ったところが、ひりひりと痛む。腕の内側、胸元に彼が吸った、赤い痕がある。

私は、昨夜、王と――。

思い出すと胸の底がきゅうっと痛み、頬が熱くなってくる。

身体の熱さ、快楽が苦しくて最後は泣きじゃくったこと。それも潰して行くような圧倒的な絶頂――。

信じられない出来事を無理矢理呑み込もうと、抑えた呼吸をしているとふと、背中を撫でられた。

大きく腕を回した王の手だ。

「大事ないか？　リディル。我が妃」

「はい……。王よ」

「そのように他人行儀に呼ばないでくれ。余はそなたの夫で、唯一なのだから」

「そう……ですが。さ、昨夜、私、は」

「かわいらしかった。堪能したか？」

抱き寄せられて、頬に口づけられる。

「あ……。あ、は、い」

どんな態度を取ればいいかわからない。王妃扱いに慣れない。このあとどのような立場で過ごしていけばいいかもわからない。許されたからといって不安は拭い去れず、この先のことをまったく想像してこなかったから、何を目指せばいいのかわからない。

しかしこの人と生きるしかない。償いはこれから考えていかなければならない。

「グシオン王?」

「グシオンでいい」

「グシオン」

彼は寝起きの獣のように、肘で上半身を支えてリディルにすり寄った。

「ああ。我々は共犯者だ。ともに国民を騙し――よい国をつくらなければならない」

「……はい」

今となってはそうするしかないのだろう。これで逃げることも死ぬこともかなわなくなった。

王は枕元の赤い石を摘まむと、それを壁の穴に入れた。

数瞬遅れて、チン、と音がする。

しばらくすると扉が叩かれた。

「朝のご用意に参りました。王よ」

そう言って入ってきたのは若い男だ。年の頃は二十五、六、イドと同じくらいだろうか。

榛《はしばみ》色のさらさらした髪を短くしている。

装飾はないが動きやすそうで、清潔な身なりをしており、布が上等なのが一目でわかる。様式を見れば文官の服か。

彼は胸の前に手を組んで、恭しく頭を下げる。

「リディルはどうしたらいい？」

「王妃はこの部屋にこのままおとどまりください。お召し替えのあと、拝殿へお連れいたします。王はいつものように湯浴《ゆあ》みと祈りの後、食堂へ」

「わかった。リディル。これは私の腹心で、カルカという。任せておけば心配はない。拝殿で会おう」

「リディル王妃には改めまして、おめでとうございます。隊列にて一度ご挨拶申し上げましたが、わたくしは側近のカルカ・オットマーと申します。王のそばにはべり、しばらくはリディル王妃の御動静の調整をいたします。よろしくお見知りおきを」

「カルカは、そなたの身体のことを知っている。何でも相談いたせ」

「……よろしく、カルカ」

「それではまた、後ほど」

王は囁いて、リディルの唇を吸うと、ベッドから降りて、夜着のまま部屋を出ていった。

ぱたん、としまった扉の前にカルカが残された。

真っ白な朝の中に、急に放り出された気分だ。

生きてこの朝を迎えるとは思わなかった。少なくとも牢屋《ろうや》にいるだろうと思っていたから、展望とか心の構えは何もない。

食堂で、と言われたが誰が同席するかも知らない。国によって食事の作法が違うというがそれも学んできていない。

カルカは運ばれてきた壺から鉢に水を注いだ。顔を洗えということだろう。

重い身体を引きずるように動かして、寝台から降りる。

身体中が軋む。グシオンを入れられていたところがまだ熱っぽく、腫れて濡れている感じがして熱い。下半身はぐらぐらとして、骨の継ぎ目がはずれてしまいそうだ。

それでも他国の臣下の前だ。内腿に力を入れて身体を支えようとすると、足の間にとろりと熱いものが流れる。

「――っ……」

滴るほどではないからなんとか堪えて、水を張った洗面器に向かったとき、背後から静かな声がした。

「お帰りになるなら早いうちがいいですよ?」

信じられないことを言われた気がして振り返る。

そこにはカルカしかいなくて、さらに驚いた。

彼は感情の見えにくい冷たい表情をして、リディルに視線を据えている。

「気が向かれたらいつでも馬車のご用意をいたします。あなたが逃げ出しても、王はもう何も言いますまい」

「逃げたりはしない」

「男の身で、王妃の座に居座り続けると？」

口調は静かだが、その問いには、はっきりした侮蔑と嫌悪が混じっている。

気に食わないのだろう。当たり前だ。心から王に忠実な家臣ほど、エウェストルム王家より多少家柄が劣っても、彼の子どもを産める女性の王妃が欲しかったはずだ。

だがリディルの中にすでに答えはある。

「望まれてやって来たのだ。王も――グシオンも、何もかもご存じであった。わかっていたなら途中で追い返せばよかったのだ」

「できるものならわたくしだってそうしております！」

「つまりできなかったということだろう？　……世話になるな」

言い返すと思わなかったのか、カルカが顔を引き攣《つ》らせる。リディルは顔を洗い、彼から布を受け取って水滴を拭うと布を返した。

「王妃にそぐわぬ身体で、申し訳ないと思っているよ。イドを呼んでくれ。私の衣装はイドと打ち合わせてふさわしいものを持ってくるように。出された服は拒まない」

ここで生きていく決心を今、リディルは固めた。この国の文化を受け入れるつもりであるし、そもそも王妃として暮らすような服など持って来ていない。

自分を殺さず、生かしてくれた王。それだけで恩義を感じるには十分だ。王は何もできない自分にそばにいよと言ってくれた。もう一度、生き直せと言われたようなものだ。

王が許したと言っても、自分たちの罪は消えない。自分が男であったこと、そして魔力がないことがどれくらい王に不利と打撃を与えたかわからない。

少しでも償いたい。

王に何をしてやれるだろうか。どうやって彼に報いればいいのか。何もできない自分が——。

憎々しげな顔をしてカルカは出ていき、しばらくして飛び込んできたのは腕に衣装を抱えたイドだった。

「リディル様……！」

「イド。無事だったか」

「リディル様こそ！」

彼のことがずっと気がかりだった。殺されずにすむとわかったときも、牢屋に入れられてはいないか、縛られたりしてはいないだろうかと心配していた。

イドも、自分が王と二人で一晩を過ごしたことを心配していたらしい。

涙ぐんだイドは顔がくっつきそうなくらい前のめりになって、真っ青な顔で問いかけてきた。

「王は。王はどのように？」

「私が妃でいいそうだ」

「し、しかし。リディル様は男……」

「いいのだそうだよ」

苦笑いでリディルは答えた。その理由をイドに打ち明けていいものかどうかはわからないが、王は自分を許し、命を差し戻してもらった代償に、リディルができることを精いっぱい差し出そうと決めた。

「しかし、ならば、その……あの――、初夜の、あの」

何か言いたそうなイドはそれでも言葉が出ないように、あれこれ短い言葉を繰っている。

王妃ということはそういうことだ。初夜の儀式を自分たちは終えた。

「そのようにいたした」

「……え？　ええ⁉」

「むつみ合うのだと、お前が言った」

言い聞かせるとイドは目を白黒して自分の両耳を手で塞いだ。

「えええ――⁉」

リディルの王妃生活が始まった。

二日目に、宮廷に、国の大臣や貴族を集めて謁見が行われた。

リディルはベールを深く被《かぶ》り、飾り台の前で次々祝いの言葉を述べて礼をしてゆく貴族たちを眺めていただけだ。そして本来ならばこのあと、大臣たちが振り分けられて王妃付きとなる儀式が行われるはずだった。それも『王妃の疲れがひどく、しばらくの間、公務とご進講は最低限にとどまる』と宣言してもらって、会うのは王と、リディルの秘密を知る、ごく限られた大臣と女官だけになった。

この間に、リディルの王妃としての露出具合を調整するということだ。元々イル・ジャーナ王妃は後宮にいて、よほどのことがない限り、公の場に姿を現さないという慣習が幸いした。様子を見ながら会う人間を増やしていこうという計画になった。

これで公式行事に出る予定はしばらくなくなった。さしあたり人に会わない範囲で自由だ。まずは城の散策を勧められた。自分たちの住居となる城の東部分だ。その上で従者の分担も細やかに行われた。

リディルの室内、並びに王と側近しか来ない区域はイドがそばに仕える。それより外、一般の使用人と会う可能性がある区域は、女官長を始め、口の堅い女官たちが数名、供としてついて回ることにした。

しかしリディルは部屋から出ずにイドに命じた。この国に関する、ありったけの文献を持ってこいと。

この国の歴史は学んできた。だが、それはあくまで婚礼に必要な『表向き』の歴史だ。リディルが知りたいのは門外不出の本当の国の内情だった。

早速、人七人分くらいの高さの文献が積み上げられたが、イドが言うにはこれで打ち止めらしい。

イドは、リディルの部屋のそばに部屋を与えてもらい、昼間はリディル付きの文官長として、密《ひそ》やかに過ごしている。

「我がエウェストルム国のように、書庫に文献が充実しておりません。元々こちらは武強国。しかも先々代の王の御時《おんとき》に一度国土を焼かれておりますので、古い文献もありません」

イドもかなり文献を読みこなすほうなのだが、その力を借りるまでもないということだ。古い文献はどうせ神話のようなものなのだから口伝で十分。王家の成り立ちはわずかで、その後は焼失しており、近代は残っているのはいるのだが、文字や地図にして残されているものが少なく、物語風に書き記したものすらわずかにしかない。

エウェストルム国の、建物が鉢割れそうな書庫とは大違いだ。イドが言うにはせいぜい使用人の部屋がいっぱいになる程度の書物しかない。

「いい、この二十年ほどの歴史と内情と、近隣諸国の関係と地形が知りたいだけだ。詳しい者を探してくれ。大臣や古い貴族なら遡れるだろう」

リディルが早急に理解しなければならないのは、この国がどのような立場に置かれているか、何がよくて何が悪いか、王城内にどのような派閥があるかということだ。

「あと、下世話にならない範囲で、王のお立場をよく説明してくれるものを探してくれ」

第二王妃の第一王子と聞いている。しかし先王は戦《いくさ》で命を落とし、王妃もすぐに亡くなっている。あの、雷《いかずち》を纏《まと》った太刀筋《たちすじ》を見る限り、王家とまったく縁のない出自だとは思わないが、血筋と立場は違うことが多い。

「私を許したことで、王のお立場が不利になってはならない。なるべく賢く立ち回りたいのだ」

「わかりました。しばらくお時間をくださいませ」

「頼む」

人の機微を読むのに長《た》けたイドを城に放ち、リディルは早速机に本を積んだ。

結果的にリディルは王妃として迎えられたが、（もしも彼の側近の多くが自分が男と知っているとして）全員の賛同が受けられたとは思わない。

少しでも王の負担になりたくない。

自分のせいで何かが失われるのはもう、嫌なのだ。

ふと、目の端に窓辺を高く、鳥が過《よぎ》ってゆくのが映った。それが静止画のようにリディルの瞳に焼きついた。

小さい頃の記憶の中に、これと同じ場面が残っている。

二歳の頃だ。母に抱かれて森を進んでいた。速い景色の流れの中で、リディルは空を指さした。

高く青い空。薄い雲。そこを鳥が飛んでいた。

それはもしや、すでに盗賊に追われていたからかもしれない。だがリディルは恐怖でもなく、母の悲鳴でもなく、なぜか森の隙間の青空を鳥がよぎる場面と、それに伸ばした自分の小さな手ばかりを覚えている。

リディルは、本の隣にあった小ぶりな箱を開けた。

身の回りの品が入った、白い大理石細工の小箱だ。

その底から、折りたたんだ紙片を取り出した。

古びた紙は変色し、角は丸みを帯び、折り目はすでに切り離されそうなくらい薄くなっている。紙片のところどころにある染みは、リディルの涙の痕だ。インクが滲《にじ》んでいるところも。

紙には、乱れた文字が黒糸のように弱々しく挟まれていた。


ごめんなさい、わたくしのかわいいリディル。

あなたの魔法円は、あなたが本当の愛に出会ったときに再び回り始めるでしょう。

あなたの母

字が読めるようになってから渡された母の遺書だ。

母は、大きく傷ついた自分の魔法円が差し支えなく治癒することを祈っていたようだが、時が経《た》っても彼女の願いは叶《かな》わなかった。

この手紙を読んでは泣き、母を恋しく思い、どうして死んでしまったのかと責め、いつも手の届くところに置いて過ごしてきた。婚礼に向かうときも——死ぬ覚悟をして城を出るときも、この手紙を道標《みちしるべ》にして母に会いにいこうと思っていた。母は、小さな頃の自分しか知らない。この手紙を見せて、あなたの息子だと証明しようと思っていた。

そしてリディルは、母の顔を肖像画でしか知らない。

銀髪がかった金色の、美しい巻き毛の人で、肩には王妃を示す金の刺繍《ししゅう》の帯を垂らし、手には鳥の羽のような美しい扇を持ち、その指には世界中の癒やしを練り固めたように深く輝く緑色の宝石の指輪が嵌《は》められていた。母がこの国に嫁いだときに贈られた国宝の石だ。魔力を秘めたその石はこの世に二つとないくらい濃い色で、到底絵にも描き表せなかったと聞いたことがある。

それもそのときなくしてしまったということだ。

二階の渡り廊下を歩いていたリディルは、窓のところでふと立ち止まった。

城門の向こうに遠く、街が見える。

王城から見た街は埃《ほこり》っぽく、地面が見えるところは皆、薄い茶色だ。森はあるが丈が低く、木立も薄くて葉が落ちれば地面が透けて見えるのではないか。

この国は乾いている。放っておいても草が生え、森が茂って熟れた木の実が落ちるエウェストルムとは違い、民は乾いた土地を耕し、川から水を汲《く》んで繰り返しそこに撒《ま》くのだろう。豊かでいるのが難しい国だ。

その国をここまで栄えさせ、王国の体を保つのは並大抵の苦労ではあるまい。

——先王が隣国を滅ぼした。

——グシオン王はよく護《まも》っておいでです。

だとしても、それを維持するのは容易ではあるまい——と思いながらまた歩き出す。

たった半月暮らしただけだが、この国は、全体的にいい国だ。

人々は痩せ細っておらず、街には流通が多く、活気があるようだ。城の中で極端な不正がまかり通っている様子もなく、臣下はむやみに王を恐れていない。

恐怖政治ではなく、そこそこに清浄さが守られている。民衆や家臣に不満が溜《た》まりきった様子もない。

女官を従え、渡り廊下を越える。窓から吹き込む風にベールがふわりと膨らむのを、リディルは俯《うつむ》いて布の合わせ目を指で摑《つか》んでやり過ごす。

一応、人前に出るときだけ、そして部屋を移動するときだけ、ベールを被ることにしていた。自分が男であることを知っているのは、王と大臣、カルカと部屋を世話しにくる従者が二人、そしてこの塔の女官が五人。秘密を守るには適切な人数だ。

リディルは、廊下を渡ったところにある大きな扉の前に立った。

女官が扉を開くと明るい室内がある。

書庫だ。リディルが王に頼んで、ここをもっと心地よくしてくれと頼んだ。人が少なく、奥まっていて、王と話すのにも適している。何より陽《ひ》の差し込みかたがいい。

「待ちかねたぞ。王妃」

「ごきげんよう、王よ」

いかにもそれらしい挨拶をわざと交わしてベールの下から笑い合う。リディルは入り口であざとくお辞儀をしてから、女官を残して室内に入った。

読み物を集めてほしいと王に頼んだあと、だいぶん書物や巻物が持ち込まれた。聖堂会や学者からも取り寄せたと言うから、それらは書き写して返すことにしている。

室内に見知らぬ顔がないことを確認してから、リディルはベールを外した。王の隣、クッションが置かれた椅子に座る。目の前にはすでに地図と家系図が広げられている。

イドに命じて情報源を探しているが、いちばん太い情報は王本人からもたらされた。王がリディルを共犯者と言ったのは本心だったのだろう。

この国の現状をあけすけに教えてくれる。よほど信頼されているのか、あるいは自分が情報を得てここを逃げ出しても、国境を越える前に追いつかれて斬り殺されるか、その情報を本国に持ち帰っても、エウェストルム国ではその情報の利用方法がないと目されているのだろう。

エウェストルムが生き延びているのはひとえに、無害だからだ。生命力を持っている、地が肥えている、富もある、だが戦争をする能力がない。

そこで普通なら侵略されてしまいそうなものだが、エウェストルムは魔力があるものを産む。これはエウェストルムから離れ、血が薄まると消えてしまうのだそうだ。エウェストルムの民として生まれ、しかもエウェストルムの水を飲み、緑の魂《ラウフ》を浴びて育たなければ魔法使《マギ》いになれない。

まわりの国からは《魔法使いが生えている畑》と揶揄《やゆ》されているそうだ。実った畑を欲望で踏み荒らす者はいない。

「こちらへ、リディル」

卓上に何枚も地図を広げた王は、昨日の続きから話し始めた。

国の四方を力の拮抗《きっこう》した隣国に囲まれ、すべての国と休戦協定は結んでいるものの、風向きによって当たり前のように破られるのだそうだ。

武力的には今のところイル・ジャーナがいちばん優れていて、この国が仕掛けない限り大きな戦は起こらない。それもこの先どうなるかはわからないという。今は、戦争というほどではないが日常的な小競り合いはあり、こちらが弱みを見せれば一気に戦になるだろうというのが王の見通しだった。

そんな中で、世継ぎをつくらないというのはいかがなものかと、リディル自身が思う。確かに治らない傷がつらいのはわかる。呪いのせいで、呪いを封じる布がなければ人と抱き合えないのも悲しいと思う。でも歴史の中で、呪いの傷を受けた王は珍しくない。彼らは何かを諦め、ときには悲しい決断をしながらも王家を存続させている。苦しいことだが、国が滅ぶよりましなのではないか。しかもグシオンは城の奥に籠もっている王ではない。彼が戦場に立つのはこの目で見た。もしもこの先、先王のようにグシオンが早世してしまったら、この国は一息に攻め滅ぼされる。

「リディルは魚の群れを見たことがあるか」

「はい。王宮の池におりました。川にも」

「頭など、在ればいいのだ。挿《す》げ変わっても群れは気づかずよく泳ぐ。余も国を継いだときは、右も左もわからぬただの小魚であった。それでもイル・ジャーナという国は泳いだ」

「でも魚はいたではありませんか。幼くとも、未熟でも。あなたには代わりになる小魚がいない。この先も……」

自分が産まない限り――。

王は表情の読み取れない、静かな顔をして、地図の上に置いた石を、長いT字形の棒で、イル・ジャーナの奥へ押しやった。

「この国――。先々代の王の弟が国主を務めていた国だ。今はその子どもが国王で、余よりもいくらか年かさの世継ぎがいる」

「小さな国ですね」

イル・ジャーナ国の背後、谷に挟まれたような小さな国だ。イル・ジャーナ国が前にいるから戦争に打って出ることもできず、地形から見るに、豊かになりそうな要素がない。

「同じ血の流れを汲む、我が盟邦たる王国であり、最も親愛なる、縁の深い、慎み深い国である。――という名目の、我が属国である」

「え……？」

「表面上は王国として独立しており、我が国と不可侵条約を交わしあった友好国である。しかしその実、先々代の王の御代より、このリリルタメル国は事実上、我が国の一部だ。先々代が強欲な弟を満足させるために領地《アメ》を持たせて独立させた。王宮を建ててやり家臣を分けてやった。だが王国はそれだけでは機能しない」

リリルタメル王国の前にはイル・ジャーナ国が立ち塞がっている。

「商売をするにも、人の出入りにも、我が国を通さねば不可能だ。戦争を仕掛けられたとき、我が国が敵軍を素通りさせたら半日と持たずリリルタメルは滅びてしまう。この領土を見よ。この面積で国民を食わせることができるか？　この地形で戦うことができようか？」

「イル・ジャーナがこの国を庇護《ひご》しているということですか」

「そうだ。戦から守る盾となり、食糧を流し、国交の味方をする。王家の後ろ盾になる」

つまり、と続けて王は地図を眺めた。

「我が国が持っている《いにしえの箱庭》だ」

独立とは名ばかりの国と王家だ。

「で、でもそれが魚の頭と何の関係があるというのですか?」

「ここの国境を取り払う。どうなる?」

「我が国が……広がります」

「つまり、ひとつの国に、二つの王家《あたま》があるということだ。その上で片方が滅びたら?」

「そんな……!」

「案ずるな。これは昔から在る盟約なのだ。もしも我が王家が滅亡するようなことがあったら、王国はリリルタメルにくれてやる。まったく赤の他人に奪われるよりましだからな」

王家の保険だ。リリルタメルは喉笛を握られ、イル・ジャーナ王家の保険という立場に甘んじる限り、イル・ジャーナからの庇護と豊かさを享受できる。

「リリルタメル王家から養子を迎えることもできるが、余はそれを望んでいない。呪われたのは《王の長子》だ。生まれたときにはなんともなくとも、我が国に来て、余の跡継ぎと名乗りを上げたと同時に呪いがかかるかもしれない。それに父王が犯した罪を考えると、そうしないほうがいい。呪いのことがなくとも、我が王家は恨みを買いすぎている」

「私は……、また、無力なのですか？」

生き延びるために父がついた嘘《うそ》。子を産めないということがここまで大きな罪になるとは思わなかった。王の誓いを奪い、子もなせず、魔力も捧《ささ》げられず、それがゆくゆくはイル・ジャーナ王家の滅亡にまで繋《つな》がるとは——……。

「いいや。そなたのおかげでずいぶん楽しい日々を送っている。そなたの出方次第では幽閉も考慮にあったのだが——伴侶を迎えるのがこれほど楽しいこととは思わなかった」

軽々と、王は恐ろしいことを口にする。

窓から風が吹き込んで、王の耳飾りを揺らした。

「一方的にイル・ジャーナの損だが、だからこそ上手《うま》く行くこともある。その日が来るまで、余は国土を整え、国民を豊かにし、そなたと楽しく生きる」

男は荷を運び、国のために戦い、労役に参加する。女は子を産み、機《はた》を織り、穀類を搗《つ》く。けっして手放しで豊かな国とは言えないが、国民が勤勉だ。戦に備えて働き、冬を見越して蓄える。その労力を惜しまない。

王の仁政の結果だ。王は自分を小魚だと卑下したが、賢く強い魚に育ったらしい。

「なるほど。高低差か。いいな」

エウェストルムの国と比べて足りないと思ったことを述べよと命じられたので、リディルは溝のことを話した。エウェストルムでは斜面の高低差を使って、国全体に水を巡らせていた。

ここにも水路はあるが、高低差が足りないために澱《よど》み、一部は沼地となり、末端は干からびている。平地だけに溝を巡らせるのではなく、丘の斜面を用い、一方平地では底を傾けるように溝を深くすれば、遠くまで水が流れるのではないかと答えた。

「カルカ。後ほど会議にいたす。内容は聞いての通りだ。測量を速やかに行え」

「直ちに」

グシオン王は賢い。エウェストルム国のほうが文化は栄えているが、グシオンはリディルが文明の溝を説明すると易々《やすやす》と理解し、飛び越えてくる。理解からの行動が早い。

若い王ならではの身の軽い政策だ。これだけでもイル・ジャーナは小魚を王に迎えた甲斐《かい》があっただろう。

「ご休憩の時間です、王よ」

カルカと入れ違いに入ってきた側近の一人が、女官を伴って声をかけた。

イドもおいしい茶を淹《い》れるのだが、彼が淹れた茶を王に出すことは叶わない。

王たるもの、常に毒殺の恐れがあるのだから仕方ないと、イド自身に説得されて、今ではリディルもそれに従っている。

そして今日はひとつ、見せたいものがあった。

リディルは、そばから品物を取り出し、それに巻いていた布を解いた。

「それは？」

「竪琴《たてごと》です。小さいのですが」

エウェストルム城には大きく音域の広い竪琴があったが、持って来たのは小ぶりの壺《つぼ》くらいの小さなものだ。馬車の中で少しでも心を慰めようと持って来た。

爪の先でぽろんと鳴らして調弦をする。

「竪琴は嫌いですか？」

「弾けるのか？　そなたが？」

「宮廷楽士のようではありませんが」

魔法国のほとんどが文化国だ。エウェストルムもご多分に漏れず、音楽や学問が栄え、宮廷楽士もいるし演劇もあって、王族貴族はもれなく手すさび程度の楽器を奏でる。

ぽろぽろとまろやかな音を生む竪琴を、王は感心したように眺め、少し苦い笑みを浮かべた。

「戦略を覚えるだけで精いっぱいだった」

若く、孤独な王だ。今に辿《たど》り着くまで彼はどれほど自分の身を削り、時間を差し出し、国を守ってきたのだろう。

青空を映した窓辺を背に、リディルは小さな声で歌う。

梢《こずえ》の風は甘い蜜を吸っている
渓流の水は、氷の粒をとかしている
天の祝福を吸い、花は咲くだろう
赤桃黄色あなたが好きな色に

女官たちが歌っていた歌だ。子どもたちも歌うこの歌がリディルは好きで、リディルもよく歌う。

歌い終えて王を見ると王は、とても驚いた顔をして竪琴に手を伸べてきた。よく見せようと、竪琴を持ち替えたとき、王はリディルの唇を吸った。

「……とてもいい。身体の中が、甘やかになるようだ」

王の感想はとても嬉《うれ》しく、ただ唇に、彼の唇の感触が残っていて少しも動かすことができない。

睫《まつげ》どうしがふれあってくすぐったい。王は何も言わないリディルにもう一度口づけてきた。指先が温かい。手の中に魔法の花が溢《あふ》れてくるのがわかる。

「また歌ってくれ。このあとも、夜にも」

「は……はい」

開いたのが震えたのかわからないリディルの唇を、王は張りのある肉厚の唇でまた吸った。そして唇が触れそうな場所で囁《ささや》く。花は手のひらに掬《すく》いきれなくなって、膝に、足元に、ぽろぽろとこぼれ落ちている。桃色、白、薄オレンジ。甘い色の花だ。

王はそれを見やってからまたリディルに軽く口づける。

「初夜はずいぶん乱れておった。気持ちがよかったか？」

「あ――あれは契約ですから！」

慌ててリディルは言い返した。

命を差し出す代わりの契約だ。国民の命の代償だった。契ったのだから、どれほど離れていても王に魔力を届けられる。ただ――その魔力が、自分の中にないだけで。

「……私でよければ、歌います」

遊び程度の演奏と歌を、そんなに喜ばれては気が引けてくるのだが、今のところ自分が差し出せるものはそれくらいしか見つかっていない。

「そうか。いい。いいな」

王は、リディルの膝の上に散らばっている花に手を伸ばした。摘まんだはしから花びらは溶けてゆく。普通はもう少し花は保《も》つものだが、王の呪いに反応しているのかもしれない。

「……王？」

王は少年のようにとても明るい顔をしたあと、急に寂しそうな表情をした。王はリディルの視線に気づいたのか、苦笑いをして、もとの明るい表情で窓の外を見た。

窓の向こうには、白い月が二つ浮かんだ青空がある。

「いや……とてもいいなと、思ったのだ」

王の手のひらで、雪のように溶け消えてゆく薄桃色の花を見ながら、王の憂いを探し出そうとしている自分にリディルは気づいた。


王は本当に、自分が男であることを偽って嫁いでくるのを知っていたらしい――というのは部屋の配置を見ればわかる。

リディルの部屋は奥まった場所だが、よく陽の当たる方角にある。人の出入りが少なく、城内のかなり広い区域を人目を気にせず歩き回ることができた。王の部屋への通り道もほとんど人に見られず行き来できる。イドと女官の切り替え位置も絶妙だ。

新しい衣装はふんだんに用意されていたが（ここにも動きやすい男の服が混じっているあたりが、リディルの苦労がまったく無駄だった気がして落胆させるのだが）、リディルの衣装を見た王が、城の針子たちにエウェストルムの様式で新しく衣装を仕立てるようにと言った。イドは見たこともないくらい鼻高々で「しかしそれは我が国の綿や絹と、機織り技術、お針子の腕あってこその品物で」などと講釈を垂れた。だがリディルにしても小さな頃から着慣れた服の形はありがたく任せてみようということになった。

　リディルは持ち込んだ服と、用意してあった服をだいたい交代で着ていた。この国の様式の服を着るときは、カルカが手伝いに来る。

　この国の服は、上半身はいいのだが、下半身は大きな一枚の布で、それを腰に巻きつけている。その上から胴のところに太い布を巻き、さらにその上から紐《ひも》で縛るという具合だ。

　あまりにきつくカルカが紐を縛り上げるので、知らず息が零《こぼ》れた。女のように腹がやわらかくないから、きつく縛っておかなければずり落ちて困るのだがそれにしたって苦しい。

　見ていたイドが声を上げた。

「もう着付けは覚えましたから、明日からわたくしがいたします」

「そうですか、楽になります」

　顔ばかりは笑顔だが、嫌な仕事が減ったとあからさまに態度で示すカルカに、イドが顔を引き攣《つ》らせる。

　紐がきつすぎるなと思いながら、脇腹を撫《な》でていると小物を片付けながらカルカが言った。

「まだ国に戻る気はありませんか？」

「え……？」

「――子を産めない王妃など、さっさと帰ればいいのに」

　二度目の言葉は呟《つぶや》きだったがリディルの耳にはっきり聞こえた。イドが彼に詰め寄った。

「あまり無礼な口を利くと、王に言いつけますよ⁉」

「ああ、これはこれは申し訳ありません。つい、心にもない言葉が漏れ出てしまって」

カルカは動じず、リディルに向かって膝を曲げ、深く芝居がかったお辞儀をして見せた。

「申し訳ありません。失礼を申し上げました。婚礼からの激務で少々疲れております。お許しください」

心のこもっていない謝罪を口先だけでつるつると述べると、カルカは気が済んだようにさっさと部屋を出ていった。

呆然《ぼうぜん》と見送るしかなかった。

なぜ彼はあれほど自分に帰れというのだろう。

子どもができないのはわかっていたはずだ。男であることを知っていながら誓いを立てさせたのはそっちだ。それにリディルが魔力を供給できなくても、王が次の王妃を見つけるまで、自分がそばにいても不利益はないのだから、当面このままがいちばんいいはずだ。なのに、なぜそんなにも帰れ帰れと言うのだろう。

しかしあの慇懃《いんぎん》無礼な、無駄に弁が立つ雰囲気はイドに似ているな、と思いながら腹に巻かれた紐を緩めていると、彼が出ていった扉を睨《にら》みつけ、怒りが収まらないようにイドが言った。

「あんな口やかましく意地悪な者を見たことがありません！」

思わず、ふ！　っと噴きだした。

「何を笑っておいでですか？　仮にもあなたは王妃なのですよ？　仮にも！」

それもなんだかおかしくて、笑ってからリディルは軽く肩をすくめた。

「嫌われているようだ」

なぜだかあまり怒りは湧かなかった。

彼の気持ちは想像できる。自分が心を込めて仕える王に男の王妃が来たのだ。あの調子ではずっと反対していたのだろう。それとも単純に、自分が気に食わないのかもしれない。

「歓迎されていないのはわかっている」

「そうですね。ですから帰りましょう！」

「うん。することをしてからそうしよう。追い出されるまで」

目が血走るほど怒っているイドにそう言うと、イドは急に弱々しく立ち尽くしてこちらを見た。

「何をするというのです」

「呪いを解く方法を考える」

リディルは絨毯《じゅうたん》から出て、履き物を履いた。

王が自分の歌を喜んでくれたとき、思いついたことがある。

本当に自分にできることは少しもないだろうか――？

子は産めない。魔力は供給できない。

だが治水の提案はできて、花を見せ、歌を聴いてもらえた。

あのときの王の顔が忘れられない。新しいものに触れた無邪気な少年のような笑顔。――そしてその顔が寂しそうに翳《かげ》るのを。呪いを打ち明けたときのように、苦痛に歪《ゆが》むのを見たくない。

王妃の務めは果たせなくても自分にできることはないか。自分の命を、そしてエウェストルムの国民の命を、救ってくれた彼に何か返せることはないだろうか。そう願ったとき、あの呪いが自分に解けないかと考えた。

人がかけた呪いなら解く方法はあるはずだ。中には永遠の謎と言われるくらい、見えないほど細い糸を縛り固めたような難解で強固な呪いも存在するが、それですら時間をかけて少しずつ解きほぐせば必ず解呪に到ると言われている。

何より、理不尽な呪いを王の身体に残しておくのが、リディルにはとてもかわいそうな気がした。

痛むだろう。人を傷つけることに、あの優しい王は傷つくのだろう。何よりあのおおらかな人が、あんなに顔を歪めて苦しむ姿を見せるほど、呪いはつらいものに違いない。

「リディル様。ここにはあのような失礼な輩《やから》がいるのです。帰れというなら即刻帰りましょう。そうですよ、今すぐに帰りましょう！　呪いなど解いてやる義理などないのです！」

「反対してくれるなイド。義理ならある。私は王に命を助けられた。国民の命も彼に救われた。

に帰るとしても、少しだけでも王の役に立ちたいのだ。そうしなければ、エウェストルム国の第一王子は、イル・ジャーナ国王を謀《たばか》り、命を救われながら、何の恩返しもしなかった恩知らずと、一生誹《そし》りを受けることになってしまう。そんな状態で帰国したら、父王にも申し訳が立たない」

「それはそう……ですけど……」

「減るものではないのだ。そうさせてくれ」

「……はい……」

「イドには苦労をかけるね」

「い、いいえ！　それはぜんぜん！　ぜんぜんいいのですけれど！」

褒めると照れる。意地っ張りなイドのいいところだ。

歓迎されているか否か。五分五分と言ったところだろうとリディルは思っている。

朝、王の予定を知らせに来るザキハ財務大臣は、リディルに好意的な感じがする。どこかですれ違うとき、会釈だけではなく、体調を気遣う言葉をかけてくれる。女官も半々と言ったところか。黙って身の回りの世話に徹する者もあるし、目が合うと微笑《ほほえ》みを投げてくれる女官もいる。

リディルが廊下の窓から外を眺めていると、離れた通路を禿頭《とくとう》の男が通りかかった。普請大臣のメシャムだ。白髪が増え始める年頃で、重たそうなくらい腹が出ている。

彼はリディルと目が合ったのに、気がつかないふりをして通り過ぎていった。彼は反対派なのだろう。

しばらくはこうして、賛成派と反対派の顔を見分けながら覚えてゆくしかないな、と思うとやや気は重い。だが他でもない、国王の妃だ。自分で言うのも何だが、男が嫁いでくることを歓迎する大臣など変わり者だと言うほかにない。

ここで暮らしてゆくのが正しいのかどうか、リディルにはまだわからない。だが王が許すと言い、この国にいる以上、自分にできる何かを探してゆくしかない。

とりあえず、城の中でどのくらい自由に過ごしていいかわかるまで、部屋でおとなしくしておくのが正解だ。

——王女は雪を見たことがあるか。

——馬で駆けるとおもしろい。花吹雪の中を走っているようだ。

——もう少し落ち着いたら王女を連れて行ってみよう。

王女に語られた言葉は本心だろうか。それとも周りに自分が騙《だま》されていると見せかけるための嘘だったのか。婚礼を成功させるためとはいえ、もしも王が、あんな楽しそうな笑顔で嘘をつくんだったら胸が痛む——。

窓隣からふわりと離れて　自室がある奥へ向かおうとしたときカシャカシャという音が聞こえてきた。

城の表側から、鎧姿《よろい》の男が歩いてくる。銀の板を赤や紺色の鮮やかな紐で結んでつくった鎧。黄土色の髪に赤い目。王と同じくらい身体《からだ》が大きく、ライオンのように逞《たくま》しくて、腰には鞘《さや》を挿す革のベルトが交差している。

彼はこちらに気づくと、ぱっと明るい顔をした。

「これは、リディル王妃」

目の前まで大股で歩いてくると、彼はリディルの足元に片膝をついた。

ヴィハーン将軍。婚礼の道中を護衛する軍隊を率いた男だ。

グシオンより五歳年上で、小さな頃からグシオンの剣の相手としていっしょに育ったと聞いている。自分とイドのようなものだろう。ただし彼は、王の強い信頼を得て、王国の軍を束ねる者として、大臣と同等の権力を持っているらしい。

頭上から見ると余計広く見える彼の背中を見ながら、リディルはおそるおそる声をかけた。

「ごきげんよう、ヴィハーン」

「おお、我が名を覚えてくださいましたか！　光栄なことです。お妃《きさき》はもう城に慣れましたか？」

「ええ。少し」

「それはよかった。十分お休みください。道中、後半ではずいぶん無理な行軍をしました。怖い思いをなさったでしょう。粗野をお許しください」

「いいえ。おかげで無事に到着しました。ご苦労でした」

リディルが応えると、彼は一粒一粒が大きな白い歯を見せて笑い、むくりと立ち上がった。目の前で立たれると壁のようだ。

「久しぶりに王の明るい顔を見ました。非常にほっとしました。これからも王をよろしくお頼み申します」

彼は身体をかがめて礼をし、リディルとすれ違おうとする。風が起こるような速度で去ろうとする彼を、リディルは振り返った。

「待って。――待ってください」

「……何か?」

「王は、本当にこの婚礼を喜んでおいででしょうか」

歓迎されないのはいい、反対派がいるのもわかっている。だが、王は本当に自分が来たことを後悔していないか。我慢しているのではないか。この二日間、そればかりが気にかかる。

ヴィハーンは、不思議そうな顔でリディルを見たあと、何も答えずにゆっくり向こうに足を踏み出した。視線が歩けとリディルに促してくる。カシャンカシャンと小さな鉄の板が鳴る。

リディルは小走りでそれを追った。

非公式な話だということだろう。歩きながらヴィハーンが小さめの声で言った。

「王の周りに人が少ないのにお気づきか」

「……はい」

この国はそういうものかと思っていた。謁見のときに大広間に集まった大臣は多かった。城にもたくさんの人が働いている気配がある。リディルを迎えに来た軍隊も視界がいっぱいになるほどの兵がいた。でも、この城は静かだ。——王の周りに人がいない。

大臣と少しの人々。華やかと言うにはほど遠い。花が飾られていない。装飾品が少ない。それればかりではなく、人が少ない。取り巻くようにいるはずの大臣や貴族がいない。リディルのためかと思ったが、付け焼き刃ではこうはならない。

呪いのせいかと、リディルは思い当たった。万が一にも身の回りの人が呪いに触れないように、王自身の心のために、誰も彼の呪いの印を見ないように、人を遠ざけているのだろうか。

「王はさびしい。昔からだ」

掠《かす》れた声でヴィハーンは言った。

「あんなに人好きなくせに、周りに人を寄せつけない。大臣もずいぶん減らし、必要なときに呼ぶにとどまる。軍も、先代まで何人もいた将軍をすべて退官させ、自分のような若造一人に信頼を寄せてくださった。なのに、妃のことを話すときにはあのように楽しそうな顔をして」

思い出して、彼自身も嬉しそうに表情を緩める。

「どうか、王のそばにいてください。どうか彼に尽くしてやってくれ。彼にはやはり、妃が必要だ。それがあなたでよかった」

「本当でしょうか」

「今におわかりになる」

ヴィハーンは笑って大きく歩を進めた。背の高い軍人とは歩幅が違いすぎて、ほんの数歩で離される。もう追ってくるなという意味だろう。

豪快な、広い背中を見送りながら、リディルは小さく息をついた。彼の言うことが本当だったらいいと、静かに祈った。


王のもとに、ザキハ大臣が毎日、街の様子を報告しに来る。

彼は昔からの家臣のようで、年老いた彼を王が大切にし、気を許しているのがわかる。

彼の話から知るところでは、先代の王が亡くなった戦で家臣も多く死んだらしい。その後、王位を継承したグシオンは、側近を選び直して元の体制に整えてゆくだろうと思われたが、最低限の側近しか選ばなかったということだ。呪いのことがあり、リリルタメルとの合併を見越しての采配かもしれない。聡明《そうめい》な判断と思うべきかもしれないが、人好きな王には寂しく悲しいことだ。

ザキハは散歩のようにして王の部屋をしばしば訪れる。

穏やかな学者肌。小さい頃自分に魔法学を教えていたジャムシェル老師にしゃべりかたが似ている。日中、王に会議がないときは、王の部屋に行って雑談をしているリディルも、だいたいそれを聞くことになった。

「未《いま》だ街はお祭り気分で、深夜まで酒場には灯《あか》りが灯《とも》り、酒が振る舞われております。大道芸人や干物売りが来て、大きな市が広がっております。まだしばらく収まりそうにはありませんな」

「そうか。国民はよほど、妃を歓迎していると見える」

意味ありげな視線を寄越されて、リディルは苦笑いだ。

いっしょに笑っていたザキハ大臣は、長い眉の下でふと切なそうに目を細めた。

「そうしておると、本当のご夫婦のようですな」

思わずこぼれ出たような言葉に、リディルの息は静かに止まる。

「や、失礼をいたしました。とにかく国民は心から祝福をしております。見張りの兵からも不穏な報告はありません」

「わかった。ご苦労」

大臣が下がると、王が軽く腕を回して慰めてくれる。リディルは大丈夫だと小さく頷《うなず》いて見せた。

カルカを除いて、あからさまに非難してくる者はいないが、興味を隠しきれない女官とか、不審そうにリディルを見る文官とか、ザキハの、純粋な好意の中にふとひとすじ交じる失望だとか、何かの拍子に当たり前のことで傷ついている自分を感じることがある。

大丈夫だと王に頷きかえし、ほっと息をついているところに文官が訪ねてきた。

「水路の設計図をお持ちしま……っお!?」

深く礼をした文官を背後から突き倒すように現れたのはヴィハーンだ。

「──すまない。先客か。出直しにいたそうか?」

「いや、ヴィハーンも入ってくれ。水路をつくるとなると、軍にも配置してもらわねばならん」

迷惑そうな顔で文官が入ってくる。今度は彼に気遣いながらヴィハーンも入室してきた。

彼がリディルに目配せを送ってくる。リディルは微笑みでそれを受け止めた。

文官は、机の上に抱えてきた地図を広げた。隣に細々と計測の数値を書いた紙も置いている。

ヴィハーンが覗《のぞ》き込む。

「どれどれ、水路か。大きいな。いっそ堀にしてはどうだ?」

「いや、堀を掘っても水量がない。いずれ水が増えれば考えるが、まずは生活の治水からだな」

王は一通り図面に目を通すと、表情を暗くした。

「いや。ここに水路を引いてはならない。水が広がるだけで下方に落ちないではないか」

長い棒で地図を指しながら、王が問題を指摘する。

「ああ、大丈夫です、ここは水が流れてですね、こちらのほうが高くなっておりますから……ああ、いや、……おや？　……そうですね。違いますね」

文官はしどろもどろだ。

「難しい工事だ。慎重にしてくれ」

「駄目なのか？」

「ああ、高低がおかしい。これでは意味がない。そなたとて、無駄な溝を掘りたくあるまい？」

「まったくだ」

王は図面を差し返した。

「この話はしばらく置いておこう。その間にもう一度案を出すように」

「置いておくのですか？」

リディルは思わず声を上げた。せっかく土地を見て、当たりをつけてきたのだからこのまま作業をしたほうがいい。時間を置いて再度となると、また一から測量になってしまう。

「ああ。十日ほどのことだ」

それならなおさら中断する意味がない。

ヴィハーンは口を閉ざしている。何か王宮の行事があっただろうかと考えていると、王がリディルの手に手を伸ばしてきた。

少し力を込めて握ってくる王の手が冷たい。表情も先ほどまでとは違い、硬くこわばっている。

「――しばらくそなたと会えなくなるかもしれない。なに、たった数日のことだ。具体的には二、三日。その間も地下に来れば会える」

「地下……ですか？」

そういえば城の一階で、地下に続くとおぼしき扉を見た。

倉庫でもない、ましてやこんな王の部屋の近くに地下牢《ちかろう》があるはずもない、一体何だろうと思いながら過ごしてきたが、何があるのだろう。

王からの返事はない。呪いの印が痛むのだろうかと思ったとき、大きな音で扉が叩《たた》かれた。

リディルは慌ててそばにあったベールを被った。

「大至急、王に申し上げます！　敵襲にございます！」

「国境はどうなっている？」

ヴィハーンが振り返った。グシオンも厳しい表情だ。

「砦《とりで》で防衛できなかったのか」

「それが――商人たちに紛れ、兵を分散して侵入してきたらしく、国内に入ってから急に隊の形を取り始めたということです！」

「相手はどこだ」

「フラドカフ！　総勢三百程度かと」

——今頃？

リディルには戦略の知識はない。だが、戦争は明け方始まって日暮れに終わるものなのはわかっている。

「なぜこんな時間に敵襲がかかるのでしょうか」

夜で視界がなくなってしまえば双方が危うい、野営をすればオオカミも来る。よほど雌雄を分ける決戦ならいざ知らず、三百名程度の戦では危険ばかりが先立つ時間だ。それがこの地域の戦いかたなのか。

王はリディルを軽く押しのけ、ヴィハーンを横に、報告に来た兵士と机に向かった。

ヴィハーンは怪訝《けげん》な顔をする。

「本当に相手はフラドカフか？」

「はい。旗も紋章も確認しております！　車輪《わだち》の跡も馬の方向も、フラドカフに間違いありません！」

「しかたがない。直ちに兵を出して応戦しよう。夜戦になったら国土が低い我々が不利だ。国境付近の農民たちが巻き添えを食う。農民たちは下げたか」

「はい。報《しら》せはやりました。訓練の通り、逃げているはずです」

「第一部隊を先発に出せと伝えてくれ。俺もすぐに行く」

「は！」

リディルの想像以上に戦が多い国なのだろう。

「フラドカフ……フラドカフか」

ヴィハーンは腑《ふ》に落ちない表情だ。

「ヴィハーン」

「大丈夫、おまかせください、王よ。我が軍が止めて見せますから、王は必ず城にお止《とど》まりください」

そう言い残してヴィハーンは身を翻し、部屋を出ていった。

入れ違うようにどんどん兵がやって来て、敵兵がどこを通ってどのあたりにどのくらい溜まっていると報告をしてゆく。大臣たちが入れ代わり立ち代わりやって来る。

婚礼の祭りで儲《もう》けようとやって来る商人たちのために、国境の通過を緩くしている。それに乗じて、分散した敵国が忍び込んでいて、川を越えたあたりに集結しているというのだ。

「申し上げます！　敵兵四百は固いかと！」

「申し上げます！　敵兵、五百を越える勢いと報告が！」

地図の上に色つきの石がどんどん置かれ、それを見る王の顔が険しくなってくる。

「……わかった。余が出よう」

「しかし」と大臣が止めた。報告に来た兵も首を振った。

「もうじき陽が落ちます。ヴィハーン様からも、ご出陣なされぬようにと伝令が帰っております！」

「王が出られるまでもありません。たかが五百、我々で防いでみせます」

「いいや、ここを突破されれば城下が踏み荒らされる。常設隊では五百の軍勢を相手に持ちこたえられぬ。ここに余が参るから、他の兵力を左右に割け。まん中を空けよとヴィハーンに伝えよ」

「しかし、王よ！」

「時間を無駄にするな」

心配そうな表情を王に向けながら部屋を出て行く兵たちに、リディルも心配になって王のそばに行った。

「王よ……グシオン……！」

「安心しろ。城が攻め込まれることはない。いつもの小競り合いだ。だが放っておけば国境が綻《ほころ》び、民が死ぬ」

「ですが、何かおかしい気がします」

「何がだ」

「なぜヴィハーンも大臣たちも、あのように王を心配なさるのですか？　彼らのみでいいと言っているのになぜ王が出撃なさるのです」

「早くカタがつくからだ。大臣たちは心配しすぎる」

確かに王の戦いぶりは道中で見た。誰もが王を頼り、守ろうとし、彼が戦場に立つからこその自信と強さが、イル・ジャーナ軍から溢れ、それが敵を圧倒する気迫となっていた。

「カルカはそなたのそばに残してゆく。あとはイドがいれば心配ないか？」

「私も連れていってください」

「王妃が戦場に？」

「身分は王妃ですが、私は戦えます」

失笑する王にリディルは訴えた。

「確かによい太刀筋であった。いっぱしの兵以上の働きはしよう」

「ならば」

「だが今宵《こよい》は駄目だ」

王は空の遠くに目を細めた。陽は低くなり、朝の輝きは失《う》せ果てて、どことなく倦《う》んだ青空が地平の奥まで広がっている。

「——余は、手加減をしない」

王はリディルを置いて扉のほうに歩んだ。

ちょうど王を呼びに来たメシャム大臣を連れて部屋を出て行く。

どうしよう、と思ったが王を戦場に出して、自分だけ城の高窓から眺めているわけにはいかない。

リディルは急いで部屋を出た。カルカが来ると言った。出陣の報を聞きつけてイドもやってくるだろう。

衣装部屋は知っていた。急いで走って中に入った。見知った箱があったので、その中を探してみると大当たりだ。男用の軽装があった。

女物の衣装の下にズボンをはき、刺繍の上着の中にシャツを着込む。髪をまとめるための革紐は手首に巻いた。

「――リディル様？」

廊下の向こうでイドの声が聞こえる。

見つからないよう、王の部屋のほうへ行って階段を降り、広場に続く出入り口を探す。

城の造りはどこも似たようなもので、兵士が集合する場所は城の裏手か、庭の反対側にある。なるべく人に姿を見られないほうがいい。

壁に沿って廊下を早足で歩いていると人のざわめきが聞こえてきた。

非常に明るく、賑やかな男の話し声だ。武装した姿が見えて、リディルは急いで壁に身を隠した。

「王が出られる。楽しみだな」

「初陣か。帰ったら祝いだ。盛大になるぞ」

王の信頼は絶対のようだ。

あれほど強ければ兵の支えになるには十分だ。

空からおろしてきたような雷を剣に纏い、振り下ろす様はまさに神話のようだろう。

恐ろしい気もする。でも近くで見てみたい気もする。ざわめく胸を抑えきれないリディルは、ひときわ鮮やかにホールに響いた声に息を呑んだ。

「今でさえ初代ザガンドロス王の再来と呼ばれる、雷使いの王だ。王妃の魔力を得て、どれほどの力を手に入れておいでだろう！」

——そうだ。

愕然《がくぜん》とする思いだった。

城の者は、自分がどこから来たのかを知っている。

魔術使いの王に魔力を供給するため、わざわざ山賊の跋扈《ばっこ》する山脈を、象を連れて越え、王妃として迎え入れられたのだ。

王はどれほどのことを周りに打ち明けているのだろう。

ごくごく側近たちは、リディルが男であることを知っている。中には呪いのために、王が世継ぎを欲していないことを知っている者だっているだろう。

ただ、リディルの魔法円が途切れていることは、皆にちゃんと知らされているだろうか。

記憶を振り返っても、誰からもその話題に触れられた覚えがない。口にするのが憚《はばか》られることだから避けていたのか、それとも知らされていないのか。

王は、魔力の供給がなされた雷使いとして、初めて戦に出ようとしているのか。だから王の無理が通ったのか。

確かめなければ。

うわずる思考を引き戻して、誰に会うべきか考えを巡らせる。そのとき甲高いカルカの声が聞こえてきた。

「試しもせずにいきなり戦場に出るのは危険すぎます。過去、他国の王には、王妃の魔力を受け止めきれず街を焼き尽くしてしまった者もおります。あなたが手練《てだ》れの雷使いなのは誰もが承知しております。でもだからこそ、兵が逃げ遅れないためにも、王の力をあらかじめ知らせておく必要があるのです」

王はカルカにすら話していないのか——。

「それに本来ならばあなたは出るべきではありません。敵は王妃を略奪しに来たのかもしれないのですから、あなたは後方にいて王妃を守るべきです。日暮れも近いし、数はたいしたことがないのだから！」

「軍師気取りか。小言はいいから、リディルのそばに行ってくれ」

「あなたが後方にいらっしゃると言ってくだされればすぐさまそのようにいたします。私だって王妃が心配です。もし略奪されれば、契った相手以外に直接魔力は供給できないまでも、王妃の魔力自体は搾取できます！」

　肺が凍りつくような緊張感に、リディルが後ずさったとき、腰にかけてきた剣の鞘が壁に当たってカシャン、と華奢《きゃしゃ》な音を立てた。

　彼らが立ち止まってこちらを見る。

「リディル……」

　ごくりと唾を飲み込んで、リディルは必死で声を押し出した。

「お供します」

「いい」

「私も王の隣で戦います」

「いらぬ」

「リディル王妃」

　割って入ったのはカルカだ。

「お部屋にお戻りください。あなたがいるのはここではなく祭壇です。どうせ戦場になど出たことがないくせに、剣を握る決心をするくらいならせいぜい魔力を振り絞ってください。いい具合に、加減をして―

嘲笑まじりの叱責だ。

「私も出ます。重たい鎧は着けたことがないけれど、むしろ身軽なほうがいい」

「下がれ、リディル」

「いいえ、王に魔力をさしあげられないならせめて未熟な剣だけでも、あなたの力になりたいのです！」

リディルが言い返すと、カルカが怪訝な顔で、王とリディルを見比べた。

「……契ったのでしょう？　まさかあなたともあろう者が」

「いい。出る。早くかたがつけば問題ない」

王は苦い顔で息をつき、カルカを置き去りに歩き出した。リディルは慌ててそれに追いすがる。

「お供をさせてください！　馬にも乗れます。魔力は供給できなくても――あなたを癒やすことはできる」

「どういう……ことですか？」

呆然と、カルカが王に問う。

「妃は、余に魔力を与えることはできぬ。余がそれを許した」

「なぜ……なぜ――……？」

王に問いかけかけたカルカは、きっとリディルを睨みつけた。

「なぜ魔力を供給しないのですか⁉　なぜ契らなかったのです⁉　どうせ、泣いて見せでもしたのでしょう⁉　王の優しさにつけ込んで――――！」

「誰か。妃を祭壇の部屋に連れていけ」

グシオンはリディルの腕を掴むと、突き放すように遠ざけた。

「嫌だ、グシオン！」

「誰か！　誰か！」

カルカがリディルの腕を掴む。彼が大声で人を呼ぶと、すでに武装を終えた兵が駆け寄ってきた。カルカはリディルの腰に巻かれている薄衣を引き解くと、それを開いた。ベールの代わりに雑な仕草でリディルの頭にかけて兵に命じる。

「王妃を祭壇の間にお連れせよ。取り乱しておられる。大切にな」

震えるリディルを見て、兵たちが哀れむような顔をする。彼らから見れば、王を心配してこんなところまで見送りに来た健気《けなげ》で初々しい新王妃だ。

「カルカ殿は？」

「私は王について戦に出る」

「ならぬ。妃のそばにいよ。そなたがおらねば万が一のとき、城からの脱出もままならない」

「いいえ、私は王と参ります。本当に時間がない！」

「許さぬ。この部屋を出たら収穫祭まで余の部屋に入ることはならぬ。いいな？」

「そんな……」

立ち尽くすカルカを置いて、王は扉のほうに歩んでゆく。彼が扉を開けたとき、大歓声が聞こえた。皆が期待している。王妃の魔力を手に入れた雷使いの王が、どれほど強く国を守るのかを——。

冷水を浴びたように身体が凍りついた。リディルはベールの上から耳を塞いでその場にしゃがもうとした。抱えるようにカルカが立たせ、奥へ向かって歩かせようとする。呆然とするまま、足を縺《もつ》れさせて歩くリディルの耳元にカルカが耳打ちをした。

「王が何を考えているか知りませんが、これであなたは真の役立たずです。大臣たちが知れば、ただではいられますまい、裏切り者の王妃」

言われなくてもわかっている。父の方便の償いに、自分の命を差し出せばすむと思っていた。だが自分が男に生まれたことが——この国に来てしまったことが、こんなにも不幸をもたらすだなんて——。

「カルカ殿。王妃は……」

指示を請う兵に、カルカは首を振った。

「王妃は私が拝殿にお連れする。あなたたちはすぐに王を追ってください。もう出発されます。時間がない」

「わかりました」

兵たちはきびすを翻して走ってゆく。

呆然とした頭の中に、ひとつの言葉が木の葉のように何枚も落ちては積み重なってゆく。

「『時間がない』とは……どういうことだ……？」

「あなたが知る必要はないことです」

「王が危ないということか？」

「ええ、そうです。あなたのせいで！」

「皆、何を隠している？」

「あなたに話すことではない」

「我が王のことだ！」

命の恩人で、自分の犯した罪に静かに目をつぶってくれた人。彼の望みを何一つ叶えられなくても、そばに置いてくれると言ってくれた人。

カルカは軽蔑と怒りを混ぜた目で、リディルを睨みつけた。

「──魔力の供給もしないくせに、我が王などと、厚かましいこと。私はあなたを王妃と認めたわけではありません。輿入れしてきたくせに契りを拒むなんてお高くとまって、いつまで王女扱いしてもらえると勘違いしているんですか？　あなたなど、縛られ犯されても何も言う資格がないのに」

彼に、本当の理由を話すべきだろうか。彼に魔力を供給できない理由、王とはもう契りを交わし、わずかな癒やしだけは届けられること――。

外で再び大きな歓声が上がった。出陣だ。ずいぶん焦っているのがわかる。

何かが――何かがおかしい。

自分が魔力を供給できないということ以外に、皆が何かに焦り、必死になっている。――王を心配している？

「！」

リディルはカルカの手から自分の腕を抜いた。

「王妃！」

摑まれそうになるが、袖の中の腕を抜き、そのままカルカに袖を摑ませて上着を脱ぎ捨てる。

「王妃、お待ちください！」

リディルは今来た廊下を引き返した。走りながら腰の紐を解く、下半身に巻きつけた布を解けば馬に乗れるズボンが出てくる。

布を床に捨て、リディルは走った。髪が邪魔で、走りながらなんとか束ね、手に巻きつけていた革紐で縛る。

「リディル様⁉　こんなところに、――その格好は⁉」

「イド、何でもいい馬をくれ！」

足の速いイル・ジャーナの馬に、徒歩で追いつけるような気がしない。

グシオンを追うつもりだった。

いっしょに生きると誓った。ともに国民を謀《たばか》る罪を負いながらいい国にしようと約束した。それなのに彼にばかり苦労を押しつけて、城の奥でのうのうと待っていることなどできない。

カルカが追ってくる。カルカは激しい形相でイドを押しのけた。

「カルカ殿⁉」

「この――！」

リディルに掴みかかろうとするカルカを、背後からイドが掴んだ。イドは体術も強い。彼の襟を掴み、足を払って軽々と床に叩きつけた。

床に這いつくばったカルカを頭から一喝する。

「リディル様になんということを！」

「それはこっちのセリフだ。裏切り者など寄越しおって、覚えていろ！　滅ぼしてやる！　王に何かがあったらお前たちのせいだ！」

「もう一度――もう一度言ってみろッ！」

「イド！」

カルカの襟首を掴みあげようとしたイドを止めた。そんなものはあとでいいから馬が欲しい。掴み合いになりそうな彼らを放って、リディルは王が出ていった扉に向かって駆け出した。リディル様、と叫びながらイドが追ってくる。

扉を開け放つ。

そこには今まさに戦に出ようとする隊の最後尾と――薄水色に濁った青空が広がっていた。

地平線から伸びる筋状の雲が、こちらに向かって放射線状に広がっている。濃い雲の縁が虹色に染まっている。

不吉だと感じてしまった。月がない。――嫌な予感がする。

息を吞んだまま立ち尽くすリディルの耳に、甲高い鳴き声が聞こえた。

きゅいきゅい！　鳴き声を上げてリディルの胸に飛び込んでくるのは小型の梟《ふくろう》だ。

「キュリ！」

キュリはリディルの腋《わき》に潜り込むように、ぐりぐりと頭を突っ込んでくる。

「怖かったのだね？　おいで。馬がいるところを教えておくれ」

隊が出たあとだ。余りの馬がうろついているはずだ。

辺りを見回しながら裏庭の奥に向けて走ると、世話係に口を引かれている馬が歩いていた。

リディルは、キュリを空に放ち、馬に駆け寄った。

「馬を貸してください！」

「お前は誰だ。変な格好だな」

馬の口を引いていた老人が、怪訝な顔でリディルを見る。

「王を追います。馬を貸してください」

「コイツはまだ若くて走るのが精一杯だよ。伝令かい？」

「そのようなものです」

「――お待ちなさい！」

イドとカルカが追ってくる。

リディルは馬番から手綱を引っ張って、鞍《くら》のかかった背中に乗った。

「大丈夫だから、王のところへ連れていっておくれ」

手を伸ばして馬の首を撫でる。小ぶりな馬は、二、三度足踏みをしてリディルの綱に従った。なかなか駆け出さない馬に先に追いついたのはカルカだ。

「何を馬鹿なことをしているのです！　早く馬から下りて、部屋に戻ってください」

「私も戦える。王を癒やすことならできる！」

「役立たずの上に本当の馬鹿ですか！　王妃が前線に出るなど、王の心配が増えるだけのこと！」

「本物の王妃ならそうだ」

手綱に手を伸ばそうとしたカルカの手を払い、リディルは馬の腹を踵《かかと》で軽く叩いた。

偽物の王妃で、役立たず。

だからこそできることがある。

――一生ともに生きていこう。

剣が使える。伝令もできるはずだ。

自分は彼のそばで戦える。


王の居場所を知るのは簡単だった。

空から光の柱が、糸のような放電を纏いながら地面にひとすじ降ってくる。

その直後、地表近くが光る。遅れてドン、と音がする。

王がいるのはあそこだ。

場所はわかるが軽々しく近づけない。隊の進行方向を見ていちばん後列に近寄らなければ、敵に挟まれてすぐに死んでしまう。

遠回りに人の流れや雷が光る方向を見ながら、慎重にイル・ジャーナの隊列のほうへと近づいてゆく。

カルカがすぐに馬で追いついてきた。

「あちらです、王妃」

「あ……ありがとう」

彼も王について戦場に出たがっていた。自分を追うという名目でそうするつもりだろう。それにしてもさっき暴言を吐いたばかりなのに、なかなか心臓が強い——と思っていると、カルカが吐き捨てた。

「あなたなど、戦場の混乱でいなくなってしまえばいいんです」

優しいなどと、一瞬たりとも思ったのは間違いだったようだ。だが彼は適確に王のもとに辿り着くだろう。勘で走るしかないと思っていたから助かった。

木立や、空になった街沿いを走ると、人がたくさん集まっているのが見えてきた。

荷車の輪の模様を見ると、イル・ジャーナの飾りだ。間違いない。

我が軍はずいぶん国境の際まで敵を追い込んでいるようだが、それにしてはずいぶん混乱している。

カルカが馬を下りた。リディルも飛び降りて手綱を引いた。

カルカはまっすぐにとある人の塊に向かって歩き出した。壮齢の口ひげを生やした兵士たちがいて、荷車を馬に繋ぎ替え、せわしい様子で動いている。

「前方はどうですか⁉」

「ああ、カルカ殿！」

カルカは彼らの中に割って入った。リディルも俯いてその後ろに続く。周りから焦った声が聞こえる。

「いけない。もう夜が来ます！　王にお下がりいただかなければ！」

「伝令は出したのですか⁉」

「間に合いません、王のあたりが混乱していてヴィハーン様に伝令が届かないのです！　応援も出しましたが、辿り着けたかどうか」

別の兵士が果てを指さす。

「引くに引けるものか。見ろ、あの密集具合を」

雲の隙間に薄い茜《あかね》色を溜めはじめた空を、厳しい表情でカルカは睨んだ。人が影になりはじめている。王の放つ雷が輝きを増す。

――もうすぐ陽が落ちる――。

「しかたがない、王には無理矢理にでもお下がりいただく！　……この方は？」

荷車の指示をしていた体格のいい兵士が、リディルに気づいた。はっと息を吞む自分の前で、カルカが平然と答える。

「セーレ国の皇太子の弟殿下だ」

よくもそんな嘘を瞬時に吐けるものだ。

「それはそれは、せっかくのご見学ですが、この先はお目にかけぬよう早くお下がりいただいたほうがいい」

「どういうことだ。王は？」

身を乗り出したリディルの胸の前に、カルカが手を出した。

「あなたはここにいてください。この者らはヴィハーン直属隊後方部隊の精鋭です。彼らから離れぬように。そしてくれぐれも口は慎むように！」

「カルカは？」

「王の下へ」

言い捨てて彼は馬に跨《また》がった。

「荷車を出せェ！　王の下までなんとしても道を切り開くのだ！」

縄や石を積んだ荷車を馬に引かせ、前方に押し出そうとしている。

あたりは一面、茜色に染まっていた。みるみるうちに、炎に焼かれてゆくように、カルカの頬が、兵の顔が、荷馬車が、世界が紅《あか》く染まってゆく。

「行くぞ！」

車輪は勢いよく地面を蹴り、味方の兵を蹴散らすようにして駆け出していった。馬に乗ったカルカがあとを追う。

乗ってきた馬に乗ろうとすると、残った兵士の一人がリディルを制した。

「殿下はこちらへ。すぐにお供の者が参りますので」

「私も行きたいのだ。頼む」

カルカのようにこの騒乱の兵士の中を突っ切って、馬で走ったことなどない。でも行かなければならない。この先に王がいる。

「いいえ、殿下にはお城にお戻りいただきます。カルカ殿にはなんと聞いてこられたのですか？」

「そ……それは……。ともかく――」

なんとかして彼に隊の最前列――王の近くに連れていってもらう方法はないか――。

必死で思考を巡らせるリディルの前で、兵士は少しぼんやりした顔で空を眺めていた。

リディルもつられて空を見る。

気づけばあたりは薄暗くなり、空からは藍色の天幕がそっと降りてきていた。紅さは陰り、地平に熾火《おきび》のような暗い夕日を残しているだけだ。

「ああ――月が昇る」

男が呻《うめ》いた。

空の低い位置に、月が顔を出している。

白く輝く、銀盆のような満月だ。

さらに反対側から、その子どものような小さな月が昇ってくる。

この世界には月が二つある。

ひとつは天体の月。もう一つは魂《ラウフ》の月。

第二の月とも呼ばれるその月は、空に昇った魂の塊で、月のように満ち欠けしながら空を巡る。天体の月は月に一度、第二の月は半月に一度満月を迎える。ひと月に一度、それらが重なる空を大満月の日と呼ぶ――。

みるみるうちに、世界が霜のような白に塗られてゆく。踏みしだかれた草原も、血に染まった岩も、兵士の兜も、馬の背も。

一面凍りついたように白く、何も動かない。

そのとき遠吠えが聞こえた。

城の奥深く、子ども部屋のベッドの中で聞くオオカミの、細く長い歌声ではなく、悲鳴のように、叫びのように、凍った世界にヒビを走らせるような禍々《まがまが》しい叫び声だ。

しばらくして数人の兵が戻ってきた。何事だろうと思っているとその後は河の流れのように多くの兵が、我先にと駆け戻ってくる。

雄叫《おたけ》びは続き、王の剣に注ぐ雷の光は、前にも増して激しい光を放ち、落雷の音で地を揺るがせている。

「下がれ！　下がれェッ！」

雪崩のように馬や兵士たちが駆け戻ってくる。

開けた平原に影が見える。

大きな——人とは思えないほど大きな、顔の長い、角の生えた、耳が立った、尻尾《しっぽ》の生えた——異形が黒く照らし出される。

その異形は、鷲《わし》が何かを掴むときのような形の、鋭い爪が生えた手を空に伸ばした。

応えるようにシュルシュルと光る糸がそこに伸び、光ったと思ったら異形は光の球をこちらのほうに向かって打ち付けた。

付近にいたイル・ジャーナ国の兵たちが、悲鳴を上げながらちりぢりに逃げ惑っている。そこにまだチリチリした雷の糸を纏わり付かせた爪を振り下ろす。地鳴りとともに雷の玉が地面で炸裂《さくれつ》し、四方に青白い放電の光を放っている。

敵も逃げ惑っている。矢を射かけている者もいる。

異形の目は赤く、全身が黒い毛皮に覆われていて、犬のように大きな口が耳まで裂け、長い牙が生えている。

襟足から背中まで、背びれのようなたてがみがあり、帯電して星の粉を打ち振ったようにキラキラ光っていた。

異形は月に向かって吠えた。

敵味方なく凶悪な爪を振り下ろす。雷を叩きつける。

リディルはなぜだか、それが何なのか、わかってしまった。

「あれが……王だというのか」

王の胸元の呪印を見ていなかったら到底信じられない。あのときは即座にあの呪いの紋様が何なのか、見当がつかなかった。だが目の当たりにして思い出した――あれは下等な獣《けだもの》を呼び出す麁陋《そろう》な呪印だ。

「殿下、こちらへ。その馬は勝手に城に戻ってきますから、大きな馬へ」

瞬きもできず、息をうわずらせたまま異形を見続ける自分の腕を兵が引く。

呪いは、呪印が主体ではなかった。王の身体を蝕《むしば》む傷でもなかった。

月の光を——満月の光を浴びると、おぞましい異形に変わってしまう、惨《むご》たらしい呪いだったのだ。

「殿下、お早く」

「でも、王が……」

「王は、荷車の者たちが捕獲に行っております。お国に帰られても他言無用。いいですね⁉」

王妃の顔を知らない兵は、そう言ってリディルを無理矢理馬に乗せようとする。

リディルは全身でそれを強く振り払って、びくびくと辺りを見ている若い馬に飛びついた。

「殿下！　いけません」

「走って！」

馬の首を叩くと、みんなが逃げるほうについていこうとするから、もう一度首を叩いて向こうだと命じる。

背筋がゾクゾクするような、凄惨な真実だ。

——しばらくそなたと会えなくなるかもしれない。

——たった数日のことだ。具体的には二、三日。その間も地下に来れば会える。

——難しい工事だ。この話はしばらく置いておこう——。

王の秘密だ。王にも秘密があったのだ。

「怖いだろうけど、がんばって！　走って！」

馬の首を撫でて励ましながら、リディルは、逃げ惑う人々を避《よ》けながら王のほうへ走った。

こんな、跳ねながら走るような馬にリディルは乗ったことがない。振り落とされないようにしがみついていると、異形がぎろりとこちらを見た。

瞳のない、血で満たされたような禍々しい紅い目だ。舌が長く、たぶん言葉を発せないだろう長い口吻《マズル》からはいかにも獣のような涎《よだれ》が滴っている。

異形はリディルを見たまま天に爪を翳《かざ》した。

「避けて！　こっちだ！」

必死で手綱を引き、馬を逸らさせる。

「――――！」

ふっと、頰と髪を何かが触った気がした。

直後、背後でどおん、と音が響く。

振り返ると木がひび割れて、折れたところから炎が上がりはじめている。

あれが当たっていたらと思うとぞっとする。全身から冷や汗を吹き出させながらなおも走ると、異形は今度は向こうに向かって爪を振り下ろしている。

身の丈は、人の倍以上ありそうだ。手が大きく、人間を摑み上げられるほどの腕力がある。

――余は、世継ぎはいらぬ。

その言葉の重さ、孤独さ。

そばにいてくれればいいと言った、王の本心が今頃になって心に刺さる。

――王は必ず城にお止《とど》まりください。

だから王は時間がないと言ったのだ。だから皆も焦っていた。

王は月が昇る前に片付けようとしたのだろう。王が王妃の魔力の供給を受けていると思っていた兵士たちは、この戦が一瞬で片付くだろうと予想していたはずだ。

妃の魔力を得た王など、存在しない。

王の焦りを知らずに、自分は愚かにも王を引き留めてしまった。

「そちらから、矢を放て！　王に当てるな！」

戦場に通る太い叫びはヴィハーンのものだ。

馬で王を遠巻きにしながら、兵たちがうろうろしている。カルカの姿がある。

そばまでいってリディルは叫んだ。

「王よ、グシオン！　私です、おわかりにならないのか！」

「お下がりください、リディル様！　兵を前へ！」

怒りで顔を引き攣らせたカルカが、リディルの目の前に馬で割り込む。

「用意、てえ！」

ヴィハーンの声とともに王に向かって矢が放たれる。

矢には鏃《やじり》がついておらず、その代わりに石の玉が結びつけられている。矢の尻から長い縄が伸びていた。

ほどよい頃に縄を引くと、重りが勢いで戻ろうとし、縄が王に巻きつく。だが、王は簡単にそれを振りほどき、摑んだ石をこちらに投げ返してきた。

「危ない！　リディル様！」

足元にぼつぼつと穴が空き、土を抉《えぐ》って石がめり込む。

頭がおかしくなりそうなくらい恐ろしい。だが王を放ってはおけない。

ヴィハーンはギリギリまで近づいて、王の注意を引きながら荷車の指揮をしている。

「もう一度だ、矢をつがえよ！　用意、——てえ！」

「王に矢を射かけてはならぬ！」

鏃がないとわかっていても、兵に矢を射かけられる王がたまらなくて、リディルは叫んだ。

「グシオン！　グシオン！　私がわからないのですか⁉」

「わからないのですよッ！」

馬に乗ったままリディルの腕を摑むカルカの声はもはや悲鳴だ。

「呪いが吹きだしてしまったら、王は誰のこともわかりません。あなたのことも、兵のことも、国のことも、国民のことも、——何もわからないのですッ！」

地面だったら泣き崩れてしまいそうなカルカの肩越しに、王の紅い片目が見えた。

「！　こちらへ、カルカ！」

カルカの馬を叩き、リディルも逃げる。直後に自分たちがいた場所に、落雷があったように白い光の球が叩きつけられ、地面が弾け飛んだ。

カルカが無事なのを確認して王を振り返ったとき、――確かに目が合った気がした。

「グシオン！」

リディルが振り絞るようにして彼を呼ぶと、異形となった王はわなわなと震える手で、自分の顔に触れながら背中を丸めた。

「グシオン……」

聞こえているのか、わかっているのか。

「グシオン！」

もう一度王の名を呼ぶが、王は身悶《みもだ》えするように身体を捩《よじ》ったあと、ひときわ大きく夜空に吼《ほ》えた。

ひしゃげたその声は、引き攣れて忌まわしく、凶暴に広がり続ける音声には理性の欠片《かけら》もない。ただ月に吠え散らかし、人の肌を総毛立たせる声を上げている。

王の呪いは月夜に異形に成り果て、誰もわからなくなる呪いだったのだ。

彼の優しい笑顔を思い出した。美しく波打った黒髪が、若い獣を思わせる、光るほどなめらかな浅黒い肌が、香水をまとって揺れる耳飾りの輝きが目の裏によぎった。

あれほど優しく、美しい王が——。

何度目かのその声で、リディルははっと我に返った。

「矢を構えよ！」

「王に無礼を働くな！」

どのような姿でも、自分たちがわからなくてもあれは王だ。

敵味方から矢が射かけられている。こちらの矢は重りだが当たれば痛いだろう。あちらの矢は本当の矢で、肩や背中に数本刺さっている。せめてこちらの弓だけでも止めなければならない。あれでは王が哀れすぎる。

「しかたがないのです。あのままでは敵に討ち取られてしまう！」

泣きながらカルカが叫ぶとき、王の腕に縄が巻きついた。

「いいぞ、次だ。一気に放て、動きを止めるのだ！」

異形の王は、怒りのまま空に吠え、雷を放って何度も振りほどこうとする。矢が次々と射かけられ、徐々に綱が絡んで身動きが取れなくなる。

腕に絡んだ綱を握った兵が背後に走る。両足に縄が絡む。首に縄がかけられる。膝に絡んだ縄を、馬数頭で引くと、王はとうとう立っていられなくなった。

涙が溢れた。見ていられない姿だった。

――父王は、降伏を掲げた隣国を滅ぼした。

――死に際の苦しみと悲しみと恨みを込めた呪いを、自分たちを惨殺する王の第一王子にかけたのだ。

なんと惨たらしい呪いだろう。

先王が冒した非道な仕打ちの報いとしても、なぜ、彼がこれほどまでの罰を負わなければならないのか。

城までどうやって帰ったか、リディルはよく覚えていなかった。

馬に乗って帰ったのには違いないが、馬車にくくりつけられ運ばれてゆく王を見るたび涙が溢《あふ》れて、何も考えられなかった。

人の話し声がしていた。

石の床が冷たい。足元から震えるほどの冷気が上がっていた。

――ここはどこだ。……城、だろうか……。

床にへたり込んでいたリディルは、ぼんやりと我に返ったが、やはり馬を下りたあと、どうやってここまで来たかわからない。

王は縄を巻きつけられ、地面に引き倒されて、あの荷馬車に積まれて戦場から連れ出された。

首にも足首にも無作法に縄を絡ませ、猛獣を捕まえるようにして捕らえられ、荷のように運ばれて、今はこの廊下の奥にあるという、地下牢《ちかろう》に入れられているという。

――見ないでください。もうやめて。

そばに行くのだと言ったリディルを、入り口のところでカルカが止めた。なぜ彼が泣くのか、痛いくらいわかったから、振り払って奥に進むことはしなかった。

壁には無数のろうそくが埋められている。紅《あか》い魚の鱗《うろこ》のように一斉に揺らいでリディルを照らしていた。

縛った髪がほつれ落ちていた。毛先が焼けている。服もところどころ焦げて、燃えたにおいを発していた。

手も服も泥だらけで、枝葉で打ったような細い傷が手首に走り、小さな珠《たま》を結んで紅く固まっている。

リディルは地下室の床に呆然《ぼうぜん》と跪《ひざまず》いていた。

身体《からだ》が動かない。何をすべきか考えなければと思うものの、頭蓋の中に綿が詰まっているように、白く霞《かす》んで何も考えられない――。

「お身体を清めにいきましょう、リディル様。泥でずいぶん汚れております」

耳元でイドの声がした。彼は優しく自分を抱き起こそうとしたけれど、まったく立てる気がしない。

「――あの声が……、グシオンのものだというのか」

今も、牢屋から声が聞こえている。ねむり薬を嗅がせていると言うけれど、多少声が小さくなっただけで、戦場で聞いた獣の咆吼《ほうこう》そのものだ。

「あれが王の呪いだというのか！」

声といっしょに涙が零《こぼ》れた。

見張りの兵が泣いている。様子を見に来た大臣も、一人も違《たが》わず顔や目を真っ赤にして泣き腫らしていた。

――こんなに素晴らしい王が、こんな惨めで悲惨な呪いにかかるなんて。

そう言いながら跪いて泣いていたのは誰だったのか。

イドに背中をさすられながら、床にうずくまっていると足音が近づいてきた。

涙で表情を洗い流してしまったくらい、冷たい顔をしたカルカだ。

「ご心配なさらなくとも、二日も経《た》てば王は元に戻ります」

「本当……か？」

「大満月の光でああなるのです。普段はその時期だけ、地下でお過ごしです。あの姿も、満月が欠ければ戻ります。地下でお休みくださったら幾分かにでも戻りは早い」

そう言われて、ここがどこだかリディルは理解した。

城の、不自然な場所にあった地下室だ。王を月の光から守るため、異形に変わった王を閉じ込めるため――王宮に地下牢がなければならなかったのだ。

「密偵の報告で、あなたが男だとわかっていました」

静かにそばまで歩いてきたカルカは、まだ立てないリディルのまわりをゆっくりと歩きながら言った。

「でもこんな役立たずが来るなんて！」

事情を知った今となってはカルカの誹《そし》りを甘んじて受けなければならない。

廊下の奥からはまだ、苦しそうな獣《けだもの》の声が響いていた。

「リディル様……」

リディルは上半身を支えることもできず、震えながら床にうずくまった。

自分さえ死ねば終わるのだと思っていた嘘《うそ》の罪は、これほどまでに重い。


イドや大臣に抱えられるようにして地下室を出た。

炎の臭いの髪を洗い、運ばれてきた湯で泥を洗い流す。頬に幾筋か浅い傷があった。雷《いかずち》で石がはじけ飛んだとき、礫《つぶて》が掠《かす》ったらしい。

王妃の格好を整え、ベールをかぶってもう一度、王のところへ行こうとしたが、地下扉の前に、武装のままのヴィハーンが立っていた。暗い廊下で、片頬をランプの光に炙《あぶ》らせながら厳しい表情でヴィハーンが言う。

「お戻りください、王妃」

「でも」

「軍を司る者として――王の友人として、ここを通すわけには参りません。どうかお引き取りください」

静かな彼の声には、王の門番たる強い意志が漲《みなぎ》っていた。

彼を突破し、奥に進める可能性はないようだ。

深夜の城を、イドとともに部屋に戻る。

ランプの炎が揺れる部屋。イドの足音だけが静かな部屋に響く。

時々鼓膜の内側に王の咆吼が蘇《よみがえ》って、堪《た》えきれずに耳を塞いでしまう。

髪を垂らし、俯《うつむ》いたまま椅子に座っていると、気付けの薬草を湯に溶かしながらイドが言う。

「私たちは、騙《だま》したつもりで騙されたのではないでしょうか」

性別を偽り、魔法円が切れていることを知らせずに輿《こし》入れしてきた自分たちだが、もしグシオン王に、こんな呪いがかけられていることを知っていたら、果たしてリディルはここに来ただろうか――？

今更そんなことを考えたってどうしようもないことはわかっている。でも目蓋の裏に、耳の中に焼きついて離れない獣の姿がある。

顔を覆って前屈《まえかが》みになると、目の前にイドが膝をついた。

「リディル様。エウェストルムに帰りましょう」

怒っていたどのときよりも、イドの声は真剣だった。

「あのような呪いの強い者のそばにいたら、あなたが汚れる。あの側近の言うとおり、あなたは彼にとって何の役にも立てないのです。帰りましょう。あなたが子どもを産めないことなど些細《ささい》なことです。バケモノの子どもを産ませるつもりだったのなら、なんと卑劣なことでしょう！」

「違う、イド」

「違うものですか！　実際彼らは秘密を隠してリディル様をここに連れてきたのです！　帰りましょう、今すぐ。エウェストルム王に手紙を書きます。迎えに来てもらいましょう！」

「いいや、グシオンに命を救われた事実は変わらない。それに私は王と、共に生きてゆく約束をしたのだ」

父王の言葉に嘘があっても、グシオンに隠していた真実があってもそれだけは本当だ。

「それは呪いを知らないときの話です。よりにもよって、獣《けだもの》の呪いだなどと、おお、汚らわしい！」

イドが、塩で手を洗いたそうに胸の前で揉《も》んでいる気持ちもわかる。

呪いの中にも段階があって、悪意、嫉妬、妬み、悲しみ、報復、不幸を呼び寄せるもの、病気を願うものと色々なものがあるが、中でも相手を獣の魂と結びつけるのは、最も卑しく賤陋《せんろう》で、悪行の報いを衆目に晒《さら》す、最低最悪の醜悪なものだと意味づけられている――。

深夜になっても王の声は止まらなかった。

地鳴りのような低い音波が城を震わせ、稲光がして、直後、どしん、と地下室辺りで破裂音がしている。王が雷を呼んでいるのだ。地下まで届かず地表に落ちている。

満月の白い夜を、稲光が裂く。

リディルの部屋に褥《しとね》はあるが、それは病気や体調不良のときのための簡素なものだ。理由がなければ子をつくれとばかりに用意された王の寝室で休まなければならない。こんな夜でもリディルは寝室に行かなければならなかった。イドと離れたい気持ちも少しあった。

褥は整えられ、いい匂いのろうそくが焚《た》かれている。

リディルは女官に付き添われ、ベッドに入った。

窓からさし込む月明かりに背を向け、上掛けの中に隠れる。

褥に入っても眠れるわけがない――。

王が戻るまで、部屋で待つようにと言われ、そうするしかなかった。

満月の光が身体から消えてしまえば、元に戻れる。カルカの言葉を信じるしかない。

上掛けにもっと深く潜り込もうとしたとき、暗闇の中でちらちら何かが光っているのにリディルは気づいた。

上掛けを剝ぎ、両手の先を見ると、薄い緑色の光が纏《まと》わりついている。手のひらから手首、指先の一本一本をなぞるように、緑色の光の粒が巡っていた。

「あ――……」

ベッドに横になったまま両手を翳《かざ》したリディルの胸に、あっと喜びが溢《あふ》れた。

王に、リディルの癒やしの力が届いている。王と契ったから、離れていても王に自分の癒やしが届いている。この光が証拠だ。

「よかった……」

苦しいだろうかと心配していた。射かけられた矢は傷になっているだろうと思っていた。

少しだけでも彼を癒やしたい。

王に届け――……。

目を閉じて願いながら、リディルは暗闇の中、光る両手を上に差し伸べた。

城は相変わらず揺れている。苦しげな咆吼も聞こえてくる。

堪えていても涙が滲《にじ》み出してきて、目尻からこめかみに涙が流れる。

寂しさと不安、戦《いくさ》の狂乱や、乱れた馬の恐ろしさ、異国の心細さ、今更にそれが一気に胸に溢れかえって声を上げて泣きたくなる。

泣き声を上げてはならない——。

そう自分を戒めるものの、声は腹の底から湧き上がって喉を突き破りそうだ。思わず両手で口を覆ったそのときだ。

窓辺で羽音が聞こえた。

「——キュリ……」

室内にぴょん、と入ってくるキュリに、リディルはベッドから這《は》いだした。

リディルを見つけたキュリは、羽を広げ、軽く数回羽ばたいて、いつも王が座っている長椅子の背に留まった。

長椅子にリディルが座ると真横まで首を傾けてこちらを見る。

「王はね、今お留守なんだ。もうじき、帰ってく、る——……」

そこまで言って、涙が溢れてしまった。

濁流のような不安が涙になってしたたり落ちる。

悲しい。いろいろな痛みや理不尽が胸に響《どよ》もすが、言葉にすれば悲しいとしか言いようがない。

どうしてこんなことになったのか。自分は、王は——。

椅子の背を摑《つか》んで泣いた。殺した声は涙になった。

ひとしきり泣いたあと、じっと自分の様子を見ているキュリに手を伸ばす。

ぐすぐすと鼻をすすりながら、キュリに手のひらを見せた。

「この光を、覚えている？」

ごく細かい光の虫が飛んでいるようだ。この夜にでも指の関節の筋が見えるほど明るく、しゅるしゅると湧き出ては、どこかに吸い上げられているように消えてゆく。

キュリを癒やしたことのある光だ。今、王を癒やしている。

キュリを抱いて、少し落ち着いてからキュリにいろんなことを話して聞かせた。

自分の育った城のこと。キュリと色が違う梟《ふくろう》がいる森のこと。

キュリを楽しませようと、指先から花を生んでみるが、どれも今にも透けそうな、涙色をした水滴のような花ばかりだ。

キュリがそれをくちばしで摘まんで、リディルにくれようとする。その仕草を見ているとまた涙が溢れてきた。

話が尽きて、悲しい色の花びらに囲まれながらキュリを撫《な》でていると、月光が少しずつ消えていった。代わりに本当の闇が来る。この闇が赤く染まれば夜明けだ。

「ありがとう、キュリ。もう森へお帰り」

大きな鳥に狙われないよう、夜が明ける前に森に帰ったほうがいい。

キュリをバルコニーに連れていき、そっと空へ放った。森の方向へ飛んで行くキュリの小さな鳥影は瞬く間に見えなくなった。

リディルはバルコニーに立ち尽くして朝陽を待つ。

色彩を失った漆黒が、微《かす》かに藍色がかってくる。天頂からゆっくりと夜は白んでゆき、地面から押し上げるように明るくなってゆく。

これほど安堵《あんど》しながら朝を迎えたのは初めてだ。

満月の夜《よ》は去った――。

次の夜も、窓辺に飛んでくるキュリを抱いて、王の帰りを待ち、夜明けの前にキュリを森に帰した。

エウェストルムの父王に相談すべきか。彼なら何か解決策を知らないか。大魔法使いとなった姉皇妃にも手紙を出してみたが、返事は期待できない。

背後で扉が開いた。飛び込んできたのはイドだ。

「王が、お部屋にお戻りです！」

「ほんとう⁉」

「ええ。以前の姿とお変わりなく」

「そう……。よかった……！」

カルカの言ったとおりだ。満月から丸二日。身体に浴びた月の光が消え去ったら元に戻る。

明け方から手の先の光が消えていたから、傷が癒えたのだとは思っていた。

急いで王妃の衣装に着替え、カルカを呼ぶ。

憔悴《しょうすい》しているような彼は、何か言いたそうな、非常に嫌な顔をしたが、その体力も残っていないのか、おとなしく自分たちを王の部屋へ導いた。

両開きの扉が開けられる。

奥にいるのは、グシオンだ。

見る限り、戦の前とまったく変わらない。

「グシオン……！　ご無事でしたか……！」

「ああ。大丈夫だ」

「よかった」

心底からほっとして、彼のそばに行こうとしてふと立ち止まる。

この彼が、あの獣に――？

いいや、と自分の記憶を打ち払い、リディルは歩を進めた。たとえそうだとしても王のせいではない。

王のそばまでいき、リディルは軽く膝を折って彼に改めて挨拶をした。

「どこにも傷は残っていませんか？」

そう問いかけるリディルに返ってくる、王の微笑《ほほえ》みは昏《くら》い。

王はリディルから目を逸らし、視線を下げた。

「余の姿を見たのだな。リディル」

「グシオン……。ですが」

「哀れなものだ。満月を見ると頭の中が真っ白になって、あのような姿に変わる。側近の顔も、兵の顔も見分けられぬ。そなたの顔すら――」

王は、強く顔をしかめたあと、悲しそうな顔でリディルを見た。

「助けに来てくれたそうだな。大きな怪我《けが》はなかったか？」

頬に擦り傷が残っているはずだが、昨夜はグシオンに流れている手先の光を眺めているうちに眠ってしまった。

「ええ。でも何もできませんでした」

「わかっている。余の失敗であった。あと一息制圧が早ければ事なきを得たものを」

リディルが到着したときには、ほとんど勝敗は決していた。あとで聞いた話では、もう王を陣の奥へと引かせる動きをしていたそうだ。

だがそれが間に合わず、あのようなことになってしまった。

目元に黒いくまのある王は、疲れた様子で隣に腰かけるリディルに問いかける。

「ひどい呪いであろう？　見ての通り、やはり人の力で解ける呪いではないようだ。汚らわしいと思ってくれてかまわない。いまだに獣のにおいがしないか？」

「！」

不意に近くで問いかけられて、リディルはびく！　と身体を引いてしまった。

はっとして王を見た。驚いただけだ。でも隠しようがない。

王は寂しそうな顔をして立ち上がった。

「……すまなかった。よく休んでくれ」

「違います」

「いいから行け」

「誤解です、王よ！」

慌てて呼び止め、椅子から立ち上がって王を追ったが、王は振り返らない。

カルカが隔てるように間に入り、リディルの前で扉を閉ざしてしまった。

「――……」

扉に手を当て、その手の上にごつ、と額を押し当てた。

驚いただけだ。でも恐かったのも本当だ。

頭ではわかっていても、まだ心の中で恐怖を消化できない。今彼を追いかけても、王に届くような説得ができる気がしない。

そのとき、ふと手の先に癒やしの光が湧いた。

王の傷は治ったはずだ。だったらどこを――考えて、リディルは奥歯を噛《か》みしめた。

今自分が癒やしたのはきっと、王の心の痛みだったのだろう。

どうにかして王に話を聞いてもらえないだろうか。

王への面会を女官に頼むが、多忙を理由に断られる。カルカなどは自分の部屋に近づきもしないし、ザキハ大臣に頼んでも「そのようにお伝えしておきましょう」と鷹揚《おうよう》に言うばかりで一向に埒《らち》があかない。

ヴィハーンに頼んでみようか。

もはやそれしかなくなって、ヴィハーンがこちらの棟にわたってきたら知らせてくれと、女官に言いつけておいた。

午後になって彼が政務室にわたってきたという報《しら》せがあった。女官を連れ、急いで政務室に向かう。

扉の前に立つと、中からヴィハーンの声がする。話の相手はメシャム大臣のようだ。

女官に「開けてくれ」と言おうとしたときだ、メシャム大臣が言った。

「やはりそうか。王妃に魔力がないことが漏れたと……？」

「間違いなく。でなければ今フラドカフが我が国に攻め込む理由がありません。我が軍は、元々フラドカフ軍を圧倒する程度の力を持っています。そこにもし本当に王が王妃を迎え、強大な魔力を得ていたらと考えれば、あちらから攻め込んでくるわけなどないのです」

「つまり、王妃の力は使えないとフラドカフは踏んで、恐れるどころかここぞとばかりに攻め入ってきたというわけだな？　だがその情報はどこから出たのだ？」

「わかりません。斥候にしても早すぎる。あの戦のときにフラドカフが王妃に魔力がないことを知っていたとしたら、城にいる我々よりも早く情報を掴んでいたということになるではありませんか」

「──……」

「妃殿下？」と女官が小声でリディルに伺う。

リディルは俯いて小さく首を振った。握っていた手が震えはじめた。

今踏み込む勇気はない。もし、彼らが話していることが本当だとしたら、先の戦は──王の呪いの発動は、自分のせいだ。

メシャム大臣の苦い声がした。

「王は、王妃を責めてはならぬと言っておられる。しかし、それが本当なら──」

彼らに気づかれないよう、リディルは扉の前を離れた。息を殺して部屋に戻り、机の前の椅子に崩れ込んだ。

これではまるで、自分は厄災ではないか。

イル・ジャーナを謀《たばか》り、王に誓いを結ばせて、今度はフラドカフに攻め込む理由を与えてしまった。結果的にそれが王の呪いの発動を引き寄せた。

自分にはどうにもできなかった。今からでもなんとかならないかと思うが、王の呪いは簡単に解けそうにない。自分にできることと言えば、傷を癒やすことくらいだが、癒やしの力と言っても小さな傷を治せる程度だ。擦り傷や多少の切り傷、時間をかけて小さな鳥を助けられるだけだ。王が喜んでくれた指先から生まれる花だって、子どもの遊びだ。何の役にも立たない。

――魔法円さえ回ったら――。

リディルは崩れるように机の上で顔を覆った。

今更願っても、リディルの傷の治癒は、エウェストルムの医師たちが長い年月をかけて手を尽くし、魔力で癒やしてきたものだ。こんな異国の地で、リディル一人でなんとかなるものではない。


メシャム大臣から、王についての話があった。

王は呪いにより、大満月の月光を浴びるとあのような姿になり、敵味方の区別さえつかなくなってしまう。

普段、大満月の頃は、地下にある部屋で過ごし、その場合の呪いは最小限で済むということだ。

グシオンはあれから普段と変わらず執務に就き、リディルと朝食を共にし、治世を行う。リディルの提案をよく受け入れてくれ、ことあるごとに不自由はないかと訊《き》いてくれる。――ただし、寝室に入ることは禁じられ、夕餉《ゆうげ》のあとは彼に会うこともない――。

若い女官長がリディルの部屋を訪れた。

「妃殿下。広間に王からの贈り物が届いております。季節の果物でございます。召し上がっていただくようにと」

「そう……。よくお礼を申し上げてくれ」

「見に行かれますか?」

いいや、と答えたかったが、今は形式上の彼の好意にすら縋《すが》りたい。机にじっとしていたら心もどんどん塞いでしまう。

「行こう。楽しみだね……」

女官長をつれて、広間へ向かった。

「女官長はお若いのだね。なのにとてもしっかりしている」

彼女はリディルに優しい。リディルが好きというよりも、王の妃《きさき》なので大切にしていると言った風情だが、十分気のなごむ相手でもある。

「恐れ入ります。昨年、先代の御代から長く女官長を務めていた者が城を下がりまして、私が女官長の職を拝しましたが、未熟でございます。女官の中にはまだまだ教育が行き届かないものもおりますから、妃殿下にはご不満に思うこともおありでしょう。そのときは、遠慮なくお申しつけくださいませ」

「大丈夫、みんなよくしてくれているよ」

「ありがたいお言葉です。しかし、王からの贈り物には楽しみになさってくださいませ。くれぐれも、王妃のお好みを察してくるようにと言われております」

「嬉《うれ》しい」

　他人行儀な気遣い。そう割り切ればいいのに、こんな風にグシオンの優しさが漏れ見えるから苦しくなってくる。

　優しさを返したい。城に来た頃の自分たちに戻りたい。でもグシオンが呪いから受けた傷は想像よりずっと深く、自分もその痛みに驚き、王を傷つけてしまった。

　弁解は聞き入れられない。証明してみせる手立てがない。

　彼の呪いが解ければと心底願う。あんなに複雑で凝り固まった、空白部分が多い、見たこともないような禍々《まがまが》しい呪いを――。

　考えていると、ふと、どこかから人の声がした。

　グシオンの声だ。

　階段のほうから近づいてくるようだ。

　花を零《こぼ》すと笑ってくれたグシオンを思い出すと、胸がぎゅっと苦しくなった。

王の声は近づいてくる。

会いたい。でもまだ会えない。せめて果物を見たあとなら礼を述べるという口実があるが、今彼に何を言っても風のように寂しく受け流されてしまうだけで、リディルはそれが何よりつらかった。

きっと笑ってみせられない。そんな自分を見て、王もまたつらい顔をするのだ。

「――中へ」

とっさに、廊下の途中にある衣装の間に女官長を押し込んだ。自分も隙間に滑り込むように入ったあと、急いで背中でドアを閉める。

俯いて、唇を噛んで息を止めた。

グシオンにこんな顔は見せられない。彼にどう言えば、自分の気持ちが伝わるのか、まだわからない――。

「妃殿下?」

驚いた顔でこちらを見る女官長に、黙って、と首を振ろうとしたとき、こめかみあたりがきゅっと引かれて、リディルははっと扉を振り返った。

ドアに髪が挟まっている。引っ張ろうとしても、金具か何かに引っかかっていてこちらに引き込めない。

ヴィハーンを連れたグシオンの声はいよいよ近くなってくる。

どうしよう――……！

リディルは身体を硬くしたまま口元を覆った。ドキドキと心臓が鳴る。緊張で冷や汗が滲みそうだった。

気がつかないでくれ――。

グシオンと話したいと願う気持ちは本当だ。でも今、何を言っても彼には伝わらない。彼と自分の間には、不信感という見えない深い亀裂があり、どれほど身体の底から大声で叫んでも今の彼の耳には歪《ゆが》んで聞こえてしまう。

まだグシオンに近づく手段がわからない。もう少しだけ時間がほしい。こんなに彼を好きな気持ちを、これ以上撥《は》ねつけられたら心から血が出てしまいそうだ――。

ふと扉の向こうの話し声が止《や》んだ。静かにこちらに近づく気配がある。

自分から開けたほうがいいのか、今こそつらいと訴えて、彼に許しを乞えばいいのか――。

髪が少し引かれる気配があった。

「……『姫は、人見知りで、御気の弱いかたなのです』」

苦笑いの気配を含んだグシオンの囁《ささや》きが聞こえた。

何も見えなかった。何も聞こえなかったけれど、扉の向こうでグシオンが何をしているかがわかる。

毛先に唇を押し当てられている。

婚礼道中の、彼の声が鼓膜に蘇《よみがえ》った。

――美しいこの髪の先にだけでも、口づけの栄誉をいただこう。

自分を惨殺する者としてグシオンを恐れていたときよりも、グシオンが遠い。ベールごしにキスをしていたときより、ずっとずっと心が離れていて、それが苦しくてたまらない。

リディルは涙を堪えきれず、自分の身体を抱いて、その場にうずくまった。

グシオンの気配が、ゆっくりと扉の前を去る。静かに話をし始めた彼の声が遠ざかっていく。

「妃殿下」

涙をぽろぽろ零して泣く自分に女官長が静かに布を差し出す。

「妃殿下。お心を確かに……」

すすり泣きを嚙みしめる息が苦しい。

不幸な嘘から始まった婚礼だったが、いつの間にか自分はこんなにも彼の伴侶になりたいと願っていた。


果物を見ないまま部屋に戻ってしまった。あとから女官長が、贈り物の中からいくつか選んで部屋に届けてくれた。

テーブルの上に載せた果物を眺めながら、リディルは沈鬱に机についている。

考えなければならないことはあまりに多く、どれも重い。だがそれらが今、リディルの悲しさを少しだけ胸から押しだしてくれているのは確かだった。

自分の立場、これからのこと、グシオンの呪い、――なぜこちらの情報が漏れているのか。妙な時間に奇襲がかかったことを、リディルも不思議に思っていた。向こうが何か、自分たちだけの手許《てもと》や足元を明るくする手段を持っているならまだしも、奇襲とはいえ、夕暮れが迫ったあの時間に、揉み合いを迫ってくる理由がわからない。

あのとき王の側近たちは皆一様に「やられた」という表情をしていた。それもリディルにはよくわからなかった。こちらに不利な刻限ではある。だが空は敵味方平等に頭上にあるのだから、こちらの不利は向こうの不利でもある。

敵国フラドカフが、王の呪いを知っていたと仮定するのが多分、正しいだろう。そして、彼らは王妃の魔力が供給されないことを知っていた。

だから王が大満月とともにあの姿になり、敵味方の判別がつかなくなる頃合いを狙って、フラドカフは戦闘を仕掛けてきたのだ。

イル・ジャーナ軍の主戦力はグシオン、まさにその人だ。

彼が呪いを恐れて出てこない時間を計って――あるいは出てきても、呪いで暴れているところを討ち取ろうとしたのか――狙いはそんなところだろう。

だとしたらなぜ？

リディルは崖のように途切れる思考の縁に再び立った。

フラドカフはなぜ、こちらの情報を得ているのか。

メシャム大臣から聞くところによると、王が呪いで完全にあのようになったのは今回が三度目だそうだ。

一度目は十代の頃、二度目は夜戦で逃げ遅れてそうなったと聞いた。あとは何度か危ういところで地下室に駆け込んだことがあり、呪いがどのような条件で発動するかを詳しく知っているのは、彼の側近のごく一部だけだそうだ。

過去二回の呪いの発生状況だけで、《王に獣の呪いがかけられていて、大満月の、月が地面を離れたときに、呪いが発動する》といういくつも重なる条件を、確信もなしに、当てずっぽう的な賭けを挑むには、フラドカフの危険が高すぎる。

やはり秘密が漏れている——？

グシオンが呪いを受けてから、すでに十年以上経っている。それまでずっと守ってきた秘密が、今更側近から流れるものだろうか。流れたとして、側近の人数は極限られている。バレたらどうなるかわかっているはずだ。疑いから逃げる術《すべ》を持っている者だろうか。

そしてなぜ、自分に魔力がないことがフラドカフに漏れたのか。カルカやヴィハーンたちが知る前に秘密を漏らせる者——。そんな人物には思い当たらない。

「……」

やはり今回も同じところで止まってしまった。

この先は、まだ人脈がない自分の知るところではないようだ。

イドに相談してそれらしき人物を探ってもらうしかないな、と思いつつ、リディルは考えごとも諦めた。

ちょうど湯が運ばれてくる時間だった。用意されるのを待って、リディルは浴槽の前に立った。

リディルの部屋の浴槽には、毎日湯が運ばれる。王が愛する身体だからという理由だが、風呂が大好きなリディルにはとてもありがたかった。

楕円形《だえんけい》をした、つるんと磨かれた石の浴槽に半分くらい湯が注がれている。

湯は体温よりも温かいくらいで、いい匂いの油が落とされている。

身体を洗うのは、乾いた植物の繊維だ。

両端を縛った布のような柔らかな繊維の束で、肌を擦《こす》るとつるつるになる。

水面に金髪をたゆたわせながら、リディルは深く息をついた。

何もかもうまくいかない。解呪も謎もグシオンとの関係も。

目の前に浮かんでいる髪をひとすじ指で掬《すく》い、王が唇を押し当てたあたりにリディルも唇で触れてみる。

水面に、ぽつりと雫《しずく》が落ちた。

グシオンを想《おも》うと、心が痛くてたまらなくなる。

自分はなぜ、自分なのだろう。

グシオンに魔力を届けられていたら、状況は変わっていただろう。王妃の魔力の供給がなくてもあれほどの雷を下ろせるのだ。勝敗は一瞬で決していただろうし、そうしたら月光から逃れるのに十分間に合うはずだった。

「……」

リディルは、左手を上げて、肩越しに背中に触れてみる。

肩甲骨の辺りに指を這わせると、指先にぷくりと盛り上がったものが触れる。押してみると皮膚の奥のほうで痼《しこ》りになって、コリコリと硬い。

小さな傷だった。だが多分、見た目よりずっと身体の深い場所まで届いている。

背中の骨が割れていたそうだ。医者から、傷は肺まで届いているかもしれないと言われたとも聞いた。

グシオンは、あれから楽しい話をしてくれない。

話しかけると聞いてくれるし、答えてもくれるが、以前のように打ち解けた、優しく他愛ない心は分けてもらえない。

リディルは自分の背中に強く爪を立てて、湯の中にうずくまった。

母王妃と同じ、美しい癒やしの紋ですよ。

そう言われるたび自慢だった自分の背中は、母を死なせ、今、グシオンを苦しめている。

戦のあとから、リディルの身の回りに少し変わったことが起こった。

またた——。

人が見ている。うしろを追ってくることはないが、廊下の端を曲がれば、またそこにも人がいて、自分を見ている。

男だということがバレたのか。

いや、この区域にいる者はみんなリディルが男ということを知っていて、黙ってくれている者ばかりだ。

一部、燃えた髪も中に結い込んであるし、ベールがある。着ているものはカルカに与えられたものだ。

大勢ではないが、絶えず誰かに見られている。

——見張られている……？

ふとよぎった考えを、そんな馬鹿な、と否定する。故郷のエウェストルムと切り離され、城に閉じこもっている自分に何ができるというのだ。

視線で追い続けられるのが不快で、渡り廊下の風を楽しむこともせず部屋に戻る。

するといつの間にかすぐうしろを歩いていたらしいイドが、自分を部屋に押し込むように中に入ってきた。

「リディル様、何かなさいましたか?」

「何を?」

「リディル様が馬に乗れることを尋ね回っている者がおります」

「なぜだ?」

「わかりません。金色の髪の、異国の服装をした若者が馬を使った形跡はないかと尋ねているようです」

「私が……?」

間違いなく自分のことだろう。だが馬を使うも何も、自分は輿入れからずっと、人を連れずに外に出たことがない。戦のときもそうだ。カルカかあるいは荷車を担当している兵士が常にそばにいた。

「見張られているのか?」

「そのように思います。心配しすぎでしょうか」

「いや、私もそうではないかと思っていたところだ。だが……なぜ」

扉の内側で声をひそめて話していると、足音が近づき、扉の前で立ち止まる気配がする。

イドと顔を見合わせ、入ってくるかどうか様子を窺《うかが》っていたのだが、ドアの前は静かだ。

──何かある──。

扉の向こうにいるのが誰かわからないが、その人は自分たちの話を立ち聞きしようとしている。

† † †

グシオンは、先日の戦闘の和議に出かけている。

敵が、あの獣の正体を知っているかもしれない。それがわかっていながら素知らぬ顔で王として和議の話し合いの席に着くグシオンの心中は、考えるだに胸や胃の辺りがぎゅうっと痛くなる。

どちらにせよ、自分に魔力がないことはフラドカフの知るところとなった。フラドカフが一気に波に乗るかもしれないと、恐れる大臣の声も聞いた。

戦線ではまだ小競り合いが続いているそうだ。大規模な戦いになればまたあのような戦闘になる。しかも戦はずいぶん長引いている。

昼間の月が見えなくなった。明後日にはまた満月が来る──。

リディルは、ぼんやりと三人の女官に囲まれていた。

夕餉の前に服を着替えるためだ。

この国でできた、エウェストルムの形の服でリディルは過ごす。その着付けには女官たちとイドが交代にやってくる。

二ヶ月経っても、女官たちの手際はあまりよくならなかった。イドが一人で着付けてくれたほうが早い。

――ここの女官たちは紐《ひも》を縦結びにする。

イドはそんなことに怒っていたが、なるほど今になって少しわかる。縦結びにしただけで、妙にどこかに触れるのだ。肘だったり手だったり、ふとした拍子に紐の端が肌に触れる。

思い切って、横に結んでくれないかと言ってみようか。この先一生続くことなのだから――。

そう思ったとき、ひとつ紐が横に結ばれていることに気づいた。

自分のために練習してくれたのだろうかと問いかけようとしたとき、窓の向こうで物音がした。蹄《ひづめ》の音。車輪の音。ガシャガシャと鎧が擦れる金属の音と足音。

「もういい」

細かいところを整えようとする女官たちの手を止めさせて、リディルは窓に飛びついた。

小規模の軍隊――グシオンだ。

メシャム大臣やカルカ、その他数名の側近に囲まれてグシオンが城に戻ってくるところだった。

リディルは、ベールを掴み、部屋を飛び出す。

裏階段を下りて、地下室の扉のほうへ走ると、ちょうどグシオンが帰ってきたところだった。

リディルはそばまで駆け寄った。

「地下に行かれるのですね？」

グシオンは、満月の前日から地下室にゆく。日中、執務室から資料が地下に運ばれていたからそこに行くのだと思った。

地下室と言っても、牢以外は王が暮らすにふさわしい部屋に整えられていて、満月の光が届かないだけだ。日中はいつものように城で暮らし、日が傾くと早めに地下にゆく。ひと月にたった三日間のことで、つらい暮らしではない。

「私も参ります」

ちょうど着替えたところだ。グシオンは夕餉を地下で摂《と》るだろうから、自分もそうしたい。

間に入ってきたのはカルカだ。

「王を気味悪がったではありませんか」

「あれは……少し驚いただけだ。想像したこともなかったから」

正直に話した。グシオンを蔑んだりしていない。気味悪がってもいない。驚いた。それだけだ。それ以上でも以下でもない。

あれからもずっと、グシオンは私的な時間をリディルと過ごすことはない。本を資料におもしろい仮説を立てたと言っても、カルカに伝えておいてくれと言われるし、謁見のあと話がしたいというと体調が悪いと言う。

「衆議になる。隣国との摺《す》り合わせが難しいのだ」

「私も手伝います。地図は覚えました」

「いいえ、策士なら足りております、妃殿下？」

そう言って王から離れろと身振りで示すのはカルカだ。

ヴィハーンも大臣たちも冷ややかな目でリディルを睥睨《へいげい》してから、王に付き従って地下の入り口のほうへ歩いてゆく。

去ってゆく集団を、立ち尽くしてリディルは見送った。

「……帰りましょう。リディル様」

追ってきていたイドが小さな声で囁いた。

「帰れと言ったのはあちらです」

「グシオンがそのように言ったら考える」

子を産めないどころか、魔法を使えないことで、王や大臣たちの期待も大きく裏切ってしまった。魔力がないことを国外に知られたことで、戦の拮抗《きっこう》をも崩してしまった。

グシオンを傷つけ、厄災を生み続けている自分。

震えるほど怖く、悲しさで心臓が痛い。

リディルをここにとどまらせるのは、共に生きようと言ってくれたグシオンとの誓いが生きているからだ。

疎まれたら帰るしかない。だが何かを返したい。少なくとも寂しい王の、誤解を解きたい。

和議は難しいのだそうだ。

フラドカフとは元々長く領土を争っていて、国境の諍《いさか》いは常に絶えない。今、根本的な問題が解決するとは思っていないが、このまま戦を長引かせると収穫の時期が来る。フラドカフは、イル・ジャーナをさらに寒く乾かしたような土地で、決して豊かな国ではない。戦闘で収穫期を失えば飢えた冬になる。

一旦でいいから武器を置きたい。ありがたいはずのイル・ジャーナの申し出にも、フラドカフは強気なのだそうだ。

リディルに魔力がないことを知り、そして獣の正体に気づいたからかもしれない。逆手にとって手札にしようにも、もしも相手が気づいていなかったらやぶ蛇になる。イル・ジャーナもずいぶん譲歩して、それでも話はまとまらなかったそうだ。

弱みが一気に噴き出したイル・ジャーナは足元を見られているのだ。

「もうじきまた満月が来るのに……」

大臣が漏らすのをリディルは聞いた。かくなる上は、満月前の今のうちに軍で押すだけ押して、追い詰めてから改めて停戦の和議を持ちかける。

今日、グシオンが出陣するのはその目的だとリディルは聞いた。

リディルは朝、朝食が終わり、グシオンが執務室に向かうタイミングを計って、足音をひそめて廊下を歩いた。

彼の背中が見える。波打つ美しい黒髪と、引き締まった腰が若い獣《けもの》のようで美しかった。

「グシオン」

声をかけるとグシオンは振り向いた。

「話があります」

「そうか。余からも話がある。そなたは国に帰れ。これ以上そばにいてもそなたが幸せになることはない」

「誤解です！」

リディルが怖がったことで、グシオンを傷つけてしまった。リディルは歩みを止めない彼に纏《まと》わりつきながら喋《しゃべ》った。

「話を聞いてください。驚いたのです。ただそれだけです」

「慰めはいい」

「私の罪深さも十分わかりました」

「リディルが悪いのではない」

「だったらそばに置いてください。せめて次の王妃が決まるまで、気休めですが、ヒーリングだけでも――」

そう言いかけたとき、王が急に振り返った。

「次の王妃などいらぬ。そなたしかいらぬ」

彼は精悍な眉を歪《ゆが》めて唸《うな》った。

「グシオン……」

「そなたに見られるのがとてつもなく恥ずかしいのだ！　今まではしかたがないと思ってきた。今は、情けなく、惨めだ。そなたがいるだけで――！」

グシオンが顔をしかめるのに、リディルは慌てて取りすがった。

「グシオン」

だがリディルは腕を摑まれ、彼から引き剝がされた。

よろけるリディルを文官が支える。

「王妃を下がらせよ。丁重に」

「は。さあ、王妃。これから王は御出陣です」

「王！　グシオン！　話を聞いてください！」

リディルを摑む手が、二本から四本になる。視界を塞ぐように大臣が立つ。

「グシオン！」

リディルの叫びが王宮の廊下に響き渡っても、彼の心には届かない。


どこまで――どこまで自分はグシオンを傷つけたらすむのだろう。

部屋に戻り、顔を覆って、いつかのグシオンのようにそのまま髪を摑みため息をつく。イドにそのことを話したら「運命がそうしたのでしょう」と言い、静かにお茶を取りにいった。

本当にそうかもしれない。椅子に座ってリディルは俯いた。

始まりは父王の言い逃れの嘘だ。それを埋め合わせしようと命を差し出しに来たのに、自分がいることでイル・ジャーナにこれほど不利な状況をつくり、王を苦しめている。

とうとうグシオンの口から、国に帰れと言われてしまった。

いっそ憎まれて捨てられるならいい。リディルしかいらないと言って、子どもが泣く寸前のような顔をして、自分の運命が恥ずかしいと言って苦しんでいる。

自分がいなくなればグシオンは少しでも楽になれるのか。だが次の王妃を迎えないと言うグシオンの胸に、さらに自分が大きな穴を開けてしまうだけではないか。

彼しか知り得ない悩みの答えを、えんえんと繰りながら顔を覆っていると、扉を叩く音がした。丸く、鈍い音。イドではない。

入ってきたのはザキハ大臣だった。巻かれた紙の筒を何本も抱えている。酷《ひど》く重たそうに入り口の扉のところでつかえているから、リディルが助けにいった。

「リディル様。リディル様は魔法の勉強をなさっていると聞きました。これをどう思われますか?」

そう言って卓上に大きな紙を広げる。リディルは手をついてそれを覗き込んだ。円と線で書かれた図面が広がっている。

「これは?」

「昼の空にある月を写したものでございます。これが今し方持ち帰られたもの。そしてこちらが昨日のもの、こちらが一昨日《おととい》のもの」

「……おかしいね」

「斥候が描いたものですが、長年この仕事に従事しておりますから腕は確かです。リディル様はこのようなことに詳しいと聞き及んでおります」

「うん。天体は魔法学の基本だから」

星を読み、月を識《し》る。空が植物や地上に与える割合を計算するのもエウェストルム王室の重要な役目だ。

「時間がずれてる。少なくとも数時間早くなってる」

写し間違いとしか考えられないが――。

はっとしてリディルは窓辺に駆け寄った。

窓から見える空は、絵の通りだ。第二の月がおかしなところにある。

「罠《わな》だ！　――大魔法使いがいる！」

「どういうことです?」

「こちらの月を、魔法で動かして満月を一日早くしたのです！」

第二の月は、魂の塊《ラウフ》だ。大魔法使いなら第二の月を動かせる。月に一度しか来ないはずの大満月を、天体の月に合わせて早めることができるのだ。

「王は――」

「朝、出発なさいました」

「知ってる！」

夜が明けてからすぐ、ほとんど戦と言えるほどの、多くの軍隊を引き連れて王の隊列は出発した。

今日、話し合いがつかなければ、大満月の間は普通の戦いかたをして、満月が欠けると同時に王が出るという計画だった。だからもしもリディルがエウェストルムに帰るなら今、そうでなければ戦が一山越えてからだと言われていた。

廏の場所はわかっている。ズボンとマントを掴んで部屋を飛び出す。柱の陰に王妃の服を脱いでリディルは階段を駆け下りた。

追いつくなら馬しかない。

――リディル様が馬に乗れることを尋ね回っているものがおります。

今、馬に乗るのは得策ではない。何かを疑われているかもしれない。だがこれしか手段がない。

外は肌寒かった。マントを持って来て正解だ。

この間の馬番の老人を見つけて駆け寄った。

「おお、こりゃ伝令の若いの。また置いていかれたのか」

「ええ。足の速い子を貸してください。時間がないのです」

「途中で振り落とされたら速いも何も」

「大丈夫です、乗れます！」

リディルが詰め寄ると、ワシも若い頃はそう言って暴れ馬ばかりに乗りたがって……という話を聞かせながら、この間より一回り大きい、つやつやとした濃い茶色の馬を引き出してくれた。

「戦続きで休ませたんじゃが、兵装を積まず、お前さんみたいな細っこいのを乗せるだけならいいじゃろ」

た。

「ありがとう」

手際よく鞍《くら》をかけるのに感心したあと、リディルはその馬に乗ってイル・ジャーナ軍を追った。

かなり時間に差があるが、歩兵を伴う軍隊だ。馬の足なら追いつける。

馬を走らせていると、こちらへ駆けてくる馬が見えた。馬の胸にある布の模様はイル・ジャーナのもの――本物の伝令だ。

「待ってくれ！　止まって！」

手を振ると伝令は馬の足を緩めた。

「なんだ、お前は」

「セーレ国の皇太子の弟だ。王の許しを得て軍隊の見学に来ている」

「は……はあ」

困惑した顔の伝令は、気を取り直したようにリディルに言った。

「殿下はこのまま引き返されたほうがよろしいと思います。戦が始まりました。城の前で迎撃たれて戦闘状態です。話し合いの行軍を脇から討つなど卑怯《ひきょう》なこと！　それでは」

と言ってまた兵士は駆け出す。リディルは彼とそのまますれ違って反対方向に駆け出した。

剣を持ってくる余裕がなかった。だがリディルの目的は『満月が一日早く来る』ことを知らせるだけだ。

の後方支援兵の姿が見え始める。

弓や棒を馬車に積んでは前方に送り出している男の集団を見つけて、リディルは真っ先にそこに駆け寄った。前回の戦でカルカに紹介されたあの男だ。男はリディルを見ると驚いた顔をした。

「まだおいでだったのですか？　殿下」

ヴィハーンはリディルのことを彼に話していないのだろうか。あるいはどこかで話が止まって、ヴィハーンが確認していないのか。でも助かった。王妃と知られたら止められてしまう。

「今日、カルカ殿は？　あとで追ってくるようにと言われた」

「カルカ殿は中央辺りで兵の入れ替えの世話をしていると思います」

「わかりました」

「殿下⁉」

前方に向かって走るリディルに男が叫ぶ。

たった一言でいい、グシオンに逃げろと伝えなければ。

兵はすでにざわついていた。誰かが月の様子がおかしいことに気づいたのだ。

「駄目だ撤退ができない。満月が……今頃⁉」

困惑した声の間を馬ですり抜けながら、カルカを探す。

カルカは中央あたりにいるはずだ。彼の馬にかかっている青い泥よけは目立つから――。

遠くにカルカが見えて、リディルは叫んだ。聞こえていないようだが、何度も叫びながら馬で近寄るとカルカがこちらを見た。

「カルカ！」

「月が、早く昇る、早く王を引かせてくれ」

「これはどういうことなのです。観測手が間違えたということですか？」

「詳しくは後だ。大魔法使いがいる。とにかく王を」

「わかりました。あなたは逃げてください、リディル様」

「私も手伝う」

「いりません。すでに軍は王を下がらせるための時間稼ぎをしています。でも多分間に合わない」

「間に合わない？」

「突然すぎて、王を捕獲する準備をしていないということです！」

今引いても城に帰り着く時間がない。この時間を浪費させるために、フラドカフはこんなところで時間稼ぎのような戦を始めたのだ。

空を仰ぐ。第二の月が昇ってくる。

「お逃げください、王妃」

「いやだ、グシオンを助けてくれ！」

　このままではグシオンを戦場に放置し、逃げ出すしかなくなる。

「できません。月が昇る前に、相手を滅ぼしでもしない限り――王に魔法が供給されない限り無理な話です！」

　リディルがグシオンに魔力を供給できない理由は、彼の口からすでに明かされている。無理なのだ。背中の魔法円が古傷のせいで切れていて、何もかもがそこで途切れている。リディルがどれだけ努力をしても、どれくらい強く願っても。

　リディルは馬を下り、地面から折れて曲がっていた剣先を拾い上げた。

「王妃！」

「私の声を聞いてくれ、グシオン！」

　すでに月の影響を受けはじめて頬に毛が生え、たてがみが生えかけた、半獣化したグシオンが振り返る。

　グシオンの紅い瞳にはまだ理性があった。

「――今、魔力をあげるから」

　リディルは服のボタンを引きちぎり、右肩を大きく脱いだ。

　契約はすんだ。魔法円が繋《つな》がれば届くはずだ。

　指で確かめるまでもなく、傷の位置ははっきりわかった。小さい頃から寂しさと恋しさと、ここに来てからは申し訳なさで何度も何度も触れた傷だ。

リディルは拾った剣先を背中に刺した。白い傷は肌の中で痼りのようになっていて、そこを抉《えぐ》るように引っかけた。何かがガリッと硬く刃先に触れる。それにもかまわず、痼りのまん中を割るように深く傷の終わりまで剣を引いた。

そのときだ。

ふわっと身体の中があったかくなる感じがした。

身体の血管という血管に一気に血が流れる感じだ。いや、流れているのは多分魔力だ。あの、いつもは手の先だけに纏わりつく魂の流れが全身に巡っている。誰かが呼んでくれるのを待っている。

「リディル――！」

グシオンの声が聞こえた。あっと、そちらを見ようとした瞬間、身体の中から力が吸い取られる感じがした。

リディルががくん、と地面に崩れた瞬間、世界が真っ白になった。

大地を破るような轟音《ごうおん》だ。空が割れ、地が割れる。滝のような稲妻が王に向かって降り注ぎ、王はそれを敵に向かって振り下ろした。

まわりの兵たちが口を開けて前方を見ている。大地が抉れ、敵軍の中央は跡形もない。

「……すさまじいな」

誰かのうめき声を聞いた直後、周りで、わあ、と声が上がった。

これで待避できる。グシオンを助け出せる。

「急げ！　王をお連れせよ！」

グシオンは稲妻の剣をもう一振り、地に放った。大混乱に陥る敵兵の間を縫い、救出のための馬車が発車する。

「よか……った……」

リディルは地面に膝をついたまま、呆然と呟いた。これでグシオンが逃げられる。

身体の精気という精気が、骨の芯からごっそり引き抜かれたようだ。息をするのがやっとだった。

兵たちが声を上げ、両脇を走りすぎる様子がぼやけてくる。土のにおいだけが不思議なくらいはっきりしている。気が遠くなる――。

――早くお立ちなさい、リディル王妃！　馬に踏まれてしまいます！

カルカの悲鳴が聞こえた気がしたが、それきり夢の中に落ちてゆくように、世界は白くなって、どこまでも深く落ちていった。

王は地下室に運び込まれていた。

引き際に満月を浴びて半獣化した。しかし自ら捕縛に手を貸したため、急ごしらえの準備でも、回収はいつもより簡単にできたそうだ。

リディルが王のそばにいたいと申し出ると、今度はカルカは許してくれた。ただしリディルのみでイドは駄目だ。

案内されたのは大きな石の部屋で、鉄格子に魔除《まよ》けの棘《とげ》がある草がびっしり巻きつけられ、王の手足に、そして首や長い口にも、鉄の拘束具とともに、その草が巻きつけられている。

痛ましさに涙が出た。口元を覆って泣き崩れてしまった。あまりにも酷い。こんな呪いに耐えなければならないのかと思うと、理不尽でたまらない。

隣に立っているカルカの声が、頭上から降ってくる。

「気が済まれましたか？　リディル王妃。完全な呪いの発動は避けられましたから、王はお薬をかがれてよくお眠りです。あなたもお部屋にお戻りください」

「……ここにいる」

「献身のつもりなら無駄です。王は覚えておりません。覚えていたとしても、王が惨めになるばかりです」

摑まれと手を差し出してくるカルカに首を振り、床に座ったまま棘の巻きつけられた鉄の格子に手を伸ばした。

「グシオンを一人にしておけないよ……」

触るだけで痛い、針のような棘を身体に巻かれて、月が欠けるまで一人で耐えなければならないだなどと辛《つら》すぎる。

床にぽとぽと涙を落として牢の奥を見つめるリディルの頭上で、冷ややかにカルカは言った。

「意外なこと。あなたはただの生贄《いけにえ》で、こちらに落ち度が見つかったらさっさと帰ると思っていましたが、そんなにお望みならばここにいらっしゃればいい。ただし、話しかけたり大声を出したりして、王を起こすようなことがあれば引きずってでもここを出ていただきますよ?」

わかった、と、リディルが頷くと、カルカは廊下の奥に、静かに去っていった。

「グシオン……」

声にならないように、リディルは唇の動きだけで囁きかけた。

彼の身体の周りにふわふわと、小さな緑色の光が飛び交っている。自分の祈りは届いている。

それだけがリディルの希望だった。

ふと目が覚めると、牢屋の格子の隅にもたれかかるようにしてリディルは眠っていた。

リディルは身体に巻きつけていたマントをさらに強くかき合わせて身体を丸くした。

身体中が痛い。寒い――。小さな灯りが焚かれているはずなのに、目が霞んで王の姿がよく見えない。

目を擦っていると、カルカが近づいてきた。

「王がそろそろ目覚める頃です。お部屋にお戻りください。入り口までイド殿が迎えに来ています」

外はもう朝なのだろうか。満月はどうなったのだろう。

「王には、あなたはここに来ていないとお伝えします。いいですね？　さあ、お立ちになって」

「……触ら、ないで……」

ここから動きたくない。今度こそグシオンに、あなたがどんな姿でも怖くないと伝えなければならないのだ。どんな呪いがかけられていても誓いは変わらない。一生そばにいようと約束した言葉も。

「王妃？　熱が？」

カルカに頬や首筋を触られても、上半身がぐらぐらするばかりで、うまく支えられない。

寒い。背中が熱い。昨夜は傷が痛いだけだったのに、今はどくんどくんと心臓が脈打つたびに傷が疼《うず》く。

「王妃……？　失礼します」

カルカが身体に巻きつけていたマントをめくり、息を呑んだ。

「王妃」

服の端を摘まれてなんとなくそちらに目をやると、リディルの服は裾まで血で染まっていた。床にも少し血だまりがある。

「こんなに……」

カルカが呻《うめ》く。

カルカは知らないのだ。リディルの魔法円は身体の奥深いところまで途切れてしまっていること。肌をひっかいたくらいではそこまで届かないこと。

こうするしかなかった。だってグシオンが死んでしまうと思ったから——。

マントを剝ぎ取られ、寒さを感じたときふっと気が遠くなった。

「リディル王妃！」

カルカの声が聞こえた。大声を出してはいけないと言ったのは、カルカのほうだったのに。


王の声がしている。

遠く近く、ぐわんぐわんと滲んだ音だが、グシオンの声だ。

——出血は止まりましたが傷が深く——。

——折れて地面に落ちた剣を使ったらしく、ばい菌が……あるいは毒が塗られていたのかも——。

――傷が魔法円の上なので縫えません。縛っていますが腫れて膿《う》みはじめていて――。

リディルは褥に入っていた。

自分の身体ではないようだ。水底にいるように視界は歪み、音もゆわゆわ撓《たわ》んで聞こえる。眼球が乾いているのに涙が流れ、胸が苦しく、関節が痛い。背中が熱い。寒い――。

「リディル様、しっかり」

イドも少しはヒーリングを使うが、彼は風の魔力の持ち主だ。かすり傷や打ち身程度なら癒やせるが、リディルのひどい容体には気休めにもならない。

息が苦しい。声が出ない。

誰か、王に伝えてくれただろうか。自分は彼を少しも怖がってはいない。心からそばにいたいと願っていることを――。

頭上で医師の声がした。

「――万が一を、御覚悟ください」

「嫌です。何かよく効くお薬を！　エウェストルムから魔法医師を呼んでください！　王に報告して誰かを派遣してもらってください！」

イドの涙声が聞こえる。キンキンに尖《とが》ったその声が頭を締めつけるようで呻いたとき、背中から大きく掬われる感触があった。

「リディル」

急にはっきりした声で呼ばれて、凍りついたような目蓋を必死で持ち上げる。

目の前に、彼の黒い瞳があった。

温かい腕、刺激的な香水。

「ああ……グシオン……。無事……？」

指先まで鉛のように重い手を持ち上げ、彼の頬に触れる。

「何という無茶をしたのだ」

「だって——あなたが、死んでしまうと……思ったから」

「愚かなことを」

喘《あえ》ぐようにグシオンは呻いて、リディルを抱きしめた。擦りつけられる頬が濡《ぬ》れている。腕が震えていた。

「余がいなくなれば、そなたはエウェストルムに帰れたというのに——」

グシオン。私の王よ。

私はもうエウェストルムに帰りたいと、これっぽっちも思っていないのです。

「……」

「リディル！」

唇を動かしたつもりだが、声が出ているかどうか、リディルにはわからない。

頷き返したはずなのに伝わっているかどうか——。

リティルは、王の頬に押しつけられた手に力を込めた。指先から雪のような、白い花がこぼれた。

今はそれより、あなた一人を残して死ぬかもしれないことが、震えるくらいに怖い——。

意識は熱い水の底に沈んでいて、時々ふうっと浮き上がる。

すぐ暗くなるときもあるし、明るいままなのに、何も見えないときがある。暗い夢を見ている。向こうへ歩いてゆく母の姿が見える。

母様。母様。いかないで。

誰か助けて。母様を止めて。

ゆがんだ世界で母を呼ぶ。そして、

——グシオン——。

ふと、気づくとグシオンの大きな手に手を取られている。

目覚めるたびに、グシオンがそばにいた。

胸に焼いた石を詰められたようだ。肺が鉛のようで、身体中が煮えるように熱い。ヒーリングは少しの怪我ならまだしも、病には効かない。自分で癒やそうとしても、身体の中に病を回して余計悪化するだけだ。

「リディル」

濡れた布で、額を拭われて、ふと、リディルは目を開けた。

「グシオン……?」

疲れた顔のグシオンが見える。髭《ひげ》があり、髪も乱れている。

つきっきりでいてくれるのだろう。偽物の王妃に、男の自分に、きっと政務を放り出して、こうして濡れた布を額に当て続けてくれている。

「どうして泣く?」

「あなた……が、好きだ。グシオ……ン」

「リディル……」

「話し、て。雪の……話……」

「リディル……?」

もっと彼の話が聞きたかった。草原の斜面を革のソリで滑る話、王だと知らない農民と、山で採れる大きな実を蒸して食べたときの話。立つのに三日かかった馬の子が立つまで徹夜をした話、雪が降ったら馬で蹴散らして、春になったら風花の中を散歩に行こうという話。

「――あなた、と……。……」

花の頃も水の頃も雪の頃も。

王妃としての役目を果たせない自分でも。

クシオンといっしょに生きたかった。

遠い、遠い、もどかしい夢だ。

エウェストルムの城を出てからの自分を、キュリか、あるいは他の鳥になって見下ろしているような夢で、空から自分を見下ろすたび、そのときの気持ちはそうじゃない。もっとこう言えばいいのにと、口を出したくてたまらなくなる。

グシオンに会いたい。婚礼の夜に戻りたい。

「……」

白い光に目を開けると、肩の隣に艶のある黒髪が見えた。

ずっと前から、自分はグシオンが好きだった。こんなに彼が好きだったのに、どうして自分は気づかず、口にもしなかったのだろう。

身体が軽くなっていた。沼のように浮き沈みを繰り返していた褥は、今はしっかりとリディルの身体を支えていて、これ以上沈む気配がない。

助かったのだろうか。

理由はないが、確信があった。息ができる。力はまだ入らないが、重苦しく熱い病魔は身体の中で、ほとんど溶けてしまっているようだ。

指で、波打った彼の美しい黒髪を撫でてみた。

なめらかに日焼けした彼の目元のあたりに触れてみる。

グシオンは幼子のようにぼんやりと目を開けたあと、顔を上げて大きく目を見張った。

「……リディル……」

うまく声は出るだろうか。

目覚めて驚くだろうあなたに、なんと声をかけよう。


右肩がまだ腫れていて、布で固定しているから食事が不自由だ。起き上がって本を読もうとすると傷がうずき始め、熱が上がってしまうのでベッドで過ごしている。だが高熱はあまり出なくなった。傷も動かさなければ疼かない。小さい頃のように布でしっかり固定されているのがなんだか懐かしかった。動かせないのが苦痛になってきたが、それだけ回復しているという証拠だろう。

傷がしっかり閉じてしまうまでしかたがないことだ。ベッドで食事を摂るのも病人なのだから、しかたがないことなのだが——。

「どうだ」

ベッドの脇で匙《さじ》を持っているのはグシオンだ。

「おいしい……です」

「それはよかった。本当なら今の時期、カッシェの実が旨《うま》いのだが、医師がまだ身体の冷える果物を与えてはならんというのだ。旬などあっという間に過ぎるというのに」

グシオンが食事をさせてくれるのだ。まだ微熱が残っていて食事が進まないと聞きつけてやって来たらしい。

「グシオン、もういいです。イドに頼みます」

「そうしていよ。余が食わせてやろう」

正直なところ、まったく慣れないグシオンの匙の具合は食べにくいことこの上ないのだが、せっかくの好意だ。恐れ多いと遠慮しても、妃の看病のどこが悪いのだと言い張って聞いてくれない。

「どうだ?」

「おいしい……ですが、お忙しいのでしょう?」

一口ごとに尋ねられて困っていたし、軍議で忙しい王は看病どころではないはずだ。

「忙しい。だがその分夜に仕事をこなしている」

「ご無理になります」

「まったく?」

なかなか譲ってくれないグシオンにリディルが言い返す言葉をなくしたとき、扉のところで、こんこんこん、と音がした。すっかり呆《あき》れた顔をしたカルカだ。

「そろそろ衆議の時間です、王よ」

相変わらずカルカはリディルに冷たく、だが冷たいなりに布や薬の手配、医者からの指示の聞き書きをきっちりこなしてくれている。曰《いわ》く、——城で死なれたら国交上の大問題になりますから、だ。

「わかった、もう行く」

そう言ってグシオンはリディルの頬に口づけをする。

「行ってらっしゃい」

傷を撫でるようにそっと腕を回され、リディルからも頬を寄せようとしたとき、グシオンが耳元で囁いた。

「養生せよ。早く抱きたい」

立ち上がり、マントを翻して部屋を出て行く彼に、リディルは左手で頭を抱えた。

「熱が上がってしまう……」

せっかく下がってきたのに、そんなことをされたら頬が熱くて胸が苦しくなってしまう。

閉まった扉を見つめながら、息をついてやり過ごそうとしたら、手のひらがふわっと温かくなった。

指先から花が生まれる。くすぐったいような明るいオレンジの花が——次々と——溢れ零れて膨れるままに、ぶわっとベッドを埋めるほどに。

「え――……？」

「リディル様!?」

困惑したカルカの声がした。

彼はベッドの周りに山のように築かれた花の山を、わさわさと掻《か》き分けながら「お幸せなのはわかりますが」と困った声で言った。

†　†　†

リディルの傷はよく塞がり、右手も十分動かせるようになった。食事もしっかり摂れるようになったし、長く起きていてももうなんともない。剣や馬の練習ができればなお早く元気になれそうなのだが、王妃の立場として難しいだろうか。

机の上にランプを置いて、図形を描いていたらイドが声をかけてきた。

「リディル様、もうおやすみになったほうが」

「うん……もう少し」

身体を起こせるようになってから、リディルは本格的にグシオンの呪いを解こうとしている。王の呪いは途方もなく強力で、禍々しく、呪いを解くために紙に書き写すと、写し終わる前から紙が灰のように朽ちて粉々になってしまう有様だ。

それでもなんとか魔法王国エウェストルム出身の意地にかけて、呪いを解こうと思っている。机の上には手慰みに生み出した花が散らばっている。どれもリディルの今の気持ちと同じ、白く、小さく、縒《よ》れてクシャクシャだ。

一歩歩いては行き止まる。こちらはどうかと思うと壁だ。

物心がついたときには自分の魔法円は使えないことがわかっていたから、勉強はしてきた。文字で書ける魔法学には詳しいつもりだ。手当たり次第勉強した。歴史も魔術も呪いも。少しでも自分が生きる意味を見出《みいだ》したかったから。

それでも王の呪いは深すぎて、生きている間にほどけそうな気がしない——。

「あなたでも解けないのですか?」

「とにかく強くて、ものすごく深い。何重にも術式が重なっていて気が遠くなりそうだ。それでも術式は一つずつ根気よくやれば解けるはずだが、問題は空白が大きすぎることだ。普通、空白があるときは、まわりの術式から空白を推測するものなんだけど、空白が大きすぎて推測が無意味だ」

大きな絵の、額縁だけがあるようなものだ。例えば象が描かれているとして、鼻や足だけでも見えているなら象だと推測しやすいが、まるっきり芝だけしか画かれていない状態で、まん中に何が描《えが》かれているかなど、どうやって推測すればいいのだろう。

「――多分、ここに何かがあるんだ」

この術式に画かれていない塡《は》め込むだけの何か。例えば呪いの核となっている品物だ。それごと解いてしまえばいいのだが、自分の力では容易には読み解けないようだ。

「ロシェレディア姉様がいてくれたら――」

「手紙は送られたのでしょう?」

「ああ。もう何通も。……だが、無理だろうな」

先に嫁いだ姉は大魔法使いとなった。彼女ならモノがなくともこの空白を読み解く力があるはずだが、姉はもう何年も大きな祈禱《きとう》に入っていてその後の消息が摑めない。

「明日、もう少しザキハ大臣に話を聞いてみよう。先王が呪いをかけられたとき、かけた者が何か言い残さなかったか、そばに何かがなかったか。呪いの呪文の一言だけでもわかれば少しはヒントになる――」

机中に散らばっていた紙を重ねていたら扉を叩く音がした。イドと思わず顔を見合わせる。

王は扉を叩かないし、こんな夜遅くに女官が訪ねてくることもない。

イドが応対に出た。

イドを押しのけて入ってきたのはメシャム大臣だ。

「王妃、下の広間までご同行願う」

「無礼です。何事ですか」

リディルが答えると、メシャムはおもむろに机の上にあった書類をざっと掻き集めて腕に抱えた。

「何を……！」

「これも持っていけ」と言って後から入ってきた兵に──王妃の居室に兵が──紙束を渡した。

泡を食った顔のイドが割り込んでくる。

「リディル様は参りません。どういうことですか⁉」

「理由は王妃がいちばんよくご存じだ。申し開きはもうできぬ」

「何を言っているのかさっぱり！」

「王妃をお連れせよ」

「──触るな！」

兵に触れられそうになってリディルは鋭く一喝した。

「証拠があるなら私が見よう。ただし、何の疑いをかけられたかわからないまま行くことはできない」

「フラドカフとの密通の儀、と言えばおわかりかな？」

自信ありげな表情でメシャムは詰め寄った。

「一切覚えがない」

はっきりとリディルは答えた。ここのところずっと戦闘を仕掛けてくるフラドカフだが、リディルはその実態さえはっきりとは知らない。ここより北にある厳しい国。彼らはイル・ジャーナにある運河を欲しがっている。そしてなぜか王と自分の秘密を摑んでいるかもしれない。だがその程度だ。理由や詳細は知らない。

「お怪我をなさって記憶でも失われたか。証拠を見れば思い出すでしょう。さあ、お連れいたせ！」

伸ばされた手を、リディルは振り払って自ら立ち上がった。

兵を睨みつけ、メシャムのあとを追う。イドも追ってくる。

「王はこのことをご存じなのですか⁉　間違いだったたではすみませんよ⁉」

「王は、リディル王妃の幻術に目をくらまされておる。魔力は出せないくせに幻術はいっぱしに使われるようではないか」

「何ですって⁉」

後ろから摑みかかろうとするイドを、リディルは制した。

「あなたの言う証拠は見ましょう。ただしそのあと必ず王に会わせてください」

密通謀反と決めつけられたら、メシャム大臣の独断で、その場で斬り殺される場合もある。

「また命乞いですか」

「無礼なッ！」

憤慨で倒れそうなイドの服を摑んで、リディルは広間に向かう。

広間には、女官一人、兵が一人、あの荷車の兵士と、馬番の老人がいる。机の上には丸められた紙の筒がいくつか――を見てリディルはそれが何かを悟った。姉皇妃に出した手紙だ。届けられなかったのか。

背後で扉が閉められ、彼らの前に置いた椅子に座るように言われた。

メシャムは彼らにも、リディルにもよく聞こえるようなはっきりとした声で説明をはじめた。

「王の呪いの秘密はこれまで、我らが兵たちと一緒になって長年守り通してきたもの。それが急にフラドカフの知るところになるなどおかしなことだ。十何年、一度も漏れなかった秘密が漏れたのは、王妃、あなたがおいでになってからのことです」

「覚えがありません。手段もありません」

「そうでしょうか？　あなたはたびたび城を抜け出していますね。馬番には伝令と嘘をつき、兵には《セーレ国の皇太子の弟》と偽って。独りで戦場に赴き、敵国の兵に情報を流していた」

「それは――……」

一部だけは本当だ。だが核心とは別の場所だ。

「違います。私は敵国の兵と接触はしていない」

「でも、この兵は、確かにあなたがセーレ国の皇太子の弟と嘘をついて軍に紛れ込んでいたのを知っています。それにこの馬番が嘘をついていると言っているのですか？　あなたに馬を出したと言っていますが、嘘なら馬番の首を打たねばなりません」

「いいえ。——いいえ、彼らは嘘をついていない。でも……カルカを呼んでください。彼が事情を知っている」

いぶかしげな声で兵が言った。

「確かに一度目はカルカ殿がいっしょでした。でも二度目はあなた一人で来られた」

「王を探していたのです」

「情報を渡す相手を探していたのでしょう？」

メシャムが問い詰める。

「いいえ、違います」

「そう考えれば、あなたに魔力がないことがフラドカフに漏れていたことだって簡単に説明がつく。あなた自身が話したのです」

「そんなことをしてどうなるのです。私自身が危なくなることをするわけがない」

リディルが首を振ると、今度はメシャムは机の上の手紙を手に取った。

「この手紙は？」

った。


「姉への手紙です」

「中身を見もせずに？」

「他に手紙を出していませんから」

巻いた手紙の外に描かれた模様は、一目見れば自分が描いたものだとわかる模様が入っている。エウェストルムでは日頃から使われる目印のようなものだ。その模様はリディルのものだった。

「中身を読みました。王の呪いの秘密が書き付けてある」

「姉に解呪の相談をしたのです。姉は大魔法使いですから。中身をよく読んでください」

「専門的なことを仰《おっしゃ》って、我々をけむに巻こうとしても無駄ですよ？　どう考えてもこれは王の呪いの秘密をバラそうとした手紙にしか思えない」


メシャムの声は冷ややかだ。

「エウェストルム第一王女は非常に優秀な大魔法使いと聞いています。第一王女が我が国に嫁いでくださらなかったことを、我々はとてもとても残念に思いました」

言外に男で魔力の少ないリディルを罵りながら、メシャムは続ける。

「助けてくれと確かに書いてありました。リディル様の姉上が嫁がれたのは、超大国アイデース。いくらグシオン王を擁する我が国とて、アイデースに攻め込まれたらひとたまりもない。あなたを引き渡さざるを得ませんね」

「そんなことは書いていない」

「ならなぜ、半分だけ我々に読めない文字で書かれたのですか？」

「そうするのが早いからです。魔法学の詳しい解法をこの国の言葉で説明していては何枚手紙を書いても終わらない。エウェストルムには元々魔法を含んだ言葉がある。それを書けば早いからそうしただけです」

数学で言えば方程式にあたるものが魔法学にもある。一言書けば百の手順がわかる言葉だ。そのくらい王の呪いは複雑で、説明にも時間がかかる。

「と言うことは、我々はあなたの言葉を信じるしかないということですね？　王女と偽り嫁いできて、魔力を提供できないことも黙っていたあなたの言葉を――」

「全部説明します。王を呼んでください！」

「それには及びません。見なさいこれを。今も、王の呪いを書き写し、どこかの国に送ろうとしていたではありませんか」

先ほどリディルの机から奪ってきた紙を叩いてメシャムは言う。

「それは呪いを解こうとしていただけです。お願いです、王を呼んでください！」

「言い逃れができないからと言って見苦しい真似《まね》はおよしなさい。あなたが何度も夜中に鳥を放っているのを見た者もいるのです」

「あれはキュリです。王の鳥です」

「いいや、あの梟が他人に懐くことなどありえない。夜中に他国に情報を持たせた鳥を放っていた。そうでしょう⁉」

「違います、王を呼んでください！」

「ここまではっきりすれば、王を呼ぶまでもありません」

「お願いです、あなた方に説明するのは骨が折れる――！」

想像するだけで途方に暮れる。でも王ならわかってくれるはずだ。最後まで話を聞いて理解してくれる。キュリが自分に懐いているのも彼なら知っている。

「お願いです！　王に会わせてください！」

「――そうするまでもありませんね」

扉のところから冷ややかに割り込んだ声に、リディルは静かに息を吞んだ。

「おやおや、リディル王妃ともあろう者が、こんな夜中に椅子に座って大声をお上げになるとははしたないこと」

「カルカ……」

「王に会っても無駄です。王は何もご存じないのに、何を説明する気ですか？」

万事休すだ。正当な説明をしてもねじ曲げて理解する男がやって来てしまった。しかも王の側仕えの彼が間に挟まったら、そこで話が絶たれて何一つ王に届かない可能性が高い――。

「カルカ、話を聞いてくれ、頼む」

「いやですね。自分が知っていることを物知り顔で説明されるほど不愉快なことはありません」

「お願いだ！」

「お断りします。あなたは私の親切心に泥を塗る、良心に欠けたかたのようですから。――ダレット」

「はい」

返事をしたのは荷車担当の兵士だ。

「このかたは間違いなくセーレ国の皇太子の弟殿下です。……私のついた、嘘ですけれどもね」

「カルカ殿……」

「まさか王妃が戦場にしゃしゃり出てきたとは言えないでしょう。二度目は王妃が私にことわりなく、勝手に名乗った嘘です。その後に、私は王妃に会いましたから、敵兵に接触する暇などなかったわけですが。ハルド」

「へえ」

「伝令と偽ったのはこのかたですね？　よく覚えなさい。これがあなたの国の王妃殿下です」

馬番の老人は目を白黒させてリディルを見ている。

「本当に伝令の馬で戦場に突っ込んでくるのだから、私も驚きました。それからこの手紙も。

メシャム・ヤー大臣？　女官をいくらで買収したのですか？」

「ば、買収などと！　無礼な！」

カルカは手紙を手に取り、冷たい視線を女官に流した。

「いくら貰《もら》ったのか今言いなさい。正直に申せば、その倍の金額をさしあげましょう」

「さ……三レフ、です」

カルカが失笑した。

「情報にはもう少し報酬を積むべきです、メシャム大臣。タッタの実が三つ買えるというところでしょうか？　この手紙は確かに、アイデース国の皇妃に助けを求める手紙のようです。でも何のために？　帰りたいならこんな手紙を書かずとも、とっとと帰ればいいではないですか。私が馬をつけてさしあげますよ」

そうだと頷くのも悔しいが、カルカが言うことは正論だ。

「それに」と言ってカルカは高窓を見上げた。

つられてリディルも上を見る。窓の隅に留まっていたキュリと目が合うと、まっすぐにリディルのところに飛び込んでくる。

「まあこの通りです。キュリは王にしか懐かず、十年も世話をしている私の手を噛むわけですが、なぜか王妃にはこの通り」

「で、では、これは。王の呪いを写したこの紙は何だ！」

「王妃の言うところを信じるなら、本気で呪いを解こうとしているといったところでしょう。我々には遠く及ばぬところ——紙を灰にしない程度に、精巧に選《え》り分けられた計算式です。私はこれまで王の呪いを解こうとした多くの学者を見てきましたが、ここまで深く写せた者はいない。もし、これを書いたかたに呪いが解けないなら、本当に呪いは解けないのでしょうね」

「で、では——王妃は無実ということか」

「いたずら小僧のような、場当たりで幼稚な嘘を除けば。王妃が馬番の爺《じい》に伝令だと嘘をついたと王に報告なさいますか？」

「それは……」

「確かに王妃として褒められたことではありませんが、王もそれほど暇ではないのです。メシャム大臣の仕事熱心さには頭が下がります。しかし満足な証拠も揃《そろ》えず王妃に無礼をはたらくのはやめたほうがいい」

どの口が、と思わないでもないが、カルカのおかげで助かった。

「わかった。カルカ。今夜のことは王には言わないでくれ。何もなかったことに」

「なかったことにはならないと思います」

焦った大臣の言葉を、冷ややかにカルカは切った。

「あなた」

　カルカは視線で先ほどの女官を指した。

「本当はいくらもらったのです？」

「え……？」

「あなたはこの国で育った女ではありません。昨年城をさがった女官長マルグリットの教育を受けた女官でもありません。紐の結びかたが違います。ここに来るとき、何か、箱か籠か袋を持たされましたね？　このくらいの、小さな」

「あっ……いえ、私は、その、袋を」

「誰から受け取ったのですか？」

「名前は知りません。私は五年前、山向こうのクシエル公国から、マルクトに嫁いできました。この春、そこから城に上がる途中、干し魚を売る商人に渡されたのです」

　マルクトというのは国の外れの酪農地帯だ。

「でも何もしていません。ただ、城に着いたら袋の口を開けて庭に置くようにと」

「いくらもらったのです？」

「さ……三百レフ……」

「何だと⁉」

　メシャム大臣が身を乗り出す。金の価値がわからないリディルはぽかんとしているしかなかった。

「相場はそのくらいですよ、メシャム大臣。その袋の中身はこの部屋にいますね？　キュリ」

キュリは、きゅう、と小さな声で鳴いてリディルの膝から飛び立った。

「私はキュリの目を頼りにこの部屋に来たのです。するとなぜか偶然あなたがたがここで言い争っていた」

飛び立ったキュリは天井付近まで行くと、壁のランプの陰あたりでバサバサと翼を羽ばたかせている。何かを見つけたようだ。

キュリはすぐに何かを咥《くわ》えて机に戻ってきた。

「リディル王妃、キュリを捕らえてください。食べられたら証拠がなくなる」

「あ……うん！」

キュリは何か黒くてビチビチしたものを机の上に押しつけ、引きちぎって食べようとしている。

「駄目だ。待って。キュリ！」

リディルがキュリの羽を押さえている間に、カルカはキュリの爪の下から手のひらほどの蜥《と》蜴《かげ》を摘まみ取り、腰から取り出した麻袋の中に入れて袋の口を縛った。

「――これにて密偵の疑いは、一件落着です」

「ええ⁉」

リディルと大臣、イドの三人は声を揃えて身を乗り出した。

「私も一度はあなたを密偵だと疑いました。約束破りの代償にただ馬鹿正直に殺されに来るなど頭がおかしいですから、密偵の役目でも果たしに来たのかと」

視界の中でイドが震えながら赤くなったり青くなったりしている。当たり前だ。褒められているようなけなされているような、確かに罪を晴らしてくれた恩義はあるけれどあまりにもひどい言い草だ。

「女官に持たされたのはこの蜥蜴です。キュリと同じように目玉の景色を水鏡に写すことができます。メカガミトカゲ。別名《覗き蜥蜴》。ずっとキュリに王城内を探させていたのですが、やっと見つかりました」

カルカは袋を腰に結わえて、リディルの前に膝をつき、恭しくリディルの手を取った。

「長く疑い、誠に申し訳ありませんでした。我が王妃」

「カルカ……」

「まあ、我が国の王妃殿下として、もう少し慎んでいただきたいことはございますが、これからも末永く我が王をお願いいたします」


その顛末《てんまつ》は、翌朝には王に伝わっていた。

「覗《のぞ》き蜥蜴《とかげ》は旨《うま》いと言うからな」

獲物を取り上げられたキュリが、いつまでもきゅるきゅる怒っていたと伝えると、王はそう言って笑った。キュリにはご褒美に干し肉と野ねずみが与えられたそうだ。それでも不機嫌そうにその場で食べずにエサを咥《くわ》えて森に帰っていったというのだから、覗き蜥蜴はよほど旨いに違いない。

窓に下げた白い日よけの布が風で膨らむ。

リディルは上半身裸でベッドに座っている。豊かな金の髪は、左に寄せられ、胸の前に垂れている。ベッドのそばに置いた椅子に医師が座り、その隣に王が立っていた。

「どうだ」

「やはり傷が残りそうですな。ずいぶん傷は深いようで、毒かばい菌のせいかはわかりませんが、傷の底のほうに色素が残ってしまっている」

リディルの背中の傷だ。なかなかはげなかったかさぶただが、端が少し浮いてきたから診察を受けることにした。

痛みはほとんどなく、引き攣《つ》れたとき痛い程度だが、かさぶたの下は赤黒い紫色になっていて、まだ傷跡は痛々しいらしい。

「なんとかならぬか」

「痛みはひにち薬ですが、傷跡は今後どうなるかわかりませぬな。毎日湯に浸《つ》かると傷が白くなるとも言いますが」

「もうほとんど痛まないのです。お見苦しいのですがこのままで」

リディルの答えに王は残念そうな顔をする。

「疲れるだろうが、治癒いたせ。そなたのヒーリングで余の傷も治った。他のことはあとでいいから」

獣《けだもの》の姿から戻るとき、小さな傷は治癒してしまうそうだ。だが残るはずの矢傷もなかったという。リディルのヒーリングが届いたからだろう。傷が新しかったせいもある。

「いいのです。この傷がある間はグシオンに魔力を届けられる」

リディルにとっては『せっかくつけた傷』だ。できるだけ長く残って、グシオンに魔力を届けたい。

ぎし、と音がして、グシオンがベッドに腰かけた。褥《しとね》につかれたリディルの手に手を重ね、リディルの傷に唇を押し当てる。

「もうあんな真似《まね》はやめてくれ」

泣きそうな顔でグシオンは呻《うめ》いた。

「あなたのためなら、何度でも。ないに越したことはありませんが」

正直痛かったし、死ぬかと思った。だがもしも、再びグシオンの命に危機が迫ったら自分はためらいなく刃《やいば》を握るだろう。

グシオンは小さな声で呻いた。

「どうしていいかわからぬのだ。――……人をこんなに好きになったことがなくて」

照れくささく恥ずかしく、胸の奥が甘いもので痛くて俯《うつむ》くことしかできないリディルの背後で、医師が咳《せき》払いをする。

リディルは熱くなる頬をごまかすように、そそくさと服を整えた。王は少しうるさそうに医師を見てから、軽く息をつく。

「そういえば、リディル」

「何でしょう、王よ」

「そなたに実は、見せなければならないものがある」

「……はい」

含みのある予告にリディルは改めて王を見る。

グシオンが医師に視線を送ると、医師はこくりと頷《うなず》いた。

彼は小さな盆をリディルの前に差し出した。盆の上には皿が置かれ、皿の上には白い布がかけられている。

医師が恭しく布を外した。

小さな皿に載せられていたのは、木の実ほどの――大きな緑色の宝石だ。

リディルはあっと息を呑《の》んだ。

瞳の奥にねじ込まれるような鮮烈な記憶。幼い頃の思い出と重なる美しい翡翠《ひすい》色。過去の時間の中に直接手を触れられるほど、生々しい瞳の記憶が蘇《よみがえ》る。二歳の頃、自分はこの石を確かにこの目で見た。

「そなたの傷の中から取りだしたものだ。覚えはあるか」

「これは――……。これは」

間違いない。肖像画の――母の指についていた宝石だ。

「わかりません。――いいえ、わかるのです。これは母が身につけていた宝石です。でもなぜ。これが私の傷の中に？　背中の魔法円の中にこれがあったということですか？」

「ああ。傷口から何かが覗いているからと取り出してみたところ、この宝石が出てきた」

グシオンが目配せをすると、医師が首肯して言った。

「傷に痼《しこ》りができたのもこのせいかと。いくら深い傷跡といえど、魔法医学の発達したエウェストルムがこれほどの傷跡を残してしまうのは考えにくい」

リディルは医師に向かって身を乗り出した。

「これが……魔法円の中に埋め込まれていたということですか？　そのせいで傷が……私の魔法円が回らなかったということですか？　なぜ。なぜそんなことを――」

「リディル」

「私にその宝石をお返しください。それは母のものです。本当です！」

「わかった。リディル。落ち着いてくれ」

　グシオンの腕に縋るリディルに、宝石が渡された。手のひらの宝石を力一杯摑んだ。混乱か、愛《いと》しさか、懐かしさかわからない涙が込み上げてリディルは泣いた。

「何か、訳があるようだ。母君の宝石に、間違いないのか」

「違いありません。しかし、なぜ——なぜ、傷の中から出てきたのかは私にもわかりません……！」

　必死で記憶を搔《か》き回すが、めまぐるしい、切れ切れの木立や落ち葉しか思い出せない。あるいは青空を過《よぎ》った二羽の小鳥か。母の宝石が背中に埋められていた理由など、少しも思い当たらない。

「どうして……母様……」

　呟《つぶや》くと、また涙が溢《あふ》れて、瞬きをするたびいくつも雫《しずく》が切り離された。

「妃《きさき》になにか、落ち着く薬《もの》を」

　医師に命じて、グシオンがリディルを優しく抱き包んだ。

「理由はわかりません。でもこれは間違いなく母の宝石です」

「わかった。何やら事情があるのであろうな」

　母の指輪についていた宝石が、リディルの魔法円に埋められていた。それは間違いなく、あのときに埋められたものだ。盗賊に追われ、大怪我《おおけが》をしたリディルの傷口に、なぜそんなものを埋めたのかわからない。

指輪の宝石は、逃げる途中にどこかで落としたか、盗賊に奪われたのだとリディルは聞いていた。それがなぜ、自分の傷口から出てきたのか。――そういえばなぜ、母は侍女とたった二人で、城を出てあんな森にいたのか、リディルには今もわからないのだった。

宝石の理由を問いただそうにも母はもういない。共にいた侍女も死んでしまった。あとは父王に訊《き》くしかないのだが、それも難しい話だ。母がリディルの傷に宝石を隠す理由があるだろうか。それはもしかして、父王に話さないほうがいいことではないか。

ともあれ母の宝石はリディルの手に返された。

王妃の指を飾るにふさわしい、光の差し込む湖の底を覗いているように色の濃い、最高級の《モル》と呼ばれる種類の石だ。

肖像を見ながら、失われた国宝だと言い聞かされて育った。盗賊に盗られたのだと悔しそうに大臣が言っていた。

「王妃殿下」

部屋を訪ねてきたザキハ大臣が、台に乗せられた黒い小箱を恭しく差し出してきた。

「王からの贈り物です。当面お使いいただきたいとのこと」

黒く堅い木を、花の紋様に見事に彫り抜いた、イル・ジャーナ風の宝石箱だった。あたたかく、とても上品な佇《たたず》まいだ。エウェストルム王妃を悼むにふさわしい品だった。グシオンの気遣いが心に染みる。

「王から、金の台座をつけて、指輪にしてはどうかとの仰《おお》せです。私もお似合いかと思います」

「指輪……」

母の宝石をもう一度この指に——。

そう思うと心が優しさで、きゅっと痛んだ。

「ありがとう。あとで王にお礼に行くが、まずは大臣からよくお礼を伝えてくれ」

中にはすでにベッドのように、白い絹で綿を包んだクッションが用意されている。

リディルは、大切に母の宝石をその中に安置し、一旦蓋を閉めた。

あれから記憶を隅々までひっくり返してみたが、やはり理由はわからないままだ。

誰に訊くのが一番よいだろうか。様子からして手放しで歓迎されない事情があるには違いないから、慎重に尋ねる人間を選ばなければならない。父王か、オライ大臣か、それとも内々にマールやヤツ爺《じい》などの、城に古くから仕えている老人たちに尋ねたほうが事情がわかるだろうか。

——あなたの魔法円は、あなたが本当の愛に出会ったときに再び回り始めるでしょう。

母の手紙は本当になった。

だとしたら、母は一体何を知っていたのだろう。

† † †

たぶん——たぶんであるが。

自分に強く前置きをした上で、リディルは慎重に考えをまとめた。

術式からの推測通り、王の呪印には空白がある。その大きすぎる空白は《品物》でなければ埋められない。

品物は、書、石、宝石、呪具、その他、形のある品物だと考えられ、グシオンに呪いをかけたとき、呪者のそばにあったはずだ。

呪者がいた城に何かそれらしき品物が残っていなかったかと訊いたが、その後城は焼き払われて、のちに踏み荒らされているからわからないとメシャム大臣は答えた。

考えられるとしたら、焼け落ちる前に誰かが抱いて逃げたか、燃え残った城から盗賊などがたまたま見つけて持ち出したかのどちらかだろう。

そしてこれも推測だが、そんなに強い呪いのモトを平然と所持できる者は普通の人間ではない。

フラドカフに新しい大魔法使いが来たという。大魔法使いというのはその居場所を常に注目されるものだ。とはいえ、大魔法使いの消息は大魔法使いしか知らないのが常で、イル・ジャーナの情報網で知る限りでは、一人だけ該当があった。

二年前、セヴラールという超大国の王家が滅亡したとき、行方不明になった大魔法使いがいるという。その大魔法使いが、何らかの成り行きで王の呪いのモトを手に入れ、フラドカフ国内で管理しているとしたらどうだろう。

大魔法使いには、そのモノが、誰に繋《つな》がる何の呪いかを辿《たど》るのは朝飯前だ。自分たちにとっての空白――モノは、この呪いの答えのようなものだ。どのような呪いかも、モノに刻まれた呪いを読み解けば明確にわかる。

イル・ジャーナ王国に対して雌伏の立場を強いられてきたフラドカフに、モノと魔力とグシオン王の呪いの秘密を持って己を売り込む。覗き蜥蜴を放ったのも、その大魔法使いだ。なぜなら覗き蜥蜴は目がよすぎるから、腕のいい魔法使いがつくった魔法の罠《わな》にしかかからない。

――それが現在の状況にいちばん当てはまる推測だ。

モノはフラドカフ城内か、その近辺にある大魔法使いの住み処《か》にある――。

指輪に仕上がった宝石は、リディルの左手の人差し指に戻ってきた。

グシオンがつけているものほど太くない、しっかりした純金の台座に、翡翠色の石が埋め込まれている。

元々魔力があると言われている石だ。リディルの心の支えに、そして傷が治癒するまでのわずかな間だけでも、グシオンに最大の力を届けたい。指輪はきっとその助けになるだろう。

指輪を左手で包み、リディルはしっかりと顔を上げた。

リディルの推測を、王や大臣に聞いてもらおう。

「……よし」

リディルは決心して立ち上がった。

もしこの推測が正しければ、王はフラドカフに命を握られているも同然だ。向こうが第二の月を自由に操れるとしたら、王にとっての満月の危機は何倍にも跳ね上がる。把握しておかなければまた満月を早められて同じ罠にかかるのだ。あるいは自由に操れる満月に合わせて城を襲われれば、常に王抜きで戦《いくさ》を戦わなければならなくなり、苦戦を強いられる。

できることならフラドカフの大魔法使いを追い出し、リディルの推測が正しいなら、多分その大魔法使いが持っているだろうモノを破壊したい。手段は思いつけないが伝えておくべきだ。

話を聞いた王は、衆議にかけてみようと言った。リディルも衆議の部屋にいさせてもらうことにした。

衆議でもやはり、王の秘密が握られているのは明確であり、対応をすべきだという結論が出た。

　フラドカフとの話し合いは十分すぎるほど重ねられ、譲歩の提案はギリギリまでしてきた。その上で、フラドカフが呪いの秘密と大魔法使いの力を笠《かさ》に着て、イル・ジャーナを攻撃してくるというなら先手を打つことも考えなければならない。

「――だが、なるべくなら収穫の時期に、大きな戦を起こしたくはない」

　王の願いはもっともだ。

「攻め込まねばこちらの地が焼かれる。だがあちらの国土も農民が生きている土地だ。今、戦を起こすことだけは避けたい」

　森の実が落ちれば川の魚を食べればいいという、エウェストルムのような豊かさがない。ましてやフラドカフはここよりさらに厳しい北の国だ。今、収穫できなければ向こう一年飢えることになる。

　メシャム大臣が渋い顔をした。

「しかし、相手に満月が操れる以上、防御しようにも毎日となるとこちらの消耗が増すばかりです。それに満月を狙って攻め込まれたとき、王無しの兵だけで持ちこたえられるかどうか」

　他の大臣から意見が出る。

「リリルタメルから兵を募ってはどうか。あそこはうちに守られるばかりで、戦などこの世に存在しないと思っている」

「いいや、リリルタメルの兵を連れ出しても兵糧を食うばかりで役に立つものか」

あれこれと言い合うが、あまりよい案は出ない。

王が言った。

「フラドカフが使った戦法はどうだ？　兵をバラバラに侵入させ、王城の前で集結させる。これなら両国とも畑を踏み荒らさずにすむ」

「なるほど、そうですな。フラドカフに潜入して王城の喉元に刃を突きつけるわけですか」

「それでは早速用意をいたしましょう。雑兵から少しずつ送り出すのでかまいませんかな？　敵の目を欺くとなると、全兵を送り出すのに、少なくとも十日ほどの日数がかかりましょうや」

「荷車や馬はどうなる」

「東の山から越えさせるしかないでしょう。象を使って道を切り開きますか」

「そんなことをしていたら、何日かかるかわからん」

ヴィハーンが天を仰ぐ。

カルカが淡々と発言の内容を記録している。王も潜入経路を考えているのか、思案げな顔だ。

そこに、一人の兵が飛び込んできた。

「申し上げます。密偵からの連絡で、フラドカフに戦の準備が見えるそうです」

「今頃？　まだ満月は遠いというのに」

「はい。間違いなく出兵準備で、出陣先は我が国以外に考えられないと思われます。斥候の姿を見た者もおります！」

リディルはベールの中から、王に向かってうなずいた。

相手には満月を操る力がある。通常の月のめぐりは当てにならない。

王が静かに命じた。

「今すぐ兵を出せ。先ほど述べた順番でだ。十日かかるところを二日で済ませよ、荷車は準備できたほど出発させよ」

「わかりました」

ガタガタと、大臣たちが席を立ってゆく。

「王……」

王は厳しい顔だ。苦渋の判断なのだろう。イル・ジャーナの土を焼くわけにはいかないが、収穫前のフラドカフも、可能な限り踏み荒らしたくはない。

初めの兵は、命令からしばらくもしないうちに出たそうだ。

国境付近まで馬で走り、森などに紛れながら後続を待つ。武器もそのときに分散して運んでいる。

ヴィハーンはすでに出陣した。王は最後に、満月の様子を見ながら駆けつけることになっている。

「やはり戦をするつもりのようです。フラドカフの先陣が、先ほど出立しているとのこと」

「どこかですれ違うかもしれないな」

偵察兵の報告に、王が苦笑いをする。実際すれ違ったら敵兵はどんな顔をするだろう。すでに、静かに戦争は始まっている。

守備のために三分の一の兵を残して出発させた。彼らも後を追ってくるし、多分、フラドカフの王城が攻撃されれば敵は引き返す。

「月のめぐりはよく読んでくれ。どのくらいまで早く進められるものだろうか、リディル？」

「大魔法使いの力量次第としか。我が姉なら第三の月でも生み出しかねない」

リディルの計算では、姉皇妃の魔力だけで第三の月はつくれると思う。相手の魔法使いの名も、力量もわからないのでは何も予想できない。

「それはいい。余は小姑《こじゅうとめ》殿に頭が上がらぬというわけか」

「実際のところ、満月まであと七日あるはずです。明日出発しても、向こうで三日間過ごせる計算になります」

王が率いる軍なら、フラドカフを三日間あれば勝勢に持っていけるはずだ。最初に大きく叩《たた》いておけば、王無しでもイル・ジャーナ軍は辛抱強く戦える。

「わかった。余が出てある程度勝負をつけてこよう、用心して早めに引くことも考えて」

「はい。私も連れていってください」

「リディルを？」

「この戦は、敵味方の民衆の暮らしを荒らさずに、敵国の軍隊を止めることが目的なのでしょう？　ならばできるだけ少ない人数で――王を中心とした少ない軍隊で、相手の動きを止めることが肝心です。ならば、王の攻撃力は高いに越したことがない」

リディルは、はっきりと王を見上げた。

「私を連れていってください。今なら――今なら魔法円が回る。七割――いや半分にしか満たないかもしれないけれど、少しはあなたに力を届けられるはずだ」

王は困った顔をした。

「王妃を戦場に連れていった王など聞いたこともない」

「男の王妃も聞いたことがない？」

期待外れを全部利用するのだ。男だから戦に出られる。限られた時間だが魔法円も回せる。

「リディル」

「大丈夫。傷は塞がったし、久しぶりに馬にも乗りたい」

訴えると、王は小さく息をついた。宝石の指輪がついた手を握り、身体《からだ》をかがめて大切なものにするように目を閉じ、リディルの額に額を押し当てた。

「わかった。やってみよう。そなたのことは、必ず余が守る。必ずそばにいよ。そして――満月が昇ったときは、余の姿を見ないで逃げてくれ」

――今日も駄目かもしれない――。

遠目に見える敵の城を見ながら、リディルは軽い絶望を覚える。ここに来てから早二日、フラドカフ城の門を突破できない。

出発の直前、王が一計を案じた。囮《おとり》部隊を城の脇から放てば守りが分散しないだろうか。目論見《もくろみ》は当たり、フラドカフ軍の半分近くが迎撃のために山のほうへ向かい、帰ってこようとする部隊を谷に追い込んだままイル・ジャーナ軍の別働隊が押しとどめている。

兵が手薄な内に戦を決定的にしておきたい。

イル・ジャーナ軍は士気も高く健闘しているが、脇道のない山城《やまじろ》では、思うようにならない。

「リディルさま、こちらへ！」

リディルは軍隊の、中央よりやや後方で、イドに守られながら先頭にいるグシオンに魔力を送り続けている。

――いちばん軽くて速い馬をお選びしました。伝令王妃殿下。

馬番の男と笑い合って受け取った白馬は、なるほど軽やかにすばやく走り回る小回りの利く馬だった。

「――あッ……！」

また身体からギュウッと何かが吸い取られる感じがして、リディルは思わず馬の首にしがみついた。背中が熱い。背中の紋を通して、力がどこかに繋がっているのがわかる。

直後に、青空から稲妻が降り、隊の最先端のさらに向こうで爆音がしている。

どうどうと地面が揺れる。その轟音《ごうおん》に揺られて気が遠のきそうだ。目をつぶらなければ耐えられない。

「リディル様！」

「大丈夫だ。もう少し前に、移動しよう」

リディルが討たれては王に魔力の供給ができなくなる。魔力とともに吸い上げられる体力を温存しながら、逃げ回るのがリディルの役目だ。背骨ごと魂が抜き取られそうな、魔法円が回る感覚にも大分慣れた。

イル・ジャーナ国の軍隊は開戦当初からかなり押しており、もうフラドカフ城の足元まで届いているのだが、そこがなかなか破れない。

軍勢の前では圧倒的な威力を発揮する王の雷《いかずち》だが、城の周辺は大魔法使いの守護が張り巡らされ、雷が直撃した部分にしか威力が届かない。地形が悪い。城の周りは山道で、城を取り囲むこともできず、互いに少しずつしか当たれないから戦力差が戦況に現れない。

「――リディル様！」

隊の前のほうから馬で駆け戻ってきたのはカルカだ。王とヴィハーン、隊長、リディルの間を駆け回って状況を伝えてくれる。

「前方はどうだ、カルカ」

「だいぶん押していますが、突破にはまだ時間がかかりそうです。リディル王妃のお身体はどうですか？　王が心配しています」

「大丈夫。まだやれる」

魔力を断続的に吸い上げられるのがきついが、やはり傷が治りかけているせいで五割程度の力しか出ない。だがおかげであと少しなら持ちそうだ。

「わかりました。王にそうお伝えします。しかし、王妃は徐々にお下がりくださいとのことです」

「下がる？　押しているのに？」

「ええ。これ以上前に進むと退路がなくなります。もしも、この先急に満月になった場合、逃げるのが困難になるでしょう」

言われて空を振り仰ぐ。

天体の月の満月は今日だ。だが第二の次の満月まであと三日ある。今夜の月が昇るまでに決着が付かなければ王は一度撤退する。残りの兵で攻められるくらいに崩そうと、今この時間、躍起になっているのだ。

細い道を攻め上がって城の周りに固まっている状態だ。今、ここでグシオンの呪いが発動してしまったら、味方の兵は散ることができない。グシオンの手によって惨殺されてしまう。

「兵たちを先に逃がしてくれ。私はできるだけ長く王に魔力を届けたいし、むしろ私ひとりなら馬で走って逃げられる」

やはり五割の力では、離れてしまうと届かない。できるだけ王の近くにとどまったほうがいい。

「私もそうしていただきたいですが、王のご命令です」

彼が思慮深く、慎重な人なのはわかっている。自らも満月より一日早く撤退し、その上で先にリディルを逃すという。

「今日の日が落ちるまで。頼む、カルカ」

「しかし」

馬の手綱を引きながらふと空を見上げたとき、木立の隙間にリディルは信じられないものを見た。

「カルカ……」

説明しようとした途中で、唇が開きっぱなしになってしまう。

木立の低いところに白い光が見える。

――あれは、第二の月だ。

「カルカ！」

カルカは命じるまでもなく、グシオンに向かって駆け出した。

これは罠だ。こんな敵国深く、出口が極端に細い、密集した場所でグシオンが獣になってしまったら、彼のまわりの兵は逃げ場がない。

「イド、そなたは逃げよ」

「いいえ、リディル様がここを離れるまで、私もここにおります」

「しかし」

「王のご命令です。そして従者のたった一つの願いです！」

細められたイドの目は、兵を掻き分け、王のもとにまっすぐ向かったカルカの背に向けられている。

「あなたは行くと仰るけれど、身体ももう疲れているはずです。本物の王妃なら一日足らずで倒れてしまう。それをあなたは二日以上も、王に魔力を供給し続けているのです」

「大丈夫だ、イド。私の魔力はささやかだけれど、それでも王の力になれるなら――」

「それが撤退の足かせになっているかもしれませんよ？」

「……イド……」

「突破できるほどでもない魔力に期待してしまって、撤退の判断ができない。これでは軍はこここにとどまり、消耗して追い打ちをかけられるだけです。中途半端な希望は毒でしかありません。王のためにも、ここはあなたは下がるべきです。そうすれば王も早く諦められる」

「でも、あそこにグシオンを残したままでは、彼が危険だ！」

「二人死ぬのと一人死ぬののどちらがいいかなど、あなただっておわかりでしょう⁉　だからカルカ殿は戻ったのです！」

王はもう逃げられない。そのそばにいてリディルまで死んでしまうくらいなら、リディルは逃げるべきだとイドは言う。どうせ、魔力と言ってもたいしたことはないのだから。そのせいでグシオンに無駄な希望を抱かせてしまっているかもしれないのだから。

「お願いです。考えてください。あなたが行っても役に立ちません。行けば必ず死にます。戻るべきです！」

言い返そうと口を開くけれど、何も言葉が出ない。イドの言うことはあきらかな現実だ。否定する言葉が探せない。最後までグシオンのそばにいたいと願っても、それが王の判断を誤らせているとしたら――。

「なぜ……なぜ、私は」

こんなときまで厄災にしかならないのだろう。

リディルは、襟に手を差し込み、背中の傷に触れた。

もう一度傷が開けばいい。魔法円さえ回れば決してグシオンを傷つけさせたりしない。彼の呪いだって解けるかもしれないのに――。

「……っ……！」

悔しさに任せて、まだ皮膚に食い込んだままのかさぶたにリディルは爪を押し込んだ。

「リディル様」

指先が温かく濡《ぬ》れるのがわかる。いっそこのまま傷が裂ければいいのに――！

そう思いながら爪を更に傷の奥まで押し込もうとしたとき、目の前がさっと白くなった。

「――……？」

陽でも差したかとリディルは驚いて顔を上げるが、周りは太陽どころではない、強烈な光で照らされているように真っ白で眩《まぶ》しく、森も山道もなく、――イドも兵もいない。荒々しい軍馬や雄々しい叫び声も聞こえない。

いつの間にか馬からも下りていて、馬自体も消えて、リディルは真っ白な世界に立ち尽くしていた。

微《かす》かな水音がする。

足元に美しい川が流れていた。

川は浅く、透明で、水面《みなも》に無数の花が流れている。

桃色、黄色、赤い花。大ぶりな花、戯れるように渦を巻き、入れ違いながら流れてゆく白い小さな花。

どこから流れてきたのだろう。この花はどこへ行くのだろう。

私は王のところへ行かなければならないのに。

そう思いながら川の上流を目で追った。不思議なことに花々は、川の上流に向かって流れているのだった。

リディルはその川にそっと踏み込んでみた。エウェストルムの小川のような澄み切った清水で、とても冷たい。でも浸《つ》かっているところが温かい。

時間を遡るように、だが戸惑うほどに自然に、花が流れてゆく。

その先に、先ほどはなかった扉がひとつ、立っていた。

硬く締まった木の扉だ。周りに壁はなく、唐突に光の世界に立っている。花々はその足元に流れ込んで吸い込まれている。

リディルは引かれるように、川の中を歩いてその扉に近づいた。ちゃぷちゃぷとくるぶしまで水に浸して歩いてゆく。根気よく歩くと、なんとか遠くにある扉に辿り着いた。

リディルの二倍ほども高さのある扉だ。

扉には取っ手もなく、ただ誘いかけるようにそこにある。

リディルは扉に手を伸ばした。くるぶしに花が触れて流れてゆく。

扉に手のひらを当て、ぐっと押してみる。扉は重く、リディルは体重をかけ、足に力を込めてその扉を押す。

扉が少しだけ開くと、中からもっと激しい光が漏れた。それに目を細めながら更に全身の力で扉を押し開ける。少ししか開いていないのに、かあっと白い光が漏れて、眩しすぎて目が開けられなかった。もっと大きく押し開けようとしたとき、背中に燃えるような熱が走った。この光が紋を駆け抜け、魔力が噴き出すような感覚がある。

これは何？　何かが見えそうだ。光に目が慣れればきっと――。この向こうに何かがある。何かが――。

「――リディル様！　リディル様ッ！」

不意にイドの絶叫が聞こえて、はっと目を開いたときには、馬の後頭部が目の前にあった。

「どうなさったのです。やはりご無理になっているのです！」

「今……私は……？」

「一瞬馬の上に伏せってしまうご様子でした。こんなところで落馬したら大怪我をしても手当てができませんよ⁉」

「一瞬……？」

「ええ、ふっと眠るように俯かれて。私が握り止めたからよかったものの」

イドの声を聞きながら周りを見回してみるが、身のまわりは先ほどと同じ森の壁と、土埃《つちぼこり》の立った山道で、あの光の世界も、花が流れる川も、扉もどこにもない。つま先にはまだ水の感触が残っているのに靴は少しも濡れていない。

背中だけが疼《うず》くほどに熱かった。

何だったのだろう。こんなところで夢を見てしまうほどに身体が疲れているのだろうか。指先が血で濡れている。爪の隙間を赤く満たしている。

「駄目だ。私は……王のところへ――」

「リディル様！」

「私の魔力が戦に使えないなら、王を逃がすために使う」

魔力は少なくても王を逃がす雷くらい呼び寄せられるはずだ。自分はどうなってもいい。グシオンに魔力の最後の一滴まで絞り尽くして与えたい。

「いけません！　リディル様！」

イドの叫びを聞きながら、リディルは馬を前に向かって走らせた。

しっかりしなければならない。

もし、呪いが発動したら、王を連れ戻せない。獣になったグシオンは、己の兵を掴み、引き裂き、踏みしだいて、敵国の矢に撃たれ、敵国の縄で縛られてまさに獣のように無残に首を打たれてしまう。

魔力がほしい。王の呪いが解ける、王を助けられるほどの魔力が。

馬を走らせると遠くにカルカの背中が見えてきた。

「王！　グシオン王よ！」

グシオンの居場所はすぐにわかった。カルカが彼の腕を引いている。

「グシオン！」

馬でそばに駆け寄ると、グシオンは驚いた顔をした。

「カルカから聞いておらぬのか？」

「聞いております。でも状況が変わりました。まだ間に合います。退路を開きましょう。せめて王が逃げられる場所まで」

呪いの発動に間に合わなくても、せめて王を荷車に乗せられる広場まで。王の身体を相手に取られさえしなければ、獣の身体になっても王城の地下で戻れるが、捕らえられ、首を打たれたらそこで終わりだ。

「まだ魔力もさしあげられます。残りの雷は逃げるために使いましょう」

「いいや、もう間に合わない」

王は月を背に、リディルを見て首を振った。

リディルにもわかっている。カルカが王を引かせるための兵をさらに前に送るよう指示しているはずだが——その前に満月が昇る。

「諦めては駄目です！　なんとか、なんとかグシオンだけでも——」

グシオンは、リディルの頬に手を伸べ、静かに唇を吸った。

「……そなただけでも逃げよ。これから退避の命令を出す。そうなればそなたの馬では逃げ切れない」

兵を下げさせ、獣になったグシオンは、意識が続く限りここで暴れて捕らえられるつもりだ。

「気をつけて帰れ。エウェストルム国王に伝えてくれ。そなたを寄越してくれたおかげで余は幸せだった」

「いやです」

「リディル。――愛している」

王は黒い瞳を細めて、リディルの頬を親指で拭うと、馬を返し兵を分けるように奥へ進んでいった。

「嫌だ……。グシオン！」

馬上から手を伸ばしたリディルの目の前に、ヴィハーンが割り込んだ。大きな馬に乗って武装した彼は、ほとんど壁のようだった。

「いけません、リディル様。我々が王のお供をいたしますので。お引き返しください」

「通してください！」

「王が――王子が命を懸けて誇りを守る。あなたにはそれがよくおわかりのはずだ」

そう言い残してヴィハーンは馬を返した。周りに待避するよう命じながら、王のあとを追って戦闘の最奥に向かって駆けてゆく。死に場所を得た戦士の顔だった。尊い王の死の場面を穢《けが》すなと言っているようでもあった。

「行きましょう、リディル様。この馬では、軍馬の群れに巻き込まれたら潰されてしまいます」

呆然《ぼうぜん》と見送るリディルの馬を促すイドに従って、兵士の流れを遡る。

「嫌だ。イド、何か。――何か方法はないだろうか！」

本当に自分には何もできないのか。

そう思ったとき、森へと下がる緩やかな斜面を見つけた。

「――……」

森の果ては、城の城壁の脇あたりと繋がっている。


山の斜面にそびえる長い塀。その奥にある小ぶりな城。

リディルはこのような城を知っている。

一度しか見たことがない城の景色に取り憑《つ》かれ、エウェストルム城の最奥で城を研究している二番目の姉に、耳がもげそうなくらい山城の定石を聞かされた。

「こっちだ。イド」

リディルは森に続く斜面を、馬に降りさせていた。足踏みして馬が嫌がるのを宥《なだ》めながら慎重に降りてゆく。

「違います。そちらは森です。来た道を戻るのです」

「いいや、こちらには必ず排水のための溝がある」

「……何ですって？」

「そこは必ず、城内のいちばん低い場所に繋がっている。そこから上に登れるはずだ」

「何を仰ってるんです？」

「十中八、九、この城の中に、王の呪いの元となっているモノがある。それを壊せば、王を助けられる」

「え……ええ？」

「ほら、あちらのほうが低くなっている！　やはりあっちだ。あそこから入れそうだ」

「敵の城の中に入るつもりですか⁉」

「そうだ。本隊が門の前で戦っているのだから、誰が脇から入ると思うだろうか？」

「誰も思いませんよ、って本気なんですか⁉」

「本気だ。これしかない。もし大魔法使いが別の場所にいたら無駄になるかもしれないけど」

戦の間、城のまわりに大魔法使いの住み処になりそうな場所を探させたが見つからなかった。大魔法使いはきっとフラドカフ城内にいる。呪いのモノを所持し、城の中から第二の月を操っているはずだ。


森の斜面を下り、崖下で馬を下りた。案の定、排水用の、大きな岩だけで組まれた塀から水が染み出ている。その排水溝が潰れないよう、その部分だけ上に載っている塀が低い。

「ほら、登れそうだ！」

「登りたくありません」

「お前に登れとは言っていないよ。さらば、かもしれない、イド。達者で暮らせ。グシオンや父王に会うことがあったらよろしく」

「行きますよ！　ここまできてあなたを放り出すわけなどないでしょう!?」

水が出ている辺りは、石が頑丈に積まれている。杭《くい》になる木も打ち込まれているから登りやすかった。

「これが……大人数で登ると——、いっぺんに崩れ落ちる仕組みなんだけどね」

そう言いながらリディルは頭上に突き出た石に手を伸ばした。

姉の受け売りだ。頑丈に支えてあるが、ある程度以上の力がかかると一気に雪崩《なだ》れる。襲撃を避けるための仕組みだ。

「お、大人数って何人ですか！」

「三人以上だと思う」

慎重に塀をよじ登り、下から登ってくるイドより先に、リディルは低くなっている塀に手をかけた。

塀から顔を出して、息を詰めて中を覗くが人の姿はない。リディルは塀の内側に降り、目の前の建物の陰に身を潜めた。すぐにイドが隣に来る。

城塞の前庭のほうでは兵が走り回っているが、裏手は山で、人がいない。堅牢《けんろう》ではあるが緻密さはない城だ。造りはかなり古い。

リディルは空へと伸びる建物を見渡した。

あそこが宮殿、向こうが神殿、こちらは客人が訪れるところ、奥は城に仕える者たちが住むところ――。

「うん、大丈夫だ」

「何がですか！」

リディルは裏手に向かって駆け出した。

この広い城中を走って探すのは不可能だ。だが、他国から来た大魔法使いは客人の扱いだろうし、魔法使いが住む場所というのはだいたい決まっている。

「わ――!?」

急に身体からぐっと力が吸い上げられて、ガクン、と、リディルは膝をついた。

「リディル様！」

イドが立ち上まったと同時に、ガリガリと空が裂け、雷が落ちる。

「大丈夫……。王がまだ、私の魔力を使っているんだ」

すぐに立って建物の裏手に駆け込む。

「お身体は⁉」

「大丈夫だ。なんとなくだが、さっきよりいい」

魔法円は熱いし、傷も痛い。だが身体はよく動く。王に流す魔力も強くなっているような気がする。落ちてくる雷《いかずち》も大きい。

「届かないな。手を貸してくれ、イド」

「嫌です」

「ここでぼんやりしていてもしかたがないだろう」

説得すると、イドが手を組んで目の前に差し出してくれる。

それに足をかけ、放り投げられる勢いで二階の手すりに飛びつく。

「まったく、王妃の仕業とは思えません」

「私は……」

「王子でも駄目です。お行儀が悪すぎる」

そう言いながらも、イドは自分が垂らした腰紐《こしひも》を使って壁を登ってくる。

「魔法使いはこの裏手にいるはずだ。呪いの品を持っているなら多分、間違いない」

魔法使いは東を好む。呪いの品を城の中心に置くと、城全体に瘴気《しょうき》が行き渡るから、風通しのいい、東の端の部屋を選ぶはずだ。

「いなかったらどうするのです！」

「終わりだよ。私は殺され、王は捕らえられる」

「そんなことになったら大変じゃないですか！」

「だから祈っ――ッあ！」

またた。思わず壁にすがりついて魔力が抜き取られる衝撃を耐える。直後に落雷だ。

音は遠ざかっていない。――王は逃げていない。

絶望を振り払ってリディルは立ち上がった。

もし間違っていたら。リディルもイドも、王も死ぬ。

――モトさえ、壊せれば――！

あれだけ広い空白だ。そこに嵌《は》まっているものさえ壊せば、呪いの紋様自体が成り立たなくなる。

ふと、その紋様が見える気がした。一瞬脳裏を過《よぎ》った図案を追おうとしてみるが、白く光ってかき消されてしまった。

扉の幻を見てからどうにもおかしい。だが今はそれを追求している暇がない。

モトは、見ればわかるだろう。布や箱に隠されていたって、計算式は頭の中に入っている。

それに合致するかどうか、感じ取る魔力くらい、自分にもあるはずだ。

王の雷はまだ、轟音の尾を引いている。

地が揺れ、叫び声が上がる。

どこかで火も上がっているらしく、城からどんどん人が出てゆく。

「こっちだ、イド」

建物は几帳面《きちょうめん》な様式に沿ってよくつくってあって、ほとんど迷わずに部屋に辿り着けそうだ。

回廊を曲がったとき、人影がよぎった。

「おい。こんなところで何をしている？　その服は？」

王子とも王妃ともつかない格好だ。頑なにイル・ジャーナの服を着ようとしないイドは、イル・ジャーナの兵にもここの兵にも見えない。

「止まれ！　おい！」

「まかり通る！」

リディルは剣を抜いた。相手は二人だ。一人は剣を持っていない。

剣を弾《はじ》いて走り抜けようとしたとき、また背骨が引き抜かれるような感覚が襲ってきた。

「あ――――！」

まずい。剣を上げられない――。

前にのめったリディルの頭上に相手の剣がある。終わりか、と思ったとき、ギン！　と鈍い音がした。

「リディル様、こちらへ」

リディルの腕を掴んで走り抜けるのはイドだ。

「ありがとう。そういえば、お前の腕がいいのを忘れていた」

「私は一応文官です。剣の腕などよくなりたくありません！　昔からずっとずっと、あなたのおもりばかりしてきたから！」

「やっぱりカルカに似てる」

「何ですって⁉」

「何でもない」

そう言って渡り廊下にさしかかったとき、今度は三人の兵に見つかった。

「おい。——おい、侵入者だ！　誰か！」

今度は明確にバレてしまったようだ。

「こっち！」

リディルは横に伸びる廊下に駆け込んだ。走りながらイドが訴える。

「やはり無茶なのです。逃げましょう！」

「いいや、逃げない」

リディルの城の想像図は外れていない。あの角を曲がれば、大魔法使いのすぐそばの部屋に出るはずだ。

　リディルは回廊に干されていた椅子を飛び越し、奥へと急ぐ。

「ここに来たときに無くしたはずの命だ。たとえ駄目でも、死ぬまで諦めない」

　王の命も、自分の命も。もしも途中で殺されてもしかたがないなと笑える身になったのだから、最後の一瞬まで、精いっぱい力を尽くすのに迷いはない。

　イドは本当に嫌そうな顔で、一度鞘に収めた剣を抜いた。

「……とてもイライラします」

「イド」

「どうせ止めても無駄なのでしょう？」

　うんと頷こうとしたリディルに、イドは唸《うな》る。

「城を抜け出したときも、草原で馬を逃がしてしまったときも、森でオオバクヤーと戦ったときも、市場に行ったときも、私は何度も止めました。でもあなたは一度も私の言うことを聞いたことがない！」

「……ごめん」

　苦労をかけた自覚はある。イドはさらに苦く顔を歪《ゆが》めた。

「背中の傷のことも知っています。あなたは傷が残ることを喜んでいる。傷がある間は不完全とはいえ、魔法円が回せる」

「イドに嘘《うそ》はつけないね」

「想像もできませんでした。あなたがこれほどまでに王を想《おも》い、イル・ジャーナのために働くなんて」

「お前は逃げなさい。今ならまだ隊に合流できる」

王がどうなるかわからないが、王は隊を逃がそうとするだろう。まだ合流できる。合流できればイドはきっと助かる。

「――今更です」

イドはそう言って、立ち止まり、背後を振り返った。

「イド！」

「お行きなさい。主《あるじ》の宝は従者の宝。ましてや主に仇《あだ》なす者には容赦はしない！」

先ほどの男たちがまっすぐこちらに走ってくる。

「イド――頼む！」

――イドは強いよ？　文官になるのは惜しいから私から武官に推薦したのに、どうしてもリディル様を守るのだと言ってね。

エウェストルム城でいちばん腕の立つ剣士が言っていた。

イドを信じて、リディルは走る。

絶対にこっちだ。廊下もそのようになっている。

そう思ったとき、ふっと、木のような香りが漂ってきた。魔法使いが使う香だ。乾いた香木に油を垂らして火で炙《あぶ》った、悪い魂《ラウフ》が嫌がるにおいと、魔力を強める香りだ。

においを辿ると、また兵士がいた。

「そっちに行ったぞ！　間諜《かんちょう》だ！　捕らえろ！」

廊下を曲がると敵兵と真正面から向き合った。

「貴様、どこの国の者だ！　侵入者め！」

問われてリディルは、マントを脱ぎ捨てた。肩に金髪が躍る。大きく息を吸う。

剣を抜いて鋭く叫んだ。

「余はイル・ジャーナ国王妃である！」

あっけにとられているところにリディルは斬りかかった。

頼むから今、雷を呼んでくれるなと願いつつ、兵の間をすり抜ける。

大魔法使いの部屋はすぐそこだ。

第二の月を動かす魔法を使っていたため、部屋が開けっぱなしになっている。

リディルは剣を構えて飛び込んだ。

そこには騒ぎを聞きつけて逃げだそうとしている男がいた。

机の上の図表や、周りに置かれた薬を見ると、間違いない、この男が第二の月を動かしている大魔法使いだ。

「呪いのモトを持っているな？　渡してくれ！」

老齢の魔法使いらしき男が、そばにあった杖《つえ》と、箱を抱えて立ち上がった。

紫色の異国の服に身を固めた男は、袖を翻してリディルを睨んだ。

「余を、大魔法使いリズワンガレスと知ってのことか！」

男は唾を飛ばして叫ぶけれど、リディルは動じない。

「いいえ、大魔法使いの名は、我が姉、ロシェレディア大魔法使いの名しか知らない」

「お……お前は、お前も確かに魔法の気配がするが……、まさかあのロシェレディアの弟か」

聞くところによると、姉は大魔法使いの中でもかなり有名なのだそうだ。

「ああ」

「ロシェレディアの弟が大魔法使いだとは聞いたことがない」

「大魔法使い？　何かを勘違いしておられる」

「いいや、貴様は扉を開けた者だ。余にはわかる！」

——扉——奇妙な符合に心当たりはあるが、それが何を意味するのかわからない。

リディルは剣を手に、静かに彼に近寄った。

「私は姉のように魔力は強くないが——大魔法使いが直接人に向かって攻撃魔法を使えないことと、必ずしも剣技に優れているわけではないことを知っている」

魔法使いは、伴侶があってこそ魔法使いとして生きられる。伴侶を持たない魔法使いは、こうしていたずらに月を動かし、呪いの品を管理して、権力者を脅すしかないのだ。それがたとえ、大魔法使いであっても――。

「モノを置いて逃げよ。追いはしない」

リディルが促すと、男はリディルの顔を窺《うかが》いながら、足元に箱を置き、後ずさった。

「せっかくの呪具だが割に合わぬわ！　しょぼくれたフラドカフのために大魔法使いとやり合うなどと！」

男は捨て台詞《ぜりふ》を吐いて、部屋の裏口から外に逃げ出した。追いかけてきた兵たちが口々に「リズワンガレス様！」と叫んで彼を追っていく。

リディルは置かれた箱に飛びついた。

「な、ん――!?」

開ける前から肌が爛《ただ》れそうにビリビリとし、たまらない腐臭と邪気がする。

リディルは息を止め、蓋を開けた箱を机の上に斜めに傾けた。ごろり、と生乾きのモノが転がり出る音がする。

思わず口元を覆った。息を呑むほど禍々《まがまが》しい――。

子どもの頭くらいの、指の塊だった。何百本あるのだろう。根元から切られた大きさのバラバラの指が、明らかに絡め合うために無造作に不自然な方向に折られている。男の指、女の指、子どもの、老人の、幼児の。大小様々な指が、隙間なく固められ、樹液で覆われている。爪の鮮やかなもの、白骨化したものも交じっていて、到底素手で触れるものではない。獣に食わせた人の指なのだろう。これが強力な触媒となって王を呪っている。

その瞬間。リディルは《答え》を見た。

目の裏側であの扉が開くのが見える――。

はっとリディルは我に返った。また幻だ。こんなときに――!

リディルは剣を横に構え、その横を指先で清めるように撫でた。剣にあの緑色の、癒やしの光が纏《まと》いつく。

「ルダの守護を纏いし清浄なる剣をもて、バルドルの暗黒と今世の糸を絶つ。悪しき縁《えにし》を解きたまえ――!」

魔法使いを守る聖言を唱えながら、振りかぶった剣を真下に打ち下ろす。

呪いのモノは真っ二つに割れ、机の上で左右に転がった。

絡まった指の塊は二つに分かれ、紫色の煙と悪臭を放ちながら、しゅうしゅうと音を立てて溶けはじめた。

「リディル様! リ――ッ、う、え!」

そこに飛び込んできたイドが、部屋に立ちこめた臭気にこの世の終わりのような顔をして咳《せ》き込む。

「モノを壊した。逃げよう!」

肘の内側で、口元を覆っていたリディルは、イドの背中を押して部屋を飛び出した。

王は——グシオンはどうなっているだろうか。第二の月は止められただろうか、それともこのまま昇ってしまうのか。

イドに連れられ部屋を飛び出したとき、——あの遠吠えが聞こえた。

リディルは呆然と、戦闘が続いている城門のほうを見た。

間に合わなかったのか。やはり王は逃げていなかったのか——。

「王のところに戻ろう！」

イドの剣に守られながら、元来た回廊を戻ろうとしたが、兵が増えてきて塞がれそうだ。

「こっち！」

頭の中に図面を画きながら、ここを塞がれたらこっち、あっちを塞がれたらこっちと、考えながら逃げ回るが、この城をよく知っている自分以上に彼らは城を知っている。

「こっちだ、イド！」

ここを抜ければ正面玄関に降りる廊下に出るはず。

そう思って角を曲がってリディルは急に立ち止まった。

扉がある。大きな錠前がかかっている。

「こっちは駄目だ、イドはそこをまっすぐに走れ！」

自分を捨てて逃げろと言う間もなく、回廊の入り口でイドは敵兵の剣を受けている。リディルもそこに飛び込む。

「おい、侵入者だ！　こっちだ！」

「捕まえろ！」

人がどんどん集まってくる。

「リディル、さま――！」

頭上で剣を受けながら、イドがこちらを見た。

「ここを守ります。あなたは、柱を伝って下へ！　降りられるはずです」

「イド！」

「早く！」

彼を置いてゆくことはできない。

どこか逃げ場がないか――！

高楼から辺りを見回したとき、リディルは大きく息を呑んだ。

イル・ジャーナ軍の背後からやってくる軍勢がある。

旗印は赤――フラドカフ軍だ！

陽動で引き離した部隊が戻ってきたのか。だとしたら、イル・ジャーナは背後から討たれて挟み撃ちだ。

王に知らせなければ――呪いが発動しているかもしれない王に――？

「⁉」

そのとき、身体からぎゅう、と魔力が吸い上げられた。

――王だ！

「あ。――あ⁉」

今までとは比べものにならないくらい、魂が引き剝がされそうな力が吸い取られて、リディルはがくりと、手すりに倒れ込んだ。身体が重い。足が――だが応えられる。王が近い。魔法円に力が走る。

「リディル様！」

イドがこちらを振り返った瞬間、世界が白く染まった。

光で満ちた世界が、崖崩れのような音を立てて割れる。

その直後、城門辺りでどう、と爆音がした。城全体がガタガタと揺れ、正面辺りでは戸が吹き飛んでいる。リディルも投げ出されそうになるのを手すりにしがみついて必死で堪《こら》えた。

イドと戦っていた兵士たちも回廊の手すりに身を乗り出し、唖然《あぜん》とした顔で音の方向を見ていた。

門のあたりにもうもうと煙が立っている。大魔法使いが逃げたことで門の守りが消えたのだ。

ほっとしかけてリディルはさらに驚いた。

門が吹き飛び、地面がえぐり取られているのが見える。先ほどの音は、この一撃だったということか。王にこのような力があったというのか。

「リディル様、早く！」

追っ手が緩んだ隙に、イドが降りろと言う。リディルは手すりを乗り越え、下の屋根に降りるが、足をかける場所がない。高い――。

逃げられない。

そう思ったとき、またリディルの身体から魔力が吸い上げられた。今度は糸のように細い稲妻が空から降り、地面からリディルのすぐそばを通って、階上の回廊を吹き飛ばした。

バラバラと落ちてくる瓦礫《がれき》を腕で避《よ》けながら、なんとか下に降りられる場所がないかと屋根の裏を覗き込んでいると、足元に馬が走り込んでくる。

「リディル！　無事か！」

「グ――グシオン！」

屋根に這いつくばって手を伸ばすと、グシオンが手を貸してくれて馬の上に降ろされる。

自力で地面に辿り着いたイドは、カルカの馬に拾われた。

「王、ご無事でしたか!?」

満月は昇ったはずだ。証拠に王の顔には黒い毛が生え、爪が長く伸びている。服も上半身がだいぶん裂けている。

「ああ。呪いが途中で止まったのだ。今はほとんど元に戻った。まだ見苦しいが、許せ」

よかったと思う暇がない。リディルは煙が上がる城門のほうを振り返った。

「麓から、陽動で離れたフラドカフの軍勢が戻っております。このままでは挟み撃ちになります！」

「なんだと⁉」

「ここにいてはなりません、追い詰められます！」

フラドカフ城は山の突き当たりだ。下から攻め上がられたら逃げ場がない。だが城内はフラドカフの兵でいっぱいだ。王を追ってきたイル・ジャーナ軍も、入り口の辺りで乱戦になっている。全軍を一息に交代させるのは無理だ。

「なぜ、このような奥まで来たのです！」

リディルは泣き出しそうだった。王は常に先頭辺りで戦う。だがなぜ一人でこんな奥まで斬り込んできたのか、なぜヴィハーンを連れていないのか。リディルの推測通りの言葉を王は返した。

「ここからそなたの魔力を感じた。そなたを迎えに来たのだ」

よかれと願ったことは、なぜことごとく裏目に出るのか。

「私は王を幸せにしたいと願っているのに！」

そばで慰め、肌を重ね、笑い合って話したい。ようやく呪いが解けた。でも命を落としてしまっては元も子もない。

あっというまにフラドカフ兵が押し寄せてくる。

「いいのだ、リディル。もしも余が、このままそなたを失っていたら、生きながらえても一生、呪いに焼かれる以上の苦しみに炙られるのだろう」

「王――……」

目に涙をいっぱい溜《た》めて、王を見たとき目の端に、信じられないものを見た。

高楼からこちらに矢を向ける者がいる。

紫の袖、長い白髪頭に、金色の頭巾。

大魔法使いリズワンガレスが弓につがえている矢は、遠目にもわかる呪いの鏃《やじり》だ。禍々しい黒い湯気が立ち上り、矢先の空気が歪んでいる。身体に打ち込まれたら、みるみるうちに身体中に呪いがはびこり、心臓に絡みついて今度こそ呪いの解きようがない。

王も気づいて手綱を引いた。馬が止まったと同時にリディルは馬から飛び降りた。

キリキリと弓が引き絞られる。

「リディル！」

「魂ごと滅ぼしてやる！　獣《けだもの》の王め！」

リズワンガレスが喚《わめ》いた。

リディルは馬の前に飛び出し、両手を広げて叫んだ。

「やめてぇッ――――！」

自分の声が、途中で聞こえなくなった。ふっと、辺りが白くなる。

またた。またあの世界だ。

駄目だと思った。王を助けなければ、呪いの鏃を止めなければ。だが無慈悲に世界は白く、残酷なまでにのどかな景色に、整然と扉だけが立っている。

戻らなければならない。グシオンを守らなければならない。こんなに彼が好きなのに。彼と生きたいと願ったのに。

助けて母様。

絶望の中でリディルは祈った。そのとき、今度は触れもしないのに、扉が開いた。先ほどより大きく。眩《まぶ》しい光を放ちながら。

指輪を握りしめた瞬間、身体に信じられないくらいの魔力が流れた。

瞳に地面が映る。馬の足が。

「グシオンを傷つけないで！」

リディルの叫びと同時に、世界が白くなり、轟音が響き渡った。

どおん！　と、山が破裂したような爆発音がして、世界が揺れる。地震のような音と振動は尋常ではなく、リディル自身、立っていられなくて馬にすがりついた。

目の前の地面は大きく抉れ、フラドカフ城の高楼はほとんど壊れている。現実。——現実だ。あの世界から戻れたのだ。

「き――貴様は、やはり大魔法使いではないかッ!」

崩れ落ちかけた柱にしがみつきながら、リズワンガレスが叫んでいる。

何が起こったかわからないまま目を見開いているリディルの腹を、王が掬った。

城内は大混乱だ。

王は、手にしていた剣を高々と空に掲げた。

背中が温かい。魔法円を熱い血でなぞられているようだ。身体中に魔力が巡るのがわかる。

王は、稲妻を湛《たた》えて光る剣を振り下ろした。

途端に空から稲妻が幾柱も降り注ぎ、敵兵を蹴散らし、フラドカフ城の左城郭を吹き飛ばす。

「リディル……。これは、どういうことなのだ」

「わかりません。わかりません、でも、私の魔力を使ってください、我が王よ」

「ああ」

王は確かに頷くと、続けざまに雷を放った。

フラドカフ兵はちりぢりに逃げ惑い、そこにイル・ジャーナ軍本隊が雪崩《なだ》れ込んでくる。

「王よ!」

野太いヴィハーンの声が響き渡る。

王が剣を上げて応えると、一気にイル・ジャーナ軍がリディルたちを守るように周りに駆け込んでくる。

「ここは我らにお任せください！」

ヴィハーン隊の精鋭たちが、王の前方に人垣をつくった。

先ほどの一撃で、多くの兵が倒れ、城門という城門が吹き飛び、あちこちから火の手が上がっている。

「ああ。本隊に合流する」

王は馬を返し、城門のほうへ走らせた。

「王、王よ！」

「我らが王よ！」

すれ違いざま、稲妻でフラドカフ城に壊滅的な打撃を与えた王を讃《たた》える叫びが投げかけられる。

リディルはまだ混乱のままだ。ほとんど反射的に、上半身の鎧《よろい》が吹き飛んだ王の胸元に触れないようにと、背後を窺って、あっと目を見張った。

王の胸の刻印が薄れはじめている。

赤黒く煮えていた呪いの線は、みるみるうちに茶色く枯れ、赤桃色を経て、桃色におさまってゆく。

「グシオン。グシオン、呪いの紋が……！」

「消えるのか」

リディルが胸元を指で撫でるのを察した王は、手綱を握りしめながら目を細めた。

「はい……！」

王が愛おしそうにリディルの下腹に手を回してくる。リディルは振り返って抱きつきたい気持ちを抑えるのに必死だった。

呪いの気配が消えている。顔に走った獣の模様が少しずつ消えてゆくのを見ていたら涙が零れてしまった。

王が中央の戦列に戻ると大歓声が上がった。

「王。王よ！　我が王！」

雄叫《おたけ》びが上がる。挟み撃ちにされてバラバラになっていた兵たちが戻ってくる。

王城に押し入ったが、挟み撃ちには違いない。フラドカフ城内からは温存していた兵が溢れてくる。背後から攻め上がられたらまた追い込まれてしまう。

グシオンは馬から下り、リディルの腕を引き寄せて口づけをした。

「もう一度、魔力をもらう」

そう言ってグシオンは、鞍から上がってくるフラドカフ軍に向き直った。

「ん――――！」

先ほどより、さらに強い力で、リディルの力が吸いあげられた。リディルの魔力の極限まで引き出される。

王が吼えた。世界が光で白く染まり、轟音で砕ける。

先ほどより遥《はる》かに大きな力だ。

――そうか。

リディルは電光で瞳をやられないよう、馬にしがみついて目を閉じながら思い当たった。

呪いの消えた、王の力。これが本当の王の力だ。

そしてリディルの魔法円が回っている。正常に――いやもっと、まるで大魔法使いのような強大な力で。

大きく抉り取られた城壁からイル・ジャーナの兵たちが雪崩れ込んだ。麓に向かってフラドカフ兵が這々《ほうほう》の体で逃げ出している。

戦はそれから間もなく終わった。

フラドカフが白旗を揚げ、イル・ジャーナに二度と攻め込まないという約束をさせて、王の首は打たなかったそうだ。


戦の翌日から、宴となった。

長年紛争を続けてきたフラドカフとの戦いが終わり、フラドカフには大臣を送り込み、友好国として王室再建の働きかけをするそうだ。

庭では二日にわたって戦勝祝いが繰り広げられ、王宮内ではささやかに労《ねぎら》いの宴が催された。

「いかに民衆に伝えるべきか、ザキハ大臣はまだ頭を抱えておる」

寝室の窓辺でキュリと遊んでいたリディルに、湯殿から帰ってきた王が笑いながらそう言った。

「王の呪いが解けたことはもう、伝えたのでしょう?」

戦が収まってすぐ、これまで命がけで王を連れ戻していた兵士たちには、王の呪いが解けたことを真っ先に伝えたそうだ。感涙にむせぶ者、喜びのあまり池に飛び込む者、王の手を握って言葉を失う者それぞれで、十数年悩まされ続けた主の解放を喜んでくれた。

「ああ。ただ、どのようにして解けたのかはまだ、誰もが知るところではない」

「話してしまえばよろしいのに。呪いの核が壊れて解かれたのだと」

わかりやすく、明るい話だ。たまたま見つかった運の良い話でもあった。それがフラドカフ制圧のきっかけと、伝説級の王の戦の理由であるならなおさらだ。

「いい吟遊詩人はいないのですか? 物語ならばイドが得意で良いものを書きます。……ああ、いいえ、ここはカルカに譲ったほうがいいでしょう。後々そのほうがカルカに箔《はく》がつく」

もう十年もすれば、カルカは大臣の職に就くだろう。そのとき著書は多いほうがいい。しかも王に関する劇的な出来事だ。生え抜きの側近の手で書かれたもののほうが格調が高いとリディルは思う。

「それはいいのだ。余もそうしようと思う。ただ」

グシオンがリディルのそばまで歩いてくると、窓辺のキュリが月夜の中に飛び立つ。

グシオンはリディルをそっと抱き寄せた。愛おしそうに指でリディルの額の生え際を撫でた。

「王の呪いの根幹を壊した勇者のことを、どう書くか。それが問題でな」

「それは私でいいと思います。モノ自体はたいしたことがありませんでした。呪わしかったのは、確かでしたが」

王には話をしている。目に映すだけで怒りが沸き上がる、人の身勝手な残酷さを練り固めたような品だった。その様子を詳細に王に話すのは苦痛でたまらなかったが、知らせないわけにはいかない。

リディルが思うに、あれは他の用途に使うために手に入れた、名のある呪いの品だろう。古いもので、急ごしらえができるようなものではなく、たまたまその忌まわしい運命のときに、呪者の手元にあったのだ。

「いいや、大問題だ。その勇者が、エウェストルムからきた我が王妃と書くべきか、エウェストルムの第一王子と書くべきか」

「あ――……」

どちらにしても問題だ。

「では、王妃がいいです」

「王妃がフラドカフの城の内部に押し入り、大魔法使いを退けて呪いの品を剣で叩き割ったと？」

「問題……ですね」

「じゃじゃ馬を通り越して英雄譚《たん》だ」

「ならば、エウェストルムの第一王子では……」

「だとしたら余に嫁いできたのは誰かという話でな」

「……。ああ……」

大問題だ。

「ならば手柄はイドに。イドがいなければあの場所まで辿り着けませんでした」

「そなたは本当に手柄を欲しがらぬ」

「これ以上の面倒を避けたいだけです」

グシオンの愛は疑わないが、だからこそ彼に対して後ろめたさがある。リディルが男であることも、もうじき魔法円が回らなくなることも多くの国民が知らない。それでいいと言ってくれるグシオンに甘えているのだ。だから、彼のそばでそっと生きられたらそれでいい。

「あなたを助けられた事実があれば十分です」

囁くと、グシオンはリディルの頬を包んで口づけをした。

「国民に、また秘密ができる」

いたずらっぽくグシオンが笑うから、リディルも声をひそめて笑い返した。

「だが、そなたの秘密は余にすべて見せよ」

二度目の口づけは明らかに熱が籠もっていて、すぐそこにはランプの光に温められた贅沢《ぜいたく》な褥がある。


自分はたぶん、王の身体がとても好きなのだとリディルは思った。肌も、鼻梁《びりょう》の高い顔のつくりも、濃い眉も、形のくっきりした唇も。

王が服を脱ぎ落とすと、背筋に黒い毛並みがあった。

「呪いが……」

リディルは、彼の胸元に浮き上がる薄桃色の模様に指をやる。

「呪いの名残だ。嫌か？」

数ヶ月もすれば治まるだろうとリディルは思っている。何しろ十年以上もグシオンを冒し続けてきた呪いだ。身体の中に残留した毒素があって当然だった。

「いいえ、グシオンなら」

今日は、本当の満月だった。天体の月と、大魔法使いの歪曲《わいきょく》から逃れた第二の月が同時に空に浮かぶ。

その光を浴びてこの程度だ。何の心配もない。

リディルが服を緩めていると、グシオンに押し倒された。

じゃれ合いながら口づけをする。

「あ……っ……」

角度を変えて、深く吸い合うと、時々グシオンの牙が歯に当たる。

少し牙が長い。彼がリディルを傷つけまいとしてくれるのがわかって、リディルは自分のほうから彼の唇を吸いにいった。

身体中を丹念に撫でられると、興奮で息が弾んでくる。

グシオンがリディルの髪を不思議そうに指で梳《す》くのに、リディルはうっとりと身を任せつつ、腕を伸ばして、王の襟足にある髪飾りを外した。

「あと数度は、痛み止めだけ口に入れよ」

そう言って、葉を巻き締めたものを口に入れようとする。リディルはそれを拒まなかった。

グシオンの欲情の塊は大きい。そして呪いの名残が残る今夜は、リディルの記憶より、長く赤黒かった。

葉の塊は、噛むと中からじわりと甘い汁が出る。唾ごと飲むとくらりと目が回った。

こうしてみるまでわからなかったが、初夜のとき、リディルの身体を緩めたのは、酒ではなくこの薬だ。

舌が痺れ、敏感さだけが残る。そのうち粘膜という粘膜がそわそわし始め、唾液が溢れる。

王は、灯《あか》りに瓶を翳しながら、たっぷりとリディルの下腹に油をこぼした。

それを纏い、指を押し込まれても、リディルはもう苦しさの逃《のが》しかたを知っている。

「あ……ッ、あ。グシオン……！」

指で、身体の中の浅い場所にあるあの場所をいじめられると、リディルは簡単に高ぶった。

油のせいか、口に入れた葉のせいか、グシオンが指を抜き差ししている場所がむずがゆい。

「あ。あ。——ん」

擦《す》りつけたくて、こすってほしくてたまらなくなる。

「リディル」

グシオンは早急だった。

油を足し、己に塗りつけ、リディルの秘所に押し当ててくる。

「あ——あ！　もっと……ゆっくり……！」

油の助けを借りても、葉の痛み止めがあっても、まだリディルの身体は交合に慣れていない。

いつもより長く凶暴に猛《たけ》ったグシオンの雄を一息に収めるのは無理だ。

「は……あ……う！」

グシオンは辛抱強く、ゆっくりとした抽送を繰り返しながら、リディルの中に入ってきた。

いつもより太く、長く。みしみしと粘膜を軋《きし》ませながら、リディルの内臓を開く。

「う……く。……ふ」

呼吸を浅くしても収めるのが精一杯だ。ふーふーと胸を反らして喘《あえ》いでいると、グシオンがリディルの乳首に唇を寄せてきた。

「ああ……っ、待っ、て」

甘噛みされながら、引きずるようにあの場所をこすられたら一瞬で達してしまう。リディルの心配は本当になってしまった。

「んー――ッ……！　あ。あ――……！」

花の香りの蜜が小さく下腹に吹きだした。その様子を見ながら、グシオンが痙攣《けいれん》しているリディルの粘膜をゆっくりと擦る。

「や……やだ、あ。……っ。まだ、出……っあ――……！」

思う存分快楽に攫《さら》われ、悶《もだ》えていたリディルの身体を、王の手が優しく撫で続けている。快楽を堪えている、辛そうな顔だった。汗を滴らせながら、リディルをひたむきに見つめている。

「苦しいか？」

「大丈……夫」

「少し呪いの影響が出ているか……？」

「すこし、だけ」

グシオンの性器には、溝のような血管が巻き、苦しいくらいリディルの奥まで押し込まれている。その長い性器に身体の中を大きく擦られるのは、苦しいまでの悦《よろこ》びだった。

「あ――」

左足首を掴まれ、高く上げられる。

達《い》ったばかりの身体に、腰が浮き、めり込むほどグシオンを挿《い》れられる。

「も、う……。駄目」

リディルは下腹を撫でながらグシオンに訴えた。腰骨の中で大きなものが暴れているのがわかる。苦しく広げられながら中まで押し込まれて、尾てい骨が剝がれそうだった。

グシオンが長い性器で出たり入ったりするたびに、敏感な点をずるずる擦られると、死にそうな快楽が全身に走る。

「あ。あ、は……っ、あ――！」

グシオンは丹念だった。

薬と油で蕩《とろ》けた粘膜を、硬い性器で隅々まで擦られる。最奥を突き、腫れた入り口のあたりを、大きく張り出した先端でぐりぐりと捏《こ》ね回されると、リディルは魚のように跳ねながら甘い悲鳴を上げるしかなかった。そんなリディルの身体を抱きしめ、あるいはリディルのほうから、彼の首筋にすがりついて口づけを交わす。汗を撫で、身体を擦り合う。

丁寧な接合の時間だ。二つの身体で行う、健気《けなげ》で誠実な行為だった。

彼の呼吸の音、衣擦《きぬず》れの音。

吐息を混ぜながら、長い口づけをした。汗ばんだリディルの足に、彼の長い黒髪が張りつく。

「ひあ。……あ。あう、アア！」

歯を食いしばろうとしても、はじけるようにほどけた。

むき出しの神経を擦られる快楽の強さに、リディルは泣き声を上げ、グシオンに教えられた、精をポタポタ漏らしながら達する高い絶頂に呑まれていた。

リディルの中を、グシオンが出入りするとリディルの粘膜が喜んで引き攣る。粘った水音が響くたび、目蓋の裏に星のような白い火花が散る。それがきれいで、期待と恐れに押し潰されそうになりながら、リディルはグシオンに手を伸ばした。

「リディル……？」

汗が流れると光るこの人の肌が好きだ。流れる汗の一粒一粒がかわいそうで、痺れた舌先で舐《な》め取りたくなる。

「グシオン……」

大好きでどうにかなりそうだ。触れようとしたら、指先が熱くなって、堪えきれない小さな花がふわっとこぼれた。

グシオンがたまらないように目を細める。なおも突かれ続ける身体の奥からわき上がる波にリディルは期待している。

「あ――……」

絶頂の予感に震えながら、リディルは祈るようにグシオンの胸元に唇を押し当てた。

呪いの印に触れても、もう唇は痛まなかった。

† † †

リディルの身支度を手伝いながら、イドが心配そうな顔をした。

戦の後始末もすっかり落ち着いた。無事収穫期を終えたあと、収穫祭も盛大に営まれた。

リディルは王とお忍びで街へ出かけ、できたてのリリカ酒といぶした肉の薄切りや、果物を楽しんだ。

城の食事も華やかになり、収穫を感謝する祈りの祭主を、グシオンは立派に務めたのだった。

静けさの戻ったイル・ジャーナの城に今日は来客がある。

「本当に、父王陛下と、王妃の格好でお目にかかるのですか?」

「ああ。普段この格好だし、父王の前でだけ繕ってどうするんだ?」

「しかし、陛下はすでにあなたが王子であることがバレているとご存じです。グシオン王も、遠慮をせずに父君と会うがいいと仰ってくださったのに」

「何も遠慮はしていないよ。私の常日頃の暮らしと、元気な姿が見せられればいいのだ」

婚礼から四ヶ月。

エウェストルム国王スマクラディがイル・ジャーナ王国を訪れることになった。

ひとつは王女と偽ってリディルを差し出したことへの謝罪、もう一つはグシオン王の診断のためだ。

エウェストルム王室は、魔法学に長《た》けた国である。故に王族の魔力がどの程度かという診断や、属性の診断をしばしば依頼される。グシオンには元々多少の魔力があり、雷属性には違いないのだが、呪いが消えたことで、魔力の再判定が必要になった。

リディルの感触では、少なくとも五倍以上に跳ね上がっている。ただ、王が魔力を使うとき、リディルの魔力が自動的に足されるから、リディル自身に正確な判断はできない。

王の力をよく見極めておかなければ、大きな事故に繋がる。雷で山に突き出た岩を落とそうとして山を吹き飛ばしたり、城門の扉を破ろうとして、城門一体を抉れるほど吹き飛ばしてしまったりする。

しかも王は十歳の頃から呪われていたので、一度も彼本来の力は正確に測定されていない。

朝から魔法機関の者たちが、あれこれとグシオンの魔力適性を調べている。午後からの最終判断からはエウェストルム国王とリディルが立ち会い、グシオン王単独の魔力と、リディルの魔力をどこまで使えるかを計ることになった。

魔力の計測は、月のない日に、一日のうちに計らなければ正確な値は出ない。

川の増水で父たちの到着が一日遅れ、挨拶もそこそこに検査のための広間に入った。さっそく王の魔力を測ったのだが、グシオン王の魔力は検査紙の値を振り切って、紙をことごとく焼いてしまったというのは余談だ。

検査が終わり、ようやくゆっくり父王と再会ということになった。

王の間に、父は客人として迎えられていた。

父王は堂々とした、だが慎ましい色の服に身を包んでいた。目の前には金の薄い箱に入った書類——検査結果を記したものがある。

父王は、グシオンの最終的な魔力の判断を述べた。

「グシオン王は、大王となる資質を持ったかたとお見受けする。お血筋を拝見しても、過去に雷使いが一人、我が国から嫁いだ魔法使いが一人いるので不思議ではない」

大王というのは、複合した民族の国家——いわゆる帝国を統治する力を持った王ということだ。王一人が——伴侶となる王妃を含めた力が、兵三万人以上の力に当たると診断されたときという基準で判断される。

「リディルの力がなくとも、十分魔法王としての力は備えておられるようだ。リディルの傷が今のままなら大王と名乗ってもよいと思いますが……」

「本当にこの傷が治らぬ方法はありませんか、父王よ。私が呪いを受けてもかまいませんから」

「リディル」

グシオンが止めた。なんとかして傷を保ちたくて父王に何度も尋ねたが首を振られ、呪いという言葉まで出したリディルを見かねたようだ。

検査の結果に納得したグシオンが、ゆったりと話題を変えた。

「そういえば、リディルの姉は大王の元に嫁がれたのだと聞いています」

超大国アイデース帝国皇妃ロシェレディア。有名な大魔法使いでリディルの姉――もしかしたらこの国に嫁いで来たかもしれない元エウェストルム第一王女だ。

「それは――」

父王が困った顔で口ごもった。父王からはこの際、秘密はすべて明らかにしようと聞かされていたが、確かに軽々しく口にするのが憚《はばか》られる、衝撃的なエウェストルムの秘密だ。

リディルは父王に尋ねた。

「私からお話ししてもよいですか?」

父王が頷くのを見て、グシオンに向き合う。

「私たちは男ばかり、四人兄弟です」

「――……何だと?」

察しのいいグシオンも、もしかしたら二番目の王女が王子だったと思っていたかもしれないが、全員男だとは思っていなかったようだ。

「長兄は、大魔法使いとしてアイデースに嫁ぎました。第一王子ですから本来ならば世継ぎと名乗らねばならなかったのですが、兄の力は強すぎて、一国の王にするのは危うすぎました。兄は王女として育てられました。そして若くして大魔法使いの称号を得た兄を、男でもかまわないからと乞われ、アイデース王に差し向けました。元々イル・ジャーナと婚姻の約束があったのはわかっていましたし、脅されたのも本当ですが、先にアイデースに嫁がせたのは、兄があなたより年上だったのと——彼が王子だったのが理由です」

イル・ジャーナが欲しがったのは王女だ。だがアイデースは《ロシェレディア》を欲しがったのだった。何よりロシェレディア自身がそこに行くと言ったのが決め手だったらしい。

「出生を隠された二番目の兄は、本当に身体が弱くて王宮内につくった卵の殻から出られません。兄は、魔力を身体の内にとどめる力がないのです。まさしく卵の中身のように、命と魔力の外郭を持たず、外に出したら何もかもをぶちまけてそのまま死んでしまう」

「魔力が垂れ流しということか」

「ええまさに。彼が一度だけ外に出たときの話をいつかお話しします。危うく国が滅ぶところでした」

そのときに見た城の美しさの虜《とりこ》になり、城塞建築の熱狂者となり今回リディルの命を救ってくれた話とともに。

「そんな次兄に、王位を継ぐのは無理だとして、彼もやはり秘されたまま王女として育てられました。そして、三男が魔法円の回らない私。四男は四歳ですが、健やかに成長しているようです」

「次期国王陛下だな？」

「ええ。母親が違うのであまり会ったことがないのですが、我が国を継ぐのにふさわしい、しっかりとした魔法円を持った穏やかな王子だとか」

グシオンは頭を抱え、大きな息をひとつついた。

「――エウェストルムに、王女は一人もいなかったというわけか」

「残念なことに。ですから、死ぬなら私しか、いないでしょう？」

生き方を自分で選んだ長兄、城から出られない二番目の兄、王の資格がないリディルと、幼くも国を継ぐべき弟。この中で誰かを生贄《いけにえ》としてイル・ジャーナに差し出すとしたら、リディルしかいない。

グシオンはリディルを悲しそうな目で見てから、ゆっくりとエウェストルム王に視線を移した。

「死ぬとわかっていてリディルを送り出したエウェストルム王。あなたこそ、我が雷を受けるべきだと思っていたが」

あらかじめ知らせてあったというのに、リディルの無事を確かめると、王の手に縋って泣きくずれた。今も泣きはらした目をして痩せ細ってしまった父王を見て、グシオンは眉をひそめる。

「リディルに免じて許そう。これから親密な国として、我が父とも思い、友好を深めたい」

慈悲深いグシオンの言葉を聞いて、リディルはよかった、と胸をなで下ろす心地だった。ここに来たときのリディルと同じく、グシオンに斬られても仕方がない罪を犯した父だった。だが自分が真の王妃となった今、グシオンなら謝罪を受け入れてくれると信じていた。エウェストルムの罪は消えたわけではないが、この先リディルが懸命にイル・ジャーナに尽くし、エウェストルムと親交を築いてゆくことが最善の償いになると思っている。

「ありがたきお言葉に、衷心《ちゅうしん》より感謝申し上げる」

後ほど改めてグシオンに礼を言わなければならない。そう思いながら父王に目を移したリディルは戸惑った。

父王の表情は少しも晴れやかではない。膝の上に握った手が震えていた。

「そしてリディルに今ひとつ、打ち明けなければならないことがある。グシオン王にもどうか、お聞き届けいただきたい」

「父上……？」

「我が妃アフラ——リディルの生母である前王妃と、リディルについての話である」

絞り出すように言う父王の声は震えていた。

リディルが生まれたときの話である。

王妃の出産にあたって、魔除けの祈りと祝福に来た《魔導の谷》の魔女たちは愕然とリディルの背中を見たそうだ。

――恐れながら申し上げます。お二人目の大魔法使いのご誕生かもしれません。

魔導の谷というのは、王家筋の、ある程度以上魔力がある者が集う村だった。昔は王の落胤《らくいん》が閉じ込められていたという噂《うわさ》があるが、現在は民間より多少魔力が強い程度の、背中に紋章もない、王弟の娘やその親類が暮らしている。

彼らの身を守り、魔法を安全に管理するのが目的だ。魔法機関と呼ばれる、研究もする小さな塔があり、森一つ向こうにある安全な谷間に、城から派遣された騎士たちに守られている。城の者が魔法学の勉強に行ったり、リディルに魔法学を教えた教師も、その谷から来ていた。

リディルの大きな力は紋にも明らかで、リディルが生まれたとき、季節でもない花が一年分、一斉に国中に咲き誇ったことにも瞭然だった。

癒やしの力、生命力、そして無尽蔵の魔力。

魔女たちの恐れ具合を見て、母は泣いたそうだ。その頃には長兄ロシェレディアは未来の大魔法使いとして半幽閉の生活を送っていたし、次兄ステラディアースは、溢れる魔力を止められず、繭のようなゆりかごに閉じ込められ、魔法使いと医師たちがつきっきりで、生きるか否かの療養生活を送っていた。

そこにまた大魔法使いにかなう力を持った赤子が生まれてきたというのだ。

——リディルだけはどうか取り上げないで。この子までも、大魔法使いになどさせたくない——！

すでに二人も、子どもを取り上げられた王妃は泣き叫び、リディルを抱きしめて、決して離さなかったそうだ。

大魔法使いは、その魔力により世に重宝されるが、その魔力故、けっして自身が幸せになることはない。長い歴史を見ても——実際、ほとんど石の塔に閉じこもって過ごしている長兄を見てもすでに明白だったからだ。

「アフラはそなたを王女として育て、壁一面に魔力を漏らさぬ紋様を描かせ、なんとかそなたを手許で育てようとしたが叶わぬことであった。何しろ泣けば花が咲き乱れては枯れ、しゃっくりをしては国中の水が飛沫《しぶき》を上げる。斥候を送るまでもない。噂はすぐに広まった。エウェストルム王家の赤ん坊は大魔法使いに生まれついたらしい——」

「私が……？」

聞かされてもまだ信じられない。

確かに、傷から宝石を取りだしてからというもの、日に日に力は増すようで、指先から花を生もうとしても雪崩のように湧き、泉に飲み水を湧かせようとしても、地を乾かすほど水を吸い上げて天まで届くような噴水にしてしまう。何よりグシオンに送った魔力はあれ一度きりとはいえ、ほとんど一撃でフラドカフの城を半分吹き飛ばしてしまった。グシオンの呪いが解けたせいだとしてもおかしな話だ。

「ああ。そしてリディルが二度目の春を迎える頃、もうそなたを普通の子どもとして育てることができなくなっていた。そこで王妃はそなたを城から連れ出したのだ」

「どこへ」

「魔導の谷へ」

リディルの記憶にある森は——危険を承知で小さい王子を抱え、母がたった一人の供を連れて抜けようとしたあの森は——魔導の谷へ続く森だったのだ。

「思い詰めたアフラは、魔導の谷へそなたの紋章を焼いてくれと頼みにゆくところだったらしい。あるいはできるだけそなたを傷つけず、あふれ出る魔法を止める方法はないかと尋ねにいくところだった。どこの国の斥候も、それを見逃すだろうか？」

幼い王子を抱え、騎士も連れずに城を抜け出し、人目を憚りながら森を走る王妃だ。人質にすれば——大魔法使いになるだろう王子を奪えば、どれほどの富と権力になるだろう。

「途中、王妃は盗賊に……どこかの斥候に襲われた。逃げ惑うときリディルがくぼみに落ちて大怪我をし、そこに、王妃とそなたがいないことに気づいた騎士たちが城から駆けつけた」

父王は、憔悴しきった顔で、皿の上に載せた深い緑色の宝石《モル》が嵌った指輪に指先で触れた。

「これは間違いなくアフラが身につけていた指輪の石である。余も王妃が泣いて謝るとおり、途中で落としたか、盗賊に奪われたのだと思っていた。そなたの傷の中に埋めたなど、誰が思うであろうか。捨てた指輪の台座が曲がっておったと聞いたことがある。噛み取ったのやもしれぬ。いずれにせよ、リディルの傷の中にこの宝石を埋めたとしたら、そのときしかない」

魔法円が途切れる位置に、それ自身魔力を持ったモルの石を指で押し込んだ。

異物を入れられた幼いリディルの身体は、真珠のように膜で宝石を包み、肉の瘤りとなって宝石に気づかせなかったというわけだ。

「王妃の願いは叶った。ただし、我が子に大怪我を負わせ、二度と魔法円が回らないようにしてしまった。余はそれでもかまわぬと言った。アフラの気持ちは察してあまりある。盟約のことを気にかけていたのも知っていた。魔力を失ってもかわいい我が子である。それでよいと——それでよいと、申したのに」

王は静かに嗚咽《おえつ》した。

母の死の真相には、悲壮な愛と覚悟があった。

そして母は最後に、リディルがこの宝石を切り裂き、魔力を与えるにふさわしい人に出会ったとき、再び魔法円は回ると書き残して、崖から身を投げたのだ。

†
†
†

その夜、晩餐会《ばんさんかい》を開き、翌日エウェストルム王は帰国の途につくことになった。今は出立の準備で玄関や外が賑やかしい。

久しぶりに会うオライ大臣も、ゆで卵のような身体をしていたのに、自責の念からすっかり痩せてしまっていた。

「もう大丈夫でございます。久しぶりにおいしくごちそうをいただきました」

「そのようだね。でも今度はまた、マールに食べ過ぎだと叱られないようにしなければ」

「ははは、さようでございます」

アニカも無事帰郷できていると聞いてほっとした。土産の目録を確かめたオライ大臣も、これから帰国の馬車に乗る。

「本当に父王は大丈夫なのか？　謝罪は今すぐでなくてもいいと書いたのに」

イル・ジャーナの護衛がつくとはいえ、帰りの旅路も厳しいものになるだろう。

このようになったからには、今後の国交のことを考えても、折り入ってのエウェストルム王の謝罪は必要だと思われた。宝石のことも、打ち明けるに絶好の機会であったに違いない。

だがまずは今回、大臣と魔法使いたちを派遣して、王の診断と、代理が王の謝意を伝えるので十分だったし、ましてや元々身体の弱い人だ。指輪のことがあるにせよ、あんなに痩せ細ってしまったのに無理をして長旅をし、今謝罪に来なくてもよかったのに。

「どうしても行かれると仰って」

「確かに、そうしてくださったことで一息に問題は解決したのだけれど。ステラディアース兄様は？」

「たまごの殻を打ち破らんばかりにお嘆きです。城と谷の魔法使い総出で補強に当たっておりまして、ステラディアース様も枯れ果てて消えてしまうのではないかと思うように痩せてしまわれ、手紙が届いてようやく持ち直したところです」

「すぐに手紙を出せなくて悪かったね。生きていられるとは思わなかったから」

優しく、リディルの教育に心を砕いてくれた親密な兄だった。泣いているだろうとは思ったが、やはりか、と思うと心が痛い。

「私が書いた手紙は必ずステラ兄様に渡してくれ。よろしくね」

オライ大臣は、ええ、と答え、

「リディル様がお元気そうでよかった」と言った。

「うん。ここは食べ物もおいしいし、日当たりもいい」

スパイスに慣れてみるととても栄養が高いものばかりだし、穀物が多くて満足感も十分だ。明るい時間が長く、空気がからっとしている。カルカはあいかわらず口が悪いが誰よりもきちんと敬意をもって接してくれるし、何しろ彼は優秀だ。

グシオンは優しく、困るほど甘やかしたがりで、輿《こし》入れの道中以上の優しさを自分に与えてくれ、自分は愛と、手のひらから溢れる花を返している。

「それもございますが」

オライ大臣はしんみりとした横顔を見せながら、廊下の果てを見た。

「王の隣にいらしたリディル様ですが、あんなに生き生きしたご様子なのを久方ぶりに拝見しました。――リディル様がお小さい頃から、嫁入りに旅立たれるまでも、ずっと心配しておりました。前王妃があのようになってから、リディル様は楽しげでありながら――どれほど笑っていらしてもどこか――空っぽのところがありましたから」

大臣は声を震わせ、目元に指をやった。

†

†

†

イル・ジャーナ国は花盛りだ。

小ぶりな白い花があちこちに咲き、人々は酒を持って外に出る。街には市が立ち、大道芸人が人を集めているそうだ。子どもが増え、空には布が翻り、春祭りがあちこちで祝われている。

その様子をバルコニーから眺めていたリディルは、なんとなく楽しくなって、自分の手からも花びらを降らせてみた。

白や桃色、オレンジ色の、明るくかわいらしい花びらがどんどん零れて、風に乗って舞っている。

その様子を隣で眺めている王にリディルは視線を向けた。

リディルの機嫌がいい理由は、春祭りやいいお天気の他に、もう一つある。

「エウェストルムの魔法使いたちから、私の魔法円の詳しい検査結果が来ました。魔法円を堰《せ》き止めていた宝石も取り出されたことですし、傷を触媒に、手術で魔力の色素を埋めて線を繋げられるかもしれないということです」

入れ墨を使っても繋ぐのは無理だと言われていたリディルの背中の紋様だが、復活の見込みがあるそうだ。魔力の循環を遮断していた宝石は取り除かれた。そして幸か不幸か傷を受けたときに、そのいちばん深い場所に毒の色素が残ってしまったため、それを足がかりに皮膚の表面まで魔法の色素で入れ墨をすれば魔法円がもう一度繋がる可能性がある。

きちんと魔法円が繋がれば、元々持って生まれた魔法円の力に近づくだろうと、研究者たち言っている。そしてリディルにもしかして《世界の記憶》に触れたのではないか、とも。

大魔法使いにふさわしい魔力を持ったものは、扉を開けるそうなのだ。その扉は世界の書庫とか真理の扉と呼ばれ、これを開いて扉の向こうに広がる知識を得ると、大魔法使いにふさわしい強大な魔力を得られる。例えば王の呪いの空白を読み解いたり、その扉の奥から尋常ではない魔力を引き出したりする。

リディルの魔力が爆発的に増大したのはそのせいではないかと答えがあった。確かに扉を見た。そして少しだけ開けた。

扉は鉄でできているように重く、少ししか開かなかった。

その原因を魔法機関はこう推測する。魔法円が完全に繋がっていないせいだ。また長く封印されていたせいで、魔力の半分ほどがまだ眠っているせいだ、と。

そしてリディルの魔力も、長く封じられていたことが幸いし、魔法円が繋がれば徐々に、そして好ましい形でリディルの身体に戻ってくるだろうという見込みだ。

もし魔法円の手術が成功すれば、改めて儀式をもって大魔法使いの地位を得ることになるだろうとの見込みも立っている。

魔法王の王妃として、回復段階の今でも十分な魔力があり、完全に回復すればロシェレディアを凌《しの》ぐ大魔法使いになるかもしれないと内々に見立てが来ている。

「難しい手術になりますが、長兄の魔力があればできるのではないかと私の師が言っております。どちらにせよまずは長兄が祈りから戻ってから——王？　聞いていますか？」

「続けてくれ」

リディルをやわらかく抱き寄せ、頬や額にキスをする。

「あ……いえ、私の話はそのくらいなのですが」

「そうか。ならば余からも聞いてほしいことがある」

一度リディルの唇を吸って、王は続けた。

「リリルタメル王国に男子が生まれたそうだ。盟約により、その子を我が子として迎えることもできるが？」

「ほ——本当ですか!?」

だとしたら、なんと素晴らしいことだろう。

王の呪いが解けたあと、自分に子どもが生まれないことが、リディルにとって日増しに強くなる憂いだった。

この健やかな国に、信頼のある王に、正しい城に跡継ぎがいないのが残念でたまらない。

だが王の言うことが本当ならば、王子を迎えられる。もう養子を迎えても、呪いに怯《おび》えずにすむ。この城で王の子を育てられる。

「いつ頃ですか!?」

「そうだとしても今すぐは迎えぬ—

「わかっています、赤子は一年、乳を飲みます。その間は母のそばにおらねば」

踵《かかと》を上げ下げして喜ぶリディルに、顔を歪めて肩に手をかけた。

「しばらくは駄目だ。そなたが子を好きなことが今わかったからだ」

「それが何か？　血が繋がらない子どもでも大丈夫です。たくさん勉強を教えます。馬も剣も」

「そなたが子どもにかかりきりになるのは目に見えている」

王はリディルを抱き寄せて、口づけのあとに囁いた。

「余にかかりきりになってくれ」

呆然と真横に垂れたリディルの手からは、恋色の小さな花が溢れるばかりだ。

この本を読んでのご意見、ご感想を編集部までお寄せください。

《あて先》〒141-8202　東京都品川区上大崎3-1-1　徳間書店　キャラ編集部気付
「花降る王子の婚礼」係

【読者アンケートフォーム】

QRコードより作品の感想・アンケートをお送り頂けます。

Chara公式サイト http://www.chara-info.net/

Chara

# 花降る王子の婚礼

【キャラ文庫】

■初出一覧
花降る王子の婚礼……書き下ろし

2020年7月31日 初刷
2021年5月25日 3刷

著者 尾上与一
発行者 松下俊也
発行所 株式会社徳間書店
〒141-8202 東京都品川区上大崎3-1-1
電話 049-293-5521(販売部)
03-5403-4348(編集部)
振替 00140-0-44392

印刷・製本 図書印刷株式会社
カバー・口絵 近代美術株式会社
デザイン おおの蛍(ムシカゴグラフィクス)


ISBN978-4-19-900998-3

# 尾上与一の本

好評発売中

## 「初恋をやりなおすにあたって」

イラスト◆木下けい子

食事も摂らず駒を動かし、棋譜を眺めて呟くばかり——。対局前は廃人同然の棋士の世話を請け負った何でも屋の大須賀《おおすか》。そこで再会したのは、若くして七段となった棋士期待の星・灰谷雪《はいたにせつ》。小学校で別れたきりの幼なじみだった!! 詰将棋を教わるほど仲が良かったのに、雪はなぜか無反応で…!? 一期一会の対局に魂を削り名人を目指す、雪の真意とは——13年を経て、もう一度始める切ない初恋!!

# キャラ文庫既刊

**英田サキ**
「DEADLOCK」シリーズ全3巻 ill:高階 佑
「SIMPLEX DEADLOCK外伝」 ill:高階 佑
「STAY DEADLOCK番外編1」
「AWAY DEADLOCK番外編2」 ill:高階 佑
「OUTLIVE DEADLOCK season 2」 ill:高階 佑
「PROMISING DEADLOCK season 2」 ill:高階 佑
「BUDDY DEADLOCK season 2」 ill:高階 佑
「HARD TIME DEADLOCK外伝」 ill:高階 佑
「恋ひめやも」 ill:小山田あみ
「ダブル・バインド」全4巻
「アウトフェイス ダブル・バインド外伝」 ill:葛西リカコ
「欺かれた男」 ill:乃一ミクロ
「すべてはこの夜に」 ill:笠井あゆみ

**秋月こお**
「王朝春宵ロマンセ」シリーズ全4巻 ill:唯月 一
「王朝ロマンセ外伝」シリーズ全3巻 ill:唯月 一
「幸村殿、艶にて候」全7巻 ill:九號
「公爵様の羊飼い」全3巻 ill:円屋榎英

**秋山みち花**
「黒き覇王の花嫁」 ill:麻々原絵里依
「騎士と魔女の養い子」 ill:北沢きょう
「略奪王と雇われの騎士」 ill:雪路凹子
「虎の王と百人の妃候補」 ill:夏河シオリ

**洸**
「深窓の王子の秘密」 ill:金ひかる
「副業でヒーローやってます！」 ill:麻々原絵里依

**いおかいつき**
「眠れる森の博士」 ill:小山田あみ

**犬飼のの**
「暴君竜を飼いならせ」
「翼竜王を飼いならせ 暴君竜を飼いならせ2」
「水竜王を飼いならせ 暴君竜を飼いならせ3」
「双竜王を飼いならせ 暴君竜を飼いならせ4」
「卵生竜を飼いならせ 暴君竜を飼いならせ5」
「幼生竜を飼いならせ 暴君竜を飼いならせ6」
「皇帝竜を飼いならせⅠ 暴君竜を飼いならせ7」
「皇帝竜を飼いならせⅡ 暴君竜を飼いならせ8」 ill:笠井あゆみ

**海野 幸**
「ｉｆの世界で恋がはじまる」 ill:高久尚子
「匿名希望で立候補させて」 ill:高城リョウ

**榎田尤利**
「理髪師の、些か変わったお気に入り」 ill:二宮悦巳

**尾上与一**
「初恋をやりなおすにあたって」 ill:木下けい子
「花降る王子の婚礼」 ill:yoco

**音理 雄**
「俺がいないとダメでしょう？」 ill:榊 空也
「農業男子とスローライフを」 ill:高城リョウ

**華藤えれな**
「氷上のアルゼンチン・タンゴ」 ill:嵩梨ナオト
「人魚姫の真珠 ～海に誓う婚礼～」 ill:北沢きょう
「白虎王の蜜月婚」 ill:高緒 拾

**可南さらさ**
「先輩とは呼べないけれど」 ill:穂波ゆきね
「旦那様の通い婚」 ill:高星麻子

**かわい恋**
「王と獣騎士の聖約」 ill:小椋ムク

**川琴ゆい華**
「幼なじみクロニクル」 ill:Ciel
「ぎんぎつねのお嫁入り」 ill:三池ろむこ

「親友だけどキスしてみようか」 ill:古澤エノ

**神奈木智**
「その指だけが知っている」シリーズ全5巻 ill:小田切ほたる
「ダイヤモンドの条件」シリーズ全3巻 ill:須賀邦彦
「守護者がめざめる逢魔が時」
「守護者がささやく黄泉の刻 守護者がめざめる逢魔が時2」
「守護者がつむぐ輪廻の鎖 守護者がめざめる逢魔が時3」
「守護者がさまよう記憶の迷路 守護者がめざめる逢魔が時4」
「守護者がいだく破邪の光 守護者がめざめる逢魔が時5」
「守護者がおちる呪縛の愛 守護者がめざめる逢魔が時6」 ill:みずかねりょう

**北ミチノ**
「好奇心は蝶を殺す」 ill:円陣闇丸

**久我有加**
「寮生諸君！」 ill:麻々原絵里依

**櫛野ゆい**
「伯爵と革命のカナリア」 ill:穂波ゆきね
「臆病ウサギと居候先の王子様」 ill:石田 要
「興国の花、比翼の鳥」 ill:夏河シオリ
「しのぶれど色に出でにけり輪廻の恋」 ill:北沢きょう

**楠田雅紀**
「俺の許可なく恋するな」 ill:乃一ミクロ
「恋人は、一人のはずですが。」 ill:麻々原絵里依
「あの日、あの場所、あの時間へ！」 ill:サマミヤアカザ

# キャラ文庫既刊

【海辺のリゾートで殺人を】 ill：夏河シオリ

**栗城 偲**

【玉の輿ご用意しました】
【玉の輿謹んで返上します 玉の輿ご用意しました2】
【玉の輿新調しました 玉の輿ご用意しました3】
【玉の輿に乗ったその後の話 玉の輿ご用意しました番外編】 ill：高緒 拾

**月東 湊**

【親愛なる僕の妖精王へ捧ぐ】 ill：みずかねりょう
【旅の道づれは名もなき竜】 ill：テクノサマタ

**ごとうしのぶ**

【熱情】 ill：高久尚子

**小中大豆**

【妖しい薬屋と見習い狸】 ill：高星麻子
【ないものねだりの王子と騎士】 ill：北沢きょう
【十六夜月と輪廻の恋】 ill：夏河シオリ

**桜木知沙子**

【教え子のち、恋人】 ill：高久尚子

**佐々木禎子**

【妖狐な弟】 ill：佳門サエコ

**沙野風結子**

【一滴、もしくはたくさん】 ill：湖水きよ
【人喰い鬼は色に狂う】 ill：葛西リカコ
【夢を生む男】 ill：北沢きょう
【疵物の戀】 ill：みずかねりょう

**秀 香穂里**

【くちびるに銀の弾丸】シリーズ全2巻 ill：祭河ななを
【他人同士】全3巻 ill：新藤まゆり
【大人同士】全3巻 ill：新藤まゆり
【他人同士 -Encore!-】 ill：新藤まゆり
【ウィークエンドは男の娘】 ill：高城リョウ
【双性の巫女】 ill：乃一ミクロ
【束縛志願】 ill：新藤まゆり
【肌にひそむ蝶】 ill：嵩梨ナオト
【オメガの純潔】 ill：みずかねりょう
【コンビニで拾った恋の顛末】 ill：新藤まゆり
【弟の番人】 ill：ミドリノエバ
【地味な俺が突然モテて困ってます】 ill：Ciel
【魔人が叶えたい三つのお願い】 ill：小野浜こわし

**愁堂れな**

【法医学者と刑事の相性】シリーズ全2巻 ill：高階 佑
【猫耳探偵と助手】シリーズ全2巻 ill：笠井あゆみ
【あの頃、僕らは三人でいた】 ill：yoco
【美しき標的】 ill：小山田あみ
【ハイブリッド ～愛と正義と極道と～】 ill：水名瀬雅良

**神香うらら**

【恋の吊り橋効果、試しませんか？】 ill：北沢きょう
【伴侶を迎えに来日しました！】 ill：高城リョウ
【葡萄畑で蜜月を】 ill：みずかねりょう

**菅野 彰**

【毎日晴天！】シリーズ1～16
【SF作家は担当編集者の夢を見るか？ 毎日晴天！17】
【竜頭町三丁目帯刀家の徒然日記 毎日晴天！番外編】 ill：二宮悦巳
【1秒先のふたり】 ill：新藤まゆり
【愛する】 ill：高久尚子
【いたいけな彼氏】 ill：湖水きよ
【成仏する気はないですか？】 ill：田丸マミタ

**杉原理生**

【恋を綴るひと】 ill：葛西リカコ
【制服と王子】 ill：井上ナヲ
【星に願いをかけながら】 ill：松尾マアタ
【錬金術師と不肖の弟子】 ill：yoco
【愛になるまで】 ill：小椋ムク

**すとう茉莉沙**

【触れて感じて、堕ちればいい】 ill：みずかねりょう

**砂原糖子**

【シガレット×ハニー】 ill：水名瀬雅良
【灰とラブストーリー】 ill：穂波ゆきね
【猫屋敷先生と縁側の編集者】 ill：笠井あゆみ
【アンダーエール！】 ill：小椋ムク

**高尾理一**

【鬼の王と契れ】シリーズ全3巻 ill：石田 要

**高遠琉加**

【神様も知らない】シリーズ全3巻 ill：高階 佑
【天使と悪魔の一週間】 ill：麻々原絵里依
【さよならのない国で】 ill：葛西リカコ

**田知花千夏**

【不機嫌な弟】 ill：木下けい子
【この恋、革命系】 ill：三池ろむこ
【ガチャ彼氏ができました!?】 ill：絵津鼓

**月村 奎**

【そして恋がはじまる】全2巻 ill：夢花 李
【アプローチ】 ill：夏乃あゆみ

# キャラ文庫既刊

[きみに言えない秘密がある] ill：サマミヤアカザ

### 遠野春日

[砂楼の花嫁]
[花嫁と誓いの薔薇 砂楼の花嫁2]
[仮装祝祭日の花嫁 砂楼の花嫁3] ill：円陣闇丸
[獅子の系譜] シリーズ全2巻 ill：夏河シオリ
[蜜なる異界の契約] ill：笠井あゆみ
[黒き異界の恋人] ill：笠井あゆみ
[真珠にキス] ill：乃一ミクロ
[疵と蜜] ill：笠井あゆみ
[恋々 疵と蜜2] ill：笠井あゆみ
[鼎愛－TEIAI－] ill：嵩梨ナオト
[美しい義兄] ill：新藤まゆり
[愛しき年上のオメガ] ill：みずかねりょう
[やんごとなきオメガの婚姻] ill：サマミヤアカザ

### 中原一也

[双子の獣たち] ill：笠井あゆみ
[負け犬の領分] ill：新藤まゆり
[愛と獣－捜査一課の相棒－] ill：みずかねりょう
[魔性の男と言われています] ill：草間さかえ
[花吸い鳥は高音で囀る] ill：笠井あゆみ
[俺が好きなら咬んでみろ] ill：小野浜こわし
[街の赤ずきんと迷える狼] ill：みずかねりょう

### 凪良ゆう

[恋愛前夜]
[求愛前夜 恋愛前夜2] ill：穂波ゆきね
[天涯行き] ill：高久尚子
[おやすみなさい、また明日] ill：小山田あみ
[美しい彼]
[憎らしい彼 美しい彼2] ill：葛西リカコ
[悩ましい彼 美しい彼3]
[ここで待ってる] ill：草間さかえ
[初恋の嵐] ill：木下けい子
[セキュリティ・ブランケット 上・下] ill：ミドリノエバ
[きみが好きだった] ill：宝井理人

### 夏乃穂足

[飼い犬に手を咬まれるな] ill：笠井あゆみ
[真夜中の寮に君臨せし者] ill：円陣闇丸

### 成瀬かの

[世界は僕にひざまずく] ill：高星麻子
[気がついたら幽霊になってました。] ill：yoco
[兄さんの友達] ill：三池ろむこ
[隣の狗人の秘密] ill：サマミヤアカザ
[神獣さまの側仕え] ill：金ひかる

### 西野 花

[溺愛調教] ill：笠井あゆみ
[陰獣たちの贄] ill：北沢きょう
[獣神の夜伽] ill：穂波ゆきね
[淫妃セラムと千人の男] ill：北沢きょう

### 鳩村衣杏

[歯科医の弱点] ill：佳門サエコ
[学生服の彼氏] ill：金ひかる
[きれいなお兄さんに誘惑されてます] ill：砂河深紅

### 樋口美沙緒

[八月七日を探して] ill：高久尚子
[他人じゃないけれど] ill：穂波ゆきね
[狗神の花嫁] シリーズ全2巻 ill：高星麻子
[予言者は眠らない] ill：夏乃あゆみ
[パブリックスクール－檻の中の王－]
[パブリックスクール－群れを出た小鳥－]
[パブリックスクール－八年後の王と小鳥－]
[パブリックスクール－ツバメと殉教者－]
[パブリックスクール－ロンドンの蜜月－]
[パブリックスクール－ツバメと監督生たち－] ill：yoco
[ヴァンパイアは我慢できない dessert] ill：夏乃あゆみ
[王を統べる運命の子①〜②] ill：麻々原絵里依

### 火崎 勇

[理不尽な求愛者] シリーズ全2巻 ill：駒城ミチヲ
[ぬくもりインサイダー] ill：みずかねりょう
[リインカーネーション〜胡蝶の恋〜] ill：水名瀬雅良
[悪党に似合いの男] ill：草間さかえ
[カウントダウン！] ill：高緒 拾
[俺の知らない俺の恋] ill：木下けい子
[ヒトデナシは惑愛する] ill：小椋ムク
[エリート上司はお子さま!?] ill：金ひかる

### 菱沢九月

[小説家は懺悔する] シリーズ全3巻 ill：高久尚子
[年下の彼氏] ill：穂波ゆきね
[好きで子供なわけじゃない] ill：山本小鉄子
[飼い主はなつかない] ill：高星麻子
[同い年の弟] ill：穂波ゆきね

### 松岡なつき

[WILD WIND] ill：雪舟 薫

# キャラ文庫既刊

[FLESH&BLOOD①〜㉔] ill：①〜⑪雪舟 薫／⑫〜彩
[FLESH&BLOOD外伝 ―女王陛下の海賊たち―] ill：彩
[FLESH&BLOOD外伝2 ―祝福されたる花―] ill：彩
[H・K《ホンコン》ドラグネット] 全4巻 ill：乃一ミクロ
[流沙の記憶] ill：彩

**丸木文華**

[パペット] ill：みずかねりょう

**水原とほる**

[The Barber―ザ・バーバー―] シリーズ全2巻 ill：兼守美行
[家 路] ill：高星麻子
[コレクション] ill：北沢きょう
[皆殺しの天使] ill：新藤まゆり
[刹那と愛の声を聞け] ill：みずかねりょう
[百千万劫に愛を誓う] ill：乃一ミクロ
[ピアノマンは今宵も不機嫌] ill：ミドリノエバ
[名前も知らず恋に落ちた話] ill：yoco
[監禁生活十日目] ill：砂河深紅
[正体不明の紳士と歌姫] ill：yoco
[彼は優しい雨] ill：小山田あみ
[月がきれいと言えなくて] ill：ひなこ
[見初められたはいいけれど] ill：ミドリノエバ

**水無月さらら**

[年の差十四歳の奇跡] ill：みずかねりょう
[時をかける鍵] ill：サマミヤアカザ
[座敷童が屋敷を去るとき] ill：駒城ミチヲ
[人形遊びのお時間] ill：夏河シオリ

---

[いたいけな弟子と魔導師さま] ill：yoco
[海賊上がりの身代わり王女] ill：サマミヤアカザ

**水壬楓子**

[桜姫] シリーズ全3巻 ill：長門サイチ
[森羅万象 狼の式神]
[森羅万象 水守の守]
[森羅万象 狐の輿入] ill：新藤まゆり
[王室護衛官を拝命しました] ill：サマミヤアカザ

**宮緒 葵**

[二つの爪痕] ill：兼守美行
[蜜を喰らう獣たち] ill：笠井あゆみ
[忘却の月に聞け] ill：水名瀬雅良
[祝福された吸血鬼] ill：Ciel
[悪食] ill：みずかねりょう

**夜光 花**

[不浄の回廊]
[二人暮らしのユウウツ 不浄の回廊2] ill：小山田あみ
[眠る劣情] ill：高階 佑
[ミステリー作家串田寥生の考察]
[ミステリー作家串田寥生の見解] ill：高階 佑
[バグ] 全3巻 ill：湖水きよ
[式神の名は、鬼] 全3巻 ill：笠井あゆみ

**吉原理恵子**

[二重螺旋] シリーズ1〜11巻 ill：円陣闇丸
[一凛ノ花 二重螺旋12] ill：円陣闇丸
[灼視線 二重螺旋外伝] ill：円陣闇丸
[間の楔] 全6巻 ill：長門サイチ
[影の館]
[暗闇の封印―邂逅の章―] ill：笠井あゆみ

---

[暗闇の封印―黎明の章―] ill：笠井あゆみ

**六青みつみ**

[輪廻の花〜300年の片恋〜] ill：みずかねりょう

**渡海奈穂**

[彼の部屋] ill：乃一ミクロ
[河童の恋物語] ill：北沢きょう
[僕の中の声を殺して] ill：笠井あゆみ
[狼は闇夜に潜む] ill：マミタ

〈四六判ソフトカバー〉

**ごとうしのぶ**

[ぼくたちは、本に巣喰う悪魔と恋をする]
[喋らぬ本と、喋りすぎる絵画の麗人]
[ぼくたちは、優しい魔物に抱かれて眠る]
[ぼくたちの愛する悪魔と不滅の庭] ill：笠井あゆみ

**菅野 彰**

[竜頭町三丁目まだ四年目の夏祭り 毎日晴天！外伝] ill：二宮悦巳

**遠野春日**

[夜間飛行] ill：笠井あゆみ

**松岡なつき**

[王と夜啼鳥《ナイチンゲール》 FLESH&BLOOD外伝] ill：彩

**アンソロジー**

[キャラ文庫アンソロジーⅠ 琥珀]
[キャラ文庫アンソロジーⅡ 翡翠]
[キャラ文庫アンソロジーⅢ 瑠璃] ill：円陣闇丸

〈2020年7月28日現在〉

# 投稿小説 大募集

『楽しい』『感動的な』『心に残る』『新しい』小説——
みなさんが本当に読みたいと思っているのは、
どんな物語ですか？
みずみずしい感覚の小説をお待ちしています！

応募のきまり

## 応募資格

商業誌に未発表のオリジナル作品であれば、制限はありません。他社でデビューしている方でもOKです。

## 枚数／書式

20字×20行で50～300枚程度。手書きは不可です。原稿は全て縦書きにしてください。また、800字前後の粗筋紹介をつけてください。

## 注意

❶原稿はクリップなどで右上を綴じ、各ページに通し番号を入れてください。また、次の事柄を1枚目に明記して下さい。
（作品タイトル、総枚数、投稿日、ペンネーム、本名、住所、電話番号、職業・学校名、年齢、投稿・受賞歴）
❷原稿は返却しませんので、必要な方はコピーをとってください。
❸締め切りは特別に定めません。採用の方にのみ、原稿到着から3ヶ月以内に編集部から連絡させていただきます。また、有望な方には編集部からの講評をお送りします。（返信用切手は不要です）
❹選考についての電話でのお問い合わせは受け付けできませんので、ご遠慮ください。
❺ご記入いただいた個人情報は、当企画の目的以外での利用はいたしません。

## あて先

〒141-8202　東京都品川区上大崎3-1-1
徳間書店　Chara編集部　投稿小説係

# 投稿イラスト 大募集

キャラ文庫を読んでイメージが浮かんだシーンを、
イラストにしてお送り下さい。
キャラ文庫、『Chara』『Chara Selection』『小説Chara』などで
活躍してみませんか？

## 応募のきまり

### 応募資格

応募資格はいっさい問いません。マンガ家&イラストレーターとしてデビューしている方でもOKです。

### 枚数／内容

❶イラストの対象となる小説は『キャラ文庫』及び『Chara、Chara Selection、小説Charaにこれまで掲載された小説』に限ります。
❷カラーイラスト1点、モノクロイラスト3点の合計4点をお送りください。カラーは作品全体のイメージを、モノクロは背景やキャラクターの動きのわかるシーンを選ぶこと(裏にそのシーンのページ数を明記)。
❸用紙サイズはA4以内。使用画材は自由。データ原稿の際は、プリントアウトしたものをお送りください。

### 注意

❶カラーイラストの裏に、次の内容を明記してください。
(小説タイトル、投稿日、ペンネーム、本名、住所、電話番号、職業・学校名、年齢、投稿・受賞歴、返却の要・不要)
❷原稿返却希望の方は、切手を貼った返却用封筒を同封してください。封筒のない原稿は編集部で処分します。返却は応募から1ヶ月前後。
❸締め切りは特別に定めません。採用の方にのみ、編集部から連絡させていただきます。また、有望な方には編集部から講評をお送りします。選考結果の電話でのお問い合わせはご遠慮ください。
❹ご記入いただいた個人情報は、当企画の目的以外での利用はいたしません。

### あて先

〒141-8202 東京都品川区上大崎3-1-1
徳間書店 Chara編集部 投稿イラスト係